燕赵学脉文库

郑振峰　胡景敏　主编

李何林选集

李何林／著　宫　立／编

社会科学文献出版社
SOCIAL SCIENCES ACADEMIC PRESS (CHINA)

"燕赵学脉文库"出版说明

　　"燕赵学脉文库"由河北师范大学文学院策划、编辑，主要编选院史上著名学者的著述。河北师范大学的前身是 1902 年创办的顺天府高等学堂和 1906 年创办的北洋女师范学堂，至今已有 110 多年的历史；文学院的前身是 1929 年由李何林先生等创建的河北省国立女子师范学院国文系，至今已有 80 余年的历史。燕赵之士，人称悲歌慷慨；燕赵故地，自古文采焕然。燕赵的风土物理、文化品格、人文精神，以及长期作为畿辅重镇的地缘环境为其培育了独具气质的学风、学派和学术。燕赵学术，源远流长。近年来，河北师范大学中国语言文学博士一级学科秉承燕赵学术传统，锐意创新，取得了无愧于先贤，不逊于左右的成绩。文库的编辑既是向有功于学科建设的前辈致敬，也是对在学术园地上孜孜耕耘的后继者的激励，所谓不忘过去，继往开来。

　　文库的出版得到了"河北师范大学中国语言文学博士一级学科"的资助，也得到了诸多友好人士与出版方的支持和帮助，在此一并致谢。

"燕赵学脉文库"编委会

2017 年 4 月

编选说明

　　李何林（1904 年 1 月 31 日~1988 年 11 月 9 日），出生于安徽霍邱县，是我国现代著名的学者、教育家、鲁迅研究专家。先生 1916 年进霍邱县城第一高等小学读书，1920 年 8 月考入颍州（即阜阳）安徽省立第三师范学校。1924 年，考入南京国立东南大学农学院生物系。1926 年秋，奔赴武汉参加国民革命军，任第 11 军 25 师政治部宣传科长。1927 年 7 月加入中国共产党。随师奉命南下参加八一南昌起义。起义失败后，回到家乡霍邱。1928 年夏参加霍邱暴动。暴动失败后，身受通缉，避居未名社。1929 年 8 月，到河北省立女子师范学院教国文。一直到抗日战争结束，先生陆续在焦作工学院、太原国民师范、太原师范、济南高中、北平中法大学等校教语文。1940 年秋至 1942 年夏，承老舍先生介绍，到云南大理喜洲的华中大学中文系教书并参加了"中华全国文艺界抗敌协会昆明分会"的工作，加入中国民主同盟。1946 年冬，在李霁野先生的介绍下，到由许寿裳先生任馆长的"台湾省编译馆"从事世界名著翻译工作。后来担任华北大学国文系主任。1949 年 3 月随校进入北平，7 月参加全国文艺界第一次代表大会，被选为全国文协的候补理事。9 月被调任为中央教育部秘书处长兼行政处长。一年后改调到北京师范大学中文系任教。1952 年秋全国院校大调整，又被调到南开大学任中文系主任，讲授中国现代文学和鲁迅研究课程，是全国高等院校中开设鲁迅研究课的先行者。1957 年 3 月在南开大学重新入党。1975 年底，为落实毛泽东主席关于加强鲁迅研究的指示，调任北京鲁迅博物馆馆长兼鲁迅研究室主任，创办了我国第一所鲁迅研究机构。在此期间，兼任北京师范大学中文系教授，博士研究生导师，为我国培养了第一批中国现代文学和鲁迅研究的博士研究生。李何林先生一生发扬鲁迅精神，驳斥了一些人对鲁迅的歪曲和污蔑，捍卫了鲁迅思想。

河北师范大学的前身是河北省立女子师范学院。李何林先生在《回忆天津点滴》《李何林谈他的生平经历和文学生涯》等文章中深情地回忆了他在河北省立女子师范学院的往事。1929 年 8 月经沉钟社的顾随先生介绍到河北省立女子师范学院教国文，直至 1931 年。关于河北省立女子师范学院，他回忆说："学院的管理是比较保守的，禁止男女青年来往。而院长齐璧亭在学术思想上则颇开明：他不干涉教师在讲课时的观点；无论封建的、资产阶级的、左翼的，都可以讲。比如中文系教师有宣传周作人思想和趣味的；有用资产阶级社会学观点讲文学史的；也有宣传当时左翼文艺运动和观点的。大有蔡元培掌北京大学时对各派思想'兼容并包'的样子。"关于教书，他回忆说："我到天津女子师范学院后，教书的本钱不大，我就认真备课，查字典，看参考书，那倒是很好的学习。我在天津女子师范学院教了一年师范部，第二年教中文系，在中文系教'中国小说史'，用鲁迅的《中国小说史略》作课本，也讲新的文艺思想。"

2003 年 12 月，河北教育出版社出版了 5 卷本的《李何林全集》，2007年 1 月，大象出版社又出版了《李何林全集补遗》，将搜集到的李何林先生的各种著作、文章、书信收录在内，为我们了解和研究李何林先生提供了完备的文献资料。为了纪念曾在河北省立女子师范学院任教的李何林先生，我们从《李何林全集》和《李何林全集补遗》中精选了部分篇章，编成《李何林选集》。第一辑名为"关于鲁迅"，收录了先生所写的关于鲁迅研究的部分文章，既有对鲁迅单篇作品的细读与阐释，也有对鲁迅全集编纂的思考，还有对鲁迅研究的历史与现状的反思。第二辑名为"回忆点滴"，分为两个部分：一是先生对自己的回顾；二是先生所写的关于闻一多、宋庆龄等的纪念文章。第三辑名为"序跋与评论"，分为三部分：一是先生为自己的书所写的序言或说明文字，二是先生为他人新书所写的序；三是关于中国现代文学史的文章。最后精选了先生的挚友李霁野先生的《时光老人偷不走的精神力量》、先生的学生王富仁老师所写的《我爱我师》《他擎着民族精神的火把——纪念李何林先生一百周年诞辰》、陈漱渝先生的《学者丰姿战士魂》，以及李何林先生 1985 年在北师大培养研究生经验交流会上的发言稿，作为附录，帮助我们走近先生。

编者作为李何林先生的弟子王富仁老师的学生，能够有机会为自己的师爷爷编选这样一部选集，深感荣幸！最后，在编选过程中，魏静、侯月盼、巩发涛等同学帮忙做了校对，在此表示衷心的感谢！

• 目 录

第一辑　关于鲁迅

第二辑　回忆点滴

第三辑　序跋与评论

附　录

关于鲁迅

《阿 Q 正传》论析

    《阿 Q 正传》自 1921 年 12 月 4 日起，至 1922 年 2 月 12 日止，在《北京晨报》副刊上发表以来，业已六十年了。当正在陆续发表的时候，就有人在报上写文章说：有些人对阿 Q 的言行有些"疑神疑鬼"，说某段就是"骂自己"，"凡是《阿 Q 正传》中所骂的，都以为就是他的隐私"。（以后他知道作者和他并不认识，才放心了）可见《阿 Q 正传》在当时概括性之大和典型性之强，以及影响之深。但是，当 1928 年创造社、太阳社提倡"革命文学"围攻鲁迅时，太阳社的钱杏邨却说"阿 Q 时代已经死去"了，意思是说《阿 Q 正传》所表现的人物、思想已不复存在，到 1928 年就已经没有什么现实意义了。但到全国解放后，毛泽东同志曾经一再指示我们要学习《阿 Q 正传》。

    现当《阿 Q 正传》发表六十周年之际，试来对《阿 Q 正传》的历史意义（二三十年代）和现实意义（全国解放以来），就作品的具体描写加以分析，写出我学习《阿 Q 正传》的粗浅体会和心得，并作为《阿 Q 正传》发表六十周年的纪念。

一　鲁迅写作《阿 Q 正传》时的社会背景和思想基础

    毛泽东同志说过："自从一八四〇年鸦片战争失败那时起，先进的中国人，经过千辛万苦，向西方国家寻找真理。洪秀全、康有为、严复和孙中山，代表了在中国共产党出世以前向西方寻找真理的一派人物。"青年时代的鲁迅 1902 年到日本去学医，又改学文艺，也是为着寻找救国救民的真理，寻找中国和中国人民的出路。他在 1907 年写的《文化偏至论》里就反对当时官僚买办和知识分子所提倡的军事救国（"竞言武事"）、工商业救国（"制造商估"）、资产阶级"立宪国会"救国等学说。对于资产阶级专政的议会制度则抨击有力：说它"托言众治，压制乃尤烈于暴君"，突出地表现了鲁迅在当时就是一个革命民主主义者，他尖锐地指出资产阶级民主不能救中国。

鲁迅初到日本时，就和老友许寿裳谈论过"中国国民性的病根何在"的问题，也就是中国大多数的国民精神状态有什么主要缺点。后来他认为"我们的第一要著，是在改变他们的精神，而善于改变精神的是，我那时以为当然要推文艺，于是想提倡文艺运动了"（《呐喊·自序》）。鲁迅当时找到的救国救民的道路就是"改造国民性"，就是用文艺改造大多数国民的精神。经过辛亥革命前后大约十年的社会文化斗争的实践，他感到在长期的封建社会统治下形成的中国"国民性"，有种种缺点。他在 1918 年写的《随感录三十八》里已经指出："不幸中国偏只多这一种自大：古人所作所说的事，没一件不好，遵行还怕不及，怎敢说到改革？""'中国地大物博，开化最早；道德天下第一。'这是完全自负。""外国物质文明最高，中国精神文明更好。""外国的东西，中国都已有过；某种科学，即某子所说的云云。"这些胡说大多是鼓吹"中学为体西学为用"一类的人物所说的。或者说外国也有叫化子、娼妓、臭虫等，中国有，也就不是什么缺点了。甚至还有人说"中国便是野蛮的好"，简直"以自己的丑恶骄人"，顽固保守，自高自大，自欺自慰，精神胜利。

鲁迅从 1918 年到 1921 年（写《阿 Q 正传》以前）这三年期间所发表的杂文，有不少篇都有批判这些思想的内容，也批判了《阿 Q 正传》中所揭露的其他思想，不过先用杂文形式，后用小说形式罢了。因此，当我们开始读《阿 Q 正传》第一小段："我要给阿 Q 做正传，已经不止一两年了。……仿佛思想里有鬼似的。"就不难理解了：这是说他要在这篇小说里批判一些人的"精神胜利法"和其他落后思想；批判辛亥革命的不彻底；要写出中国农民有革命的愿望和参加革命的可能性，但是如果背着

"精神胜利法"和其他落后思想的包袱，还是没有出路的。他要批判的这些思想，早已胸有成竹，而且已经在三年来的杂文里批判过了（如《随感录三十八》等篇），但是还要用小说的形式表现出来，"仿佛思想里有鬼似的"。鲁迅长期地观察研究了"国民性"，深入观察研究了农村社会和农民，不满意于辛亥革命脱离农民，并且思考着中国农民和革命的关系问题，才写这篇小说的。

所谓"国民性"，是国民中比较多的人具有的某种思想性格，不是全国国民人人都有的思想。它是在一定历史时期内的一部分国民的精神状态。阿 Q 的"精神胜利法"和其他落后思想是来自统治阶级的思想影响，而且是被压迫被剥削而尚未觉悟的结果；它的表现形式和实质，都具有贫雇农阿 Q 的个性和阶级性的特点，同时也在一部分人中有一定的普遍性。

但是，"国民性"这个名词终究是不科学的，在阶级社会里不可能全国国民都有同样的一种性格或思想。由于鲁迅当时还只是革命民主主义者，他用以战斗的思想武器还只是进化论和朴素的唯物论，还不是辩证唯物论的阶级论。因此他对于"国民"的看法有时是有些笼统的，未曾加以阶级分析。虽然如此，他的前期作品（1918~1927 年的杂文和小说）中所揭露的"国民性"的缺点，在他的思想上有时也并不包括国民的全部。例如在 1925 年写的《再论雷峰塔的倒掉》中指出，许多人患有"十景病"时就说"我们中国的许多人，——我在此特别郑重声明：并不包括四万万同胞全部！"何况当他揭露缺点时往往是和抨击造成这种缺点的黑暗社会联系在一起的，阿 Q 的"精神胜利法"等等落后思想是以赵、钱二太爷和假洋鬼子等为代表的封建势力压迫剥削的结果，是封建阶级的统治思想影响的结果。因此，要改造所谓"国民性"，自然要推翻这种"人吃人"的黑暗社会。他的前期小说和杂文，揭露和批判黑暗社会是远远多于抨击"国民性"的。

由于 1927 年国民党反动派"四一二"叛变革命后的血腥大屠杀，"救正了"鲁迅的"只信进化论的偏颇"。阶级斗争的事实教训，认真地系统地学习马克思主义理论，使鲁迅的思想发生深刻的转变，逐渐成为共产主义者和辩证唯物论者了。他由革命民主主义者发展为马克思主义者，由朴素的唯物论和进化论到达了辩证唯物论。他不再笼统地谈什么"国民性"

了，他对人进行了阶级分析。比如他在 1933 年写的《沙》里说："近来的读书人，常常叹中国人好像一盘散沙，无法可想，将倒楣的责任，归之于大家。其实这是冤枉了大部分中国人的。小民虽然不学，见事也许不明，但知道关于本身利害时，何尝不会团结。……他们的像沙，是被统治者'治'成功的。"又如在 1934 年写的《中国人失掉自信力了吗》中说："我们从古以来，就有埋头苦干的人，有拼命硬干的人，有为民请命的人……虽是等于为帝王将相作家谱的所谓'正史'，也往往掩不住他们的光耀，这就是中国的脊梁。""这一类的人们，就是现在也何尝少呢？……说中国人失掉了自信力，用以指一部分人则可，倘若加于全体，那简直是诬蔑。"他不再提改造笼统的"国民性"了，明确地认识到"惟新兴的无产者才有将来"。

但阿 Q 的"精神胜利法"和其他落后思想，还是具有相当普遍的典型意义，因而阿 Q 也就成为中外古今文学作品中著名的典型之一。它既有个性、阶级性，也有普遍性。普遍性是通过阶级性、个性表现出来的。列宁说过："在俄国生活中曾有过这样的典型，这就是奥勃洛摩夫。他老是躺在床上，制定计划。从那时起，已经过去很长一段时间了。俄国经历了三次革命，但仍然存在着许多奥勃洛摩夫，因为奥勃洛摩夫不仅是地主，而且是农民，不仅是农民，而且是知识分子，不仅是知识分子，而且是工人和共产党员。我们只要看一下我们如何开会，如何在各个委员会里工作，就可以说老奥勃洛摩夫仍然存在，所以必须长期地洗刷清扫他，督促鞭策他，才会产生一些效果。在这一点上，我们应当看清自己的处境，不要抱任何幻想。"（《论苏维埃共和国的国内外形势》，《列宁全集》第三十三卷）

二　为什么叫《阿 Q 正传》

为什么篇名叫《阿 Q 正传》呢？为什么不用过去常用的列传、自传、内传、外传、别传、家传、小传……呢？这一方面是因为阿 Q 是农民，另一方面因为"从我的文章着想，因为文体卑下，是'引车卖浆者流'所用的话，所以不敢僭称，便从不入三教九流的小说家所谓'闲话休题言归正传'这一句套话里，取出'正传'两个字来，作为名目"，内容是写被封建士大夫看不起的农民，所用的"文体"又是"卑下"的白话文，所以就不敢僭妄地用封建士大夫所常用的那些列传、自传、内传、外传、别传、家传、小传……了，只能用封建士大夫所看不起的"小说家"所用的"言归正传"中的"正传"了。

但阿 Q 又为什么没有姓呢？据周遐寿著《鲁迅小说里的人物》说："据著者自己说，他就觉得那 Q 字（须得大写）上边的小辫好玩。"但是阿 Q 本来姓赵，被赵太爷打得不敢姓赵了。所以他究竟姓什么也不知道了，名字的声音是"Quei"，究竟是"桂"还是"贵"呢？不能断定，只好用洋字来拼音，简称叫阿 Q。至于他是什么地方人也不可考。这一切都由胡适之流的"考据家"去考据吧！反正旧中国到处都有像阿 Q 这样被压迫被剥削的穷苦农民，姓名籍贯都无关系，他是当时（辛亥革命时代）有"精神胜利法"思想的"一种农民"的代表。"阿 Q"是"一个"农民的名字，也是"和他一样的"一些农民的代表。

《阿 Q 正传》开始几段叙述为什么叫"正传"，为什么叫阿 Q，以及他的籍贯问题等，一面是"开心话"，一面也在讽刺当时胡适一帮人所提倡的烦琐"考据"。

三　阿 Q 的精神胜利法

阿 Q 的精神胜利法的思想，具体地表现在以下几个方面：

1. 夸耀先前的阔，设想儿子的阔

阿 Q 本来不阔，但他偏要向人说："我们先前——比你阔的多啦！你算是什么东西！"这样来安慰自己，他在精神上胜利了。对于赵太爷、钱太爷的儿子是文童，文童可以考取秀才，因而赵太爷、钱太爷受到人们的尊敬；阿 Q 心里想："我的儿子会阔得多啦！"比赵、钱二太爷的儿子阔得多，将来阿 Q 当然也要比赵、钱二太爷受尊敬；他在精神方面又胜利了，他比赵、钱二太爷阔得多。自己满足于自己的被压迫的现状，就永远不会觉悟来改变这种现状，这是鲁迅最痛心的！那么，这种思想是不是只有像阿 Q 这种农民才有呢？不是的，当时的封建官僚和知识分子很多人都有，并且由他们传给农民：自从鸦片战争帝国主义侵入中国以后，暴露了清朝统治的腐败和无能，事事屈从外国。他们不愿从根本上改革政治，安于保守，反而自欺欺人地夸耀过去或空想未来，以麻醉自己，取得精神胜利，比如说"外国船坚炮利，工商交通发达，是物质文明；我国有几千年精神文明，精神文明比物质文明好"。自以为胜利了，满足了。既然胜利了，满足了，那还要积极地去改革干什么呢？所以这种普遍存在于当时各阶级一部分人们中的自欺欺人、自我陶醉的精神胜利思想（虽然各阶级表现的形式和实质都不同），是中国改革的大敌。鲁迅通过阿Q给以批判，是由于他的爱国思想，这种阿Q思想是与救国不两立的。尤其是劳动人民有了这种思想，就不会觉悟，就不会来改变他们的悲惨的现状了，所以鲁迅通过农民阿Q来批判这种思想，来解决中国农民参加革命的问题，以免像辛亥革命那样没有农民参加而失败了。鲁迅这种描写和批判，它的概括性是很大的，它的典型性是很高的：它概括了当时很多人（不是所有的人）都有的一种性格，一种精神状态，一种有代表性的思想，而又是通过有阶级性和个性的阿Q表现出来的。

《阿Q正传》的主要思想就在批判"国民劣根性"。批判这种劣根性，目的在提高"国民"的觉悟，以摆脱被压迫被剥削的地位，改变国家的落后状况。但是中国落后状况是帝国主义和封建势力压迫剥削的结果，只有无产阶级领导人民起来斗争才能解决，单靠文学是不行的。而且农民精神上的弱点并不能作为不能自觉起来斗争的唯一的或主要的原因；农民也还有他的反抗斗争的一面。阿Q到了被压迫得无路可走的时候，虽然有革命的愿望和参加革命的可能性，而且他自以为是做了革命党和为革命牺牲了，但他究竟是被统治阶级思想毒害了的一种落后农民的代表，不是坚强战斗的农民，当时的农民也不全是阿Q。同时改造农民的劣根性或"国民劣根性"，文学固然可以起一定的作用，但根本解决还是要革命斗争，靠在群众的革命运动中逐渐地改造这种劣根性。

2. 忌讳头上癞疮疤，而又说别人还不配

他头上长了几处癞疮疤，怕别人提到它；别人偏拿它开玩笑，他不能反抗，"只得另外想出报复的话来：'你还不配……'这时候，又仿佛在他头上的是一种高尚的光荣的癞头疮"。他在精神上又胜利了。明明是他的缺点，他认为别人还不配有，他不是又比别人强吗？现在有些人自高自大，本来是他的缺点，应该变得谦虚一些。但他认为："我有自高自大的本钱，你没有这本钱，你还不配自高自大！"这不是和阿 Q 一样吗？

3. 被人打了，不能反抗，说是"儿子打老子"

"阿 Q 在形式上打败了，被人揪住黄辫子，在壁上碰了四五个响头，闲人这才心满意足的得胜的走了，阿 Q 站了一刻，心里想，'我总算被儿子打了，现在的世界真不像样……'于是也心满意足的得胜的走了。"打他的人是他的儿子了，他是打他的人的爸爸，比人家高了一辈，他不是又胜利了吗？这种妄自尊大，自封"老子"，而实际上是被别人打败了的"儿子"，又不敢反抗，反转来自我安慰的思想，在当时清朝统治阶层表现得很多；鸦片战争后，历次对外战争都失败了，反而说："该夷性等犬羊，不值与之计较。"这不是十足的"儿子打老子"式的妄自尊大、自我陶醉、自欺欺人的精神胜利法吗？

4. "他是第一个能够自轻自贱的人"，他又胜利了

别人已经知道他的"儿子打老子"的精神胜利法，所以每逢打他的时候，就先说：

"阿 Q，这不是儿子打老子，是人打畜生。自己说：人打畜生！"

阿 Q 两只手都捏住了自己的辫根，歪着头，说道：

"打虫豸，好不好？我是虫豸——还不放么？"

别人也仍旧不放，"在就近什么地方给他碰了五六个响头，这才心满意足的得胜的走了"。他们以为这回阿 Q 可不能用"儿子打老子"来得到精神胜利了。"然而不到十秒钟，阿 Q 也心满意足的得胜的走了，他觉得他是第一个能够自轻自贱的人，除了'自轻自贱'不算外，余下的就是'第一个'。状元不也是'第一个'么？'你算是什么东西'呢!?"他是"第一个"，他又胜利了。

这种和别人比丑恶比缺点，以丑恶和缺点来自慰自满的人，在辛亥革

命前后有不少，他们认为中国所有坏处和缺点都是好的。如清末外交官辜鸿铭极力拥护过辫子和小脚、专制和多妻，又说中国人脏，就是脏得好。《新青年》上登过一篇林损的新诗，头两句是："美比你不过，我和你比丑。"肮脏胜过清洁，丑胜过美，失败胜过胜利，他胜利了！他的缺点是天下"第一个"。鲁迅早在《随感录三十八》里就批判过这种妄自尊大的缺点。

5. 打自己的嘴巴，认为被打的是别人，他胜利了

他和别人赌博，别人欺负他，把他的银元都抢去了。"很白很亮的一堆洋钱！而且是他的——现在不见了！说是算被儿子拿去了罢，总还是忽忽不乐；说自己是虫豸罢，也还是忽忽不乐：他这回才有些感到失败的苦痛了。""但他立刻转败为胜了。他擎起右手，用力的在自己脸上连打了两个嘴巴，热刺刺的有些痛；打完之后，便心平气和起来，似乎打的是自己，被打的是别一个自己，不久也就仿佛是自己打了别个一般，——虽然还有些热刺刺，——心满意足的得胜的躺下了。"他没有失败，他打了别人，他胜利了。清朝统治阶级、民国以后的军阀政府，以及蒋介石集团，外受帝国主义侵略压迫，不敢反抗，明明是失败了，但他们对内则压迫残杀人民，打自己人，他们又胜利了，不一样是阿Q吗？

6. 把对他的一切欺侮，都很快地忘却

"阿Q以如是等等妙法克服怨敌之后，便愉快的跑到酒店里喝几碗酒，又和别人调笑一通，口角一通，又得了胜，愉快的回到土谷祠，放倒头睡着了。"当钱太爷的儿子——假洋鬼子用手杖"拍！拍拍！"打了他以后，"在阿Q的记忆上，这大约要算是生平第二件的屈辱（笔者注：第一件屈辱是被王胡打败了）。幸而拍拍的响了之后，于他倒似乎完结了一件事，反而觉得轻松些，而且'忘却'这一件祖传的宝贝也发生了效力，他慢慢的走，将到酒店门口，早已有些高兴了。"中国被帝国主义侵略欺侮，中国人民被统治阶级压迫剥削，都应该牢牢地记着，"忘却"是人民解放的大敌！鲁迅予以揭露和批判，是从革命的利益出发的。阿Q以忘却来安慰自己，取得精神胜利，是要不得的。

7. 他的精神胜利法到被杀害前也没有改，但我们笑不出来了

以上种种精神胜利法是多么可笑啊！但当鲁迅写到阿Q被冤枉地当做

强盗逮捕，第二次审问后，糊糊涂涂被判定是强盗（他自己以为是由于造反要投降革命党才被捕的），要他签字画花押时，"于是一个长衫人物拿了一张纸，并一支笔送到阿Q的面前，要将笔塞在他手里。阿Q这时很吃惊，几乎'魂飞魄散'了：因为他的手和笔相关，这回是初次。他正不知怎样拿，那人却又指着一处地方教他画花押。"

"我……我……不认得字。"阿Q一把抓住了笔，惶恐而且惭愧的说。

"那么，便宜你，画一个圆圈！"

阿Q要画圆圈了，那手捏着笔却只是抖。于是那人替他将纸铺在地上，阿Q伏下去，使尽了平生的力画圆圈。他生怕被人笑话，立志要画得圆，但这可恶的笔不但很沉重，并且不听话，刚刚一抖一抖的几乎要合缝，却又向外一耸，画成瓜子模样了。

阿Q正羞愧自己画得不圆，那人却不计较，早已掣了纸笔去，许多人又将他第二次抓进栅栏门。

他第二次进了栅栏，倒也并不十分懊恼。他以为人生天地之间，大约本来有时要抓进抓出，有时要在纸上画圆圈的，唯有圈而不圆，却是他"行状"上的一个污点。但不多时也就释然了，他想：孙子才画得很圆的圆圈呢。于是他睡着了。

这"孙子才画得很圆的圆圈呢"，不仍然是"儿子打老子"的精神胜利法吗？但是我们看了以上的描写，对于这样一个被害的劳动人民，他想参加革命，投机革命的假洋鬼子不准他参加，投机革命的把总之流反而把他当做强盗逮捕了起来。而阿Q在临死以前还那样认真、那样诚恳地想把圆圈画圆，表现出至死不悟，安于一切的不幸，我们能笑得出来吗？我们只有悲愤，只有难过。

阿Q被抬上囚车，去游街示众而后要被枪毙了，"他突然觉到了：这岂不是去杀头么？……他又没有全发昏，有时虽然着急，有时却也泰然；他意思之间，似乎觉得人生天地间，大约本来有时也未免要杀头的。"他安于被杀头，没有什么不平和反抗，他的精神得到安慰了。我们是笑他呢，还是同情他呢？作者仍然是在"哀其不幸，怒其不争"。

在游街示众时，阿 Q 还"无师自通"地喊出了半句"过了二十年又是一个……"这虽然是效法当时流行的被杀害的"犯人"的话，但在阿 Q 则是他最后一次使用精神胜利法了！有精神胜利法的阿 Q 是不可能得到解放的。中国人民应该觉悟起来，对一切压迫者进行斗争，反对欺骗自己和自我陶醉的精神胜利法！

阿 Q 这个人物是有个性、阶级性，而又有一定普遍性的典型；他的思想（尤其是精神胜利法），当时和以后其他阶级的一部分人也有，在辛亥革命前后到 1921 年鲁迅写这篇小说的时候，有阿 Q 思想的人更不少。鲁迅在《俄文译本〈阿 Q 正传〉序及著者自叙传略》里说过："我是否真能够写出一个现代的我们国人的魂灵来。"可见他不只在表现和批判一部分农民有精神胜利法，是想表现和批判不少人都有的精神胜利法，也就是他所说的"国民性"。他又说："我也很愿意如人们所说，我只写出了现在以前的或一时期，但我还恐怕我所看见的并非现代的前身，而是其后，或者竟是二三十年之后。"（《华盖集续编·〈阿 Q 正传〉的成因》）可见他以为精神胜利法不但在当时有相当的普遍性，而且有一定时间的永久性。但这意思都不等于说它是全国人民都有的人性；精神胜利法只是各阶级一部分人才有，各阶级所表现的形式和实质也不相同。阿 Q 仍然是被统治阶级思想毒害的一种落后农民的典型，受这种思想影响的其他一些人也会有精神胜利法，像列宁指出的"奥勃洛摩夫"思想的普遍性一样。

四 阿 Q 的其他性格

精神胜利法是阿 Q 的主要性格；阿 Q 除了这个主要性格以外还有其他性格，也都和精神胜利法有联系：

1. 喜听谀词、自高自大、忌讳缺点

阿 Q 给地主做短工，一个老头子颂扬他说"阿 Q 真能做"！阿 Q 听了很喜欢。"真能做"，是劳动人民的美德，但阿 Q 听了喜欢，表现他愿意听别人说他好，不愿听别人说他的缺点。他也很自高自大，"所有未庄的居民，全不在他眼睛里"。这样的人，当然怕别人讲他的缺点。他很忌讳他头上的癞疮疤这个缺点，怕别人提起；"他讳说'癞'以及一切近于'赖'的音，后来推而广之，'光'也讳，'亮'也讳，再后来，连'灯''烛'都讳了。一犯讳，不问有心与无心，阿Q便全疤通红的发起怒来。"

有"喜听谀词，自高自大"缺点的人，在现实世界里达不到他的自高自大的目的，就只有用精神胜利法来自以为"高大"了。忌讳缺点的人实际上有缺点，他怎么胜过别人呢？也只有用精神胜利法。阿Q这方面的性格和他的精神胜利法是不可分的。

我们现在有些人，也有阿Q这些性格；喜欢听别人说他的优点，不喜欢听别人说他的缺点。有时表面谦虚，内心里却自高自大，把同志们全不放在他的眼里，过低地估计别人，过高地估计自己，像阿Q似的"很自尊"。这样，阿Q的缺点也就改不了，也就不能进步，不能觉悟，不能翻身。鲁迅很痛心阿Q这个缺点，所以加以揭露和讽刺。阿Q是辛亥革命前后的人，他生活在封建社会，受了封建统治阶级的思想影响，他有这种思想已经是应该批判的了。我们生活在社会主义社会，有党和马克思列宁主义、毛泽东思想在教育我们，我们应该比阿Q进步些，还能容许保留这些缺点吗？

2. 保守思想，封建思想

阿Q很主观，很保守。"用三尺长三寸宽的木板做成的凳子，未庄叫'长凳'，他也叫'长凳'，城里人却叫'条凳'，他想：这是错的，可笑！油煎大头鱼，未庄都加上半寸长的葱叶，城里却加上切细的葱丝，他想：这也是错的，可笑！"对于假洋鬼子剪了辫子，他认为是"异端"，"在肚子里暗暗的咒骂"。他还有"不孝有三无后为大"的思想；有严守"男女之大防"的思想。他认为"女人是害人的东西"，"女人可恶"，"他的学说是：凡尼姑，一定与和尚私通；一个女人在外面走，一定想引诱野男人；一男一女在那里讲话，一定要有勾当了。为惩治他们起见，所以他往往怒目而视，或者大声说几句'诛心'话，或者在冷僻处，便从后面掷一块小石头。"这类思想不仅辛亥革命时代的阿Q有，统治阶级及其知识分子也相当普遍地有，从五四时代到解放以前，有这种思想的人也不少。鲁迅概括的普遍性是很大的。

3. 欺软怕硬，有些狡猾

"估量了对手，口讷的他便骂，力气小的他便打。"他以为王胡可欺，对打的结果，他失败了，只得求饶似的说"君子动口不动手"。骂了假洋鬼子，被假洋鬼子打了，不能反抗，又说不是骂假洋鬼子。静修庵的小尼姑，是毫无抵抗力的，他就尽情的调戏和侮辱。他还"曾在戏台下的人丛中拧过一个女人的大腿"。这一切不仅表现阿Q"欺软怕硬"，也像鲁迅在《寄〈戏〉周刊编者信》里所说的，阿Q"有农民式的质朴，愚蠢，但也很沾了些游手之徒的狡猾"。此外，他又欺负了小D和老尼姑，都是他认为比他弱的。这种欺软怕硬的性格，在旧社会里也不仅只阿Q有，普遍性也是很大的。统治阶级打不过外国，就欺负人民；上层压迫下层；丈夫在外面受了气，回家去打骂老婆孩子，都是阿Q。

五　阿 Q 的性格发展

阿Q虽然自始至终都在用精神胜利法，都有封建保守思想，自高自大、欺软怕硬等等思想，但是阿Q性格是有变化有发展的。这个变化发展开始于他发生了"生计问题"，也就是他生活不下去了，他不得不违反那个社会秩序，去做小偷了。而他一违反了社会秩序，背叛了那个压迫他的社会，那个社会的人们也就多少有些怕他了，他也不再对他们低首下心，他的精神的脊梁"有一些"直起来了。

"他在路上走着要'求食'，看见熟识的酒店，看见熟识的馒头，但他都走过了，不但没有暂停，而且并不想要。他所求的不是这类东西了；他求的是什么东西，他自己不知道。"他所求的是他的生存的出路，是他的生活的新方向。他再像过去那样是活不下去了。这是他的变化的开始。但是当无产阶级还没有领导农民，农民还没组织起来，还没有觉悟的时候，他除了做小偷以外还有什么出路呢（想做革命党是以后的事）？

阿Q到城里做了一个时期的小偷，回来了。

阿Q这回的回来，却与先前大不同，确乎很值得惊异。天色将黑，他睡眼蒙眬的在酒店门前出现了，他走近柜台，从腰间伸出手来，满把是银的和铜的，在柜上一扔说，"现钱！打酒来！"……掌柜既先之以点头，又继之以谈话：

"嗳，阿 Q，你回来了！"

"回来了。"

"发财发财，你是——在……"

"上城去了！"

这种神情，和先前只会沉默、挨打、逃跑，不是不一样了吗？"阿 Q 这时在未庄人眼睛里的地位，虽不敢说超过赵太爷，但谓之差不多，大约也就没有什么语病的了。"赵太爷把他找来，叫他以后把偷来的衣服拿来卖，"阿 Q 虽然答应着，却懒洋洋的出去了，也不知道他是否放在心上。这使赵太爷很失望，气愤而且担心，至于停止了打呵欠。"赵秀才提议要驱逐阿 Q 出未庄，赵太爷"怕结怨"阿 Q，不主张驱逐。赵太爷等都有些怕他了。

但是，阿 Q 仅仅做小偷，还是"不足畏"的；他必须做革命党，这伙东西才怕他。"阿 Q 的耳朵里，本来早听到过革命党这一句话，今年又亲眼见过杀掉革命党。但他有一种不知从那里来的意见，以为革命党便是造反，造反便是与他为难，所以一向是'深恶而痛绝之'的。"这当然是由于反对革命党的地主豪绅的思想影响了他。那么，阿 Q（也就是中国的一部分贫雇农）有没有做革命党的可能和愿望呢？鲁迅在 1926 年写的《〈阿 Q 正传〉的成因》里就说过："据我的意思，中国倘不革命，阿 Q 便不做，既然革命，就会做的。"因为革命总是对于被压迫者有利，对于统治者不利的（辛亥革命以后失败了，没有完成民主革命的全部任务，但总的说来，还是比清朝君主专制好）。像阿 Q 这种人，由于受了反革命的宣传，他反对造反；"殊不料这却使百里闻名的举人老爷有这样怕，于是他未免也有些'神往'了，况且未庄的一群鸟男女的慌张的神情，也使阿 Q 更快意。""'革命也好罢'，阿 Q 想，'革这伙妈妈的的命，太可恶！太可恨！……便是我，也要投降革命了。'"阿 Q 并不了解什么是革命，什么是革命党，但他看到欺侮他的，使他不能活下去的人们都怕革命，怕革命党，他觉得革命和革命党是好的了，他要投降革命党，做革命党了。

不知怎么一来，忽而似乎革命党便是自己，未庄人却都是他的俘虏了。他得意之余，禁不住大声的嚷道：

"造反了，造反了！"

未庄人都用了惊惧的眼光对他看。这一种可怜的眼光，是阿Q从来没有见过的，一见之下，又使他舒服得如六月里喝了雪水。他更加高兴的走而且喊道：

"好，……我要什么就是什么，我喜欢谁就是谁。

得得，锵锵！

……"

阿Q得意洋洋地一路唱过去了。

"老Q"，赵太爷怯怯的迎着低声的叫。

"锵锵"，阿Q料不到他的名字会和"老"字联结起来，以为是一句别的话，与己无干，只是唱；"得，锵，锵令锵，锵！"

"老Q。"

"悔不该……"

"阿Q！"秀才只得直呼其名了。

阿Q这才站住，歪着头问道："什么？"

"老Q，……现在……"赵太爷却又没有话，"现在……发财么？"

"发财？自然。要什么就是什么……"

"阿……Q哥，像我们这样穷朋友是不要紧的……"赵白眼惴惴的说，似乎想探革命党的口风。

"穷朋友？你总比我有钱。"阿Q说着自去了。

阿Q觉得自己做了革命党，便很趾高气扬起来，不把赵太爷他们放在眼里了。他不再怕他们，而是他们在怕他了。他的精神的脊梁是直起来了！他的性格变化了，发展了。"难道他们还没有知道我已经投降了革命党么？"可见他主观思想上认为他已经投降了革命党，做了革命党了。以后假洋鬼子虽然不准他革命，使他很失望。但他被当做强盗捕去以后，审问他，他爽利的答道："因为我想造反。""我本来要……来投……""假洋鬼子不准我！"他一直到被杀害时为止，都以为他的被逮捕，被审问，被杀头（其实是枪毙），都是由于自己造反，投降了革命党，所以鲁迅的描写，不仅描写了阿 Q 有革命的愿望和革命的可能性，而且描写了阿 Q 主观思想上以为已经做了革命党，在客观实际上"他用一支竹筷将辫子盘在头顶上"，并且为革命献出了自己的生命。

阿 Q 的性格发展，就是由屈服于压迫者，不敢反抗，到违反压迫者的社会秩序（他的精神的脊梁开始直起来），到他向往革命，在客观实际和主观思想上都做了革命党。而农民只有做了革命党，地主豪绅才真正怕他们。

六 《阿 Q 正传》 中所表现的辛亥革命和提出的问题

辛亥革命是什么样子，《阿 Q 正传》里有既具体而又本质的描写："革命党虽然进了城，倒还没有什么大异样。知县大老爷还是原官，不过改称了什么，而且举人老爷也做了什么——这些名目，未庄人都说不明白——官，带兵的也还是先前的老把总。只有一件可怕的事是另有几个不好的革命党夹在里面捣乱，第二天便动手剪辫子。""但未庄也不能说是无改革。几天之后，将辫子盘在顶上的逐渐增加起来了……在未庄也不能说无关于改革了。"封建势力的统治原封未动，革命的结果只是剪辫子和盘辫子，但也革掉一块"皇帝万岁万万岁"的龙牌："赵秀才消息灵，一知道革命党已在夜间进城，便将辫子盘在顶上，一早去拜访那历来也不相能的钱洋鬼子。这是'咸与维新'的时候了，所以他们便谈得很投机，立刻成了情投意合的同志，也相约去革命。他们想而又想，才想出静修庵里有一块'皇帝万岁万万岁'的龙牌，是应该赶紧革掉的，于是又立刻同到庵里去革命。因为老尼姑来阻挡，说了三句话，他们便将伊当做满政府，在头上很给了不少的棍子和栗凿。尼姑待他们走后，定了神来检点，龙牌固然已经碎在地上了，而且又不见了观音娘娘座前的一个宣德炉。"辛亥革命就是从形式上革掉了一个皇帝龙牌（推翻了清朝皇帝），投机分子们还乘机盗窃了国家的财物，并且都混进了革命党了："这几日里，进城去的只有一个假洋鬼子……假洋鬼子回来时，向秀才讨还了四块洋钱，秀才便有一块银桃子挂在大襟上了；未庄人都惊服，说这是柿油党的顶子，抵得一个翰林；赵太爷因此也骤然大阔。"（注：柿油党即自由党）辛亥革命后，投机分子花几块钱就这样混进了革命党是很多的，很典型的，革命党也就变了质。而真的革命党早已被杀掉了，剩下的是假洋鬼子之类的假革命党："他（阿Q）生平所知道的革命党只有两个，城里的一个早已'嚓'的杀掉了，现在只剩了一个假洋鬼子。"假洋鬼子不准阿Q参加革命，表示了辛亥革命脱离了农民，不要农民，革命是失败了。这就是中国软弱的资产阶级所领导的不彻底的辛亥革命，旧民主主义革命的情况，既具体而又本质，鲁迅描写得概括得非常好。

《阿Q正传》告诉我们：辛亥革命之所以失败，是由于资产阶级所领导的革命只革去封建皇帝专制的统治形式，换汤不换药，依然是封建势力的统治，是不彻底的。这不彻底，是因为农民没有参加革命。而农民，像阿Q由于被压迫得不准姓赵，被剥削得只剩下一条裤子，是能够参加革命的。资产阶级不但没有唤醒农民，领导农民一起革命，反而压迫农民，不准农民革命，把要求参加革命的阿Q当做强盗杀害了。在这里，鲁迅提出了一个农民和革命的关系问题：中国农民是有革命的愿望和革命的可能性的，但是中国的资产阶级不可能领导农民去革命。阿Q似的农民（中国农民不全是阿Q），必须克服自己的精神胜利法等等缺点，才能走上革命的道路；背着这些缺点的包袱，对于走上革命的道路是很沉重的；虽然，由于使他不能活下去的残酷的阶级压迫，由于革命运动（虽然是不彻底的）的影响，他向往于革命，但是丢掉包袱才能轻装前进。这是鲁迅批判精神胜利法，不通过封建官僚或其他知识分子的人物（赵、钱二太爷和假洋鬼子等也有精神胜利法），而通过一个流浪雇农的阿Q的原因。中国革命要依靠贫雇农；贫雇农由于受了剥削阶级的思想影响和被压迫而还没有觉悟，因而有了精神胜利法，对于革命是很不利的。在鲁迅当时看来，这是中国革命的一个严重问题。谁能领导中国农民丢掉这些包袱，唤醒农民，教育农民，组织农民来进行革命斗争呢？只有中国的工人阶级及其政党中国共产党。几十年来党所领导的革命斗争及其辉煌的胜利都证明了这一点。鲁迅写作《阿Q正传》时，当然还不可能看到这一点，到1930年以后他就看到这一点了。

鲁迅在六十年前的《阿 Q 正传》中提出的中国农民和革命的关系问题，具体描写了像阿 Q 似的贫雇农是有革命的愿望和参加革命的可能的，但是辛亥革命时代投机革命的"假洋鬼子"们不准阿 Q 革命，更没有动员广大农民参加革命，革命遂失败了。鲁迅所总结的辛亥革命这个重大的历史教训，并没有被以后陈独秀、王明等"左"、右倾机会主义者所接受，他们都程度不同地像"假洋鬼子"似的不准农民革命，使中国的革命遭受到重大的损失。如果没有毛泽东同志所坚持的马克思列宁主义路线，并和他们进行斗争，并指引着革命前进，中国的革命会又一次像辛亥革命那样失败了。鲁迅总结的这个经验是很宝贵的。这是我们现在要学习《阿 Q 正传》的现实意义之一。

七　几个问题

最后，我想综合上面所说的，提几个问题请大家一起研究：

一、阿 Q 是否像本文所说的：是一个被压迫剥削和受统治阶级思想（精神胜利法和其他落后思想）毒害的"一种"落后贫雇农的典型（有他的阶级性和个性）？

二、"统治阶级的思想在每一时代都是占统治地位的思想。……因此，那些没有精神生产资料的人的思想，一般地是受统治阶级支配的。"（《马克思恩格斯选集》第一卷五十二页）统治阶级的精神胜利法和其他落后思想，既然可以毒害一些像阿 Q 似的贫雇农，当然也可影响其他阶级的人。这就是阿 Q 这个典型既是被精神胜利法毒害的"一种"落后贫雇农的典型，他的精神胜利法也具有一定的普遍性的原因。这普遍性当然不是说各阶级每一个人都有，贫雇农也有很多人起来反抗战斗了的。阿 Q 终于要做革命党，也表现了他作为贫雇农的阶级本质。因此，这个典型表现了阿 Q 的阶级性和个性的特点，通过个性表现了共性。这些说法有没有缺点或错误？

三、阿 Q 的精神胜利法形成的原因及其表现的形式和实质，都是属于一个被压迫剥削还没有觉悟的贫雇农的，和其他阶级的一些人的精神胜利法形成的原因及其表现形式和实质不同。但是，作为精神胜利法，他们还是有些相似之处，这就是他的普遍性。如果不承认这种普遍性，那么，又怎样理解《阿Q正传》正在发表的当时，有些知识分子就以为是在骂他？又怎样理解鲁迅在《俄文译本〈阿Q正传〉序及著者自叙传略》里所说的"要画出这样沉默的国民的魂灵来"和他要探讨研究的"国民性"问题？又怎样理解毛泽东同志说过的，文艺作品中反映出来的生活，"应该比普通的实际生活更高，更强烈，更有集中性，更典型，更理想，因此就更带普遍性"？又怎样理解上面曾引用过列宁关于奥勃洛摩夫的论述："俄国经历了三次革命，但仍然存在着许多奥勃洛摩夫，因为奥勃洛摩夫不仅是地主，而且是农民，不仅是农民，而且是知识分子，不仅是知识分子，而且是工人和共产党员。我们只要看一下我们如何开会，如何在各个委员会里工作，就可以说老奥勃洛摩夫仍然存在，所以必须长期地洗刷清扫他，督促鞭策他，才会产生一些效果。"（冈察洛夫的小说《奥勃洛摩夫》，1859年发表，以后经过1861年的废除农奴制度，1905年革命和1917年十月革命，因此列宁说"经历了三次革命"。）这不但指出奥勃洛摩夫精神的普遍性，而且说明了在一定时间范围内的长期性，当然不是人人都有的永久不变的人性。那么，说阿Q的精神胜利法的某一方面现在"有一些人"还有，是否可以？当然，不同的时代社会，表现的形式和实质不同。因为现在已经没有产生阿Q精神的社会条件或典型环境，但旧思想的影响是长期的，顽固的："俄国经历了三次革命，但仍然存在着许多奥勃洛摩夫……所以必须长期地洗刷清扫他，督促鞭策他，才会产生一些效果。"

四、阿Q的精神胜利法一直到被杀害前游街示众时还在表现。但阿Q的性格是有变化发展的，像文中"阿Q的性格发展"一段所说的，对不对？

五、阿Q不但主观上认为，因为他做了革命党才被捕，被关进监牢，被杀害；他在客观实际上"究竟已经用竹筷盘上他的辫子了"，表示了他做革命党的实际革命行动。这样说，是否符合小说描写的实际？

六、辛亥革命时的"假洋鬼子们"不准阿Q似的农民参加革命，更没有动员广大人民参加革命，革命因此失败了（革命之所以失败还有其他原因），小说虽没有明白地说出这一点，它的具体描写是表现了这一点的。这可不可以说是鲁迅在《阿Q正传》中所总结的经验教训？可不可以说陈独秀、王明没有接受这种经验教训，都像假洋鬼子一样程度不同地不准农民革命？（陈独秀听见湖南、湖北、江西等省农民如狂风骤雨似的起来革命，就吓得要死，说"糟得很"，不准革命了；王明反对以农村包围城市，主张搞城市起义，是另一种形式不准农民革命。）

七、从《阿Q正传》的具体描写中，怎么可以看出其他人物也有精神胜利法，从而说明阿Q的精神胜利法不是孤立的存在，而是"典型环境中的典型性格"，是被流行的"统治思想"所决定的。

八、鉴于前些年有些注释或讲解《阿Q正传》主题思想的文字，多偏重于讲它是批判辛亥革命的不准农民革命，脱离农民，所以失败了，对于精神胜利法则轻描淡写地一笔带过，我认为这不符合作品的思想实际，也不符合作者的创作意图，是主次颠倒了。所以形成这样的原因，是否由于"四人帮"不准说劳动人民的缺点，使大家不敢具体分析阿Q的精神胜利法？如果《阿Q正传》不是鲁迅写的，恐怕早有人指责"难道贫雇农是这样的吗？"从第一章到第九章，通过阿Q被压迫、被剥削、被欺侮等等具体描写，自始至终都是具体地揭露批判他的精神胜利法和与此相关的其他思想。表现辛亥革命的不彻底，不过是次要的主题。外国读者或著名作家所以能欣赏《阿Q正传》，大多同情阿Q的不幸遭遇，以及感受到外国人也有过的精神胜利法吧？现在常说某人是阿Q，某人的言行是阿Q精神，恐怕主要的还是说他有阿Q式的精神胜利法吧？我这些看法对不对？

1972 年初稿，1981 年改稿

《狂人日记》讲解

一

本篇发表于 1918 年 5 月《新青年》四卷五号，后收入《呐喊》。

十月革命的炮声，使鲁迅看到了人类"新世纪的曙光"。他号召中国人民向那曙光"抬起头"来。他自己则向着阻碍这曙光照耀中国的封建宗法制度和礼教道德，展开了勇猛的进攻，写出了反封建的"宣言书"《狂人日记》。当"五四"前夕，还只有少数进步知识分子一般地反对旧文化、旧思想、旧道德的时候，鲁迅不但揭露了封建礼教"仁义道德"的伪装，号召推翻几千年吃人的社会，还提出了"将来容不得吃人的人，活在世上"的警告，也就是"只有不吃人的人才能活在世上"的理想。

小说前有一段文言文写成的"识"（这个字在这里念成 zhì"志"，记的意思），现在把它译成白话文如下：

> "有某某弟兄二人，不必说出他们的名字了，都是我以前上中学时的好友；分别久了，消息渐渐不通。前些天偶然听说其中一个大病；恰逢我回家乡，遂绕道前去看望，只看见一人，说害病的是他的弟弟，'劳驾远道来看望，不过他已经好了，到某地等候做官去了'。他说完大笑，拿出两本病人写的日记，向我说从日记上可以看见当时病的情状，不妨也给老朋友们看一看。我拿回家看了一遍，从中得知

他所患的是'迫害狂'一类病。'日记'的语言错杂没有次序，又多荒唐不合常情的话，也没写明年月日。因为墨色字体不一样，知道不是一时写的。不过间或有略具联络的地方，现在撮取抄录一篇，以供医生研究。日记中错误的词语，也不代改。人名虽都是乡下人的，不为世间所知，本无大关系，不过也都换掉了。至于《狂人日记》这个名字，则是本人病好后写的，不再改了。7年4月2日记。"

作者在全篇开始用文言写的这段"识"，可以说是"引言"或"前言"，主要是交代这篇《狂人日记》的来历，其中有几点值得注意：

1. 狂人病愈后即去某地候补，说明他病好了并不反对这个吃人的社会。他给病中日记题的书名又是《狂人日记》，可见他自己也认为病中的思想见解是"疯话"。作者用他本人的这些表现来向读者证明这确是"狂人"的日记，是疯子在说疯话。这些都是作者的反语，因为这些"疯话"同时又是当时革命的"真理"，疯话和真理统一起来了，所以这个狂人并不狂。鲁迅在清末和辛亥革命以后几年，耳闻目睹有些革命者被说成是疯子。如说章太炎是章疯子，谭嗣同是疯子。鲁迅把革命者写成疯子，是有根据的，也是对于诬蔑革命者为疯子的这种现象的反驳和讽刺。

2. 说明他患的是"迫害狂"之类的病，就是说他因受迫害而发狂，时时猜疑别人要吃他。日记中所写的全部"吃人"、"被吃"的想法和意念都是来源于这种病，而不是其他种疯病。如果不说明是"迫害狂"，则日记中狂人的一切表现都无根据了。

3. 因为是狂人日记，所以语多杂乱无条理，又多荒唐不合常情的话，但也有略具联络的地方，因此作者才能从两册日记中选择、撮取和抄录了这一篇。这就说明了这篇日记已不是原来的样子，是经过作者重新组合了的。不过"记中语误，一字不易"，人名也都换掉了。这一切都向读者表示：日记是真的，在"错杂无伦次，又多荒唐之言"的同时，思想内容"有略具联络"的地方，表现了"狂人"的一贯思想。村人的名字原也都是真人的，为什么现在都换掉了呢？是为了避免真人出来找麻烦。鲁迅以后在《答〈戏〉周刊编者信》里说："我的一切小说中，指明着某处的却少得很。……人名也一样，古今文坛消息家，往往以为有些小说的根本是在报私仇，所以一定要穿凿书上的谁，就是实际上的谁。为免除这些才子学者们的白费心思，另生枝节起见，我就用'赵太爷'，'钱太爷'，是《百家姓》上最初的两个字……还有排行，因为我是长男，下有两个兄弟，为豫防谣言家的毒舌起见，我的作品中的坏脚色，是没有一个不是老大，或老四，老五的。"这是作者在《狂人日记》中用"赵贵翁"和吃人的是"大哥"的原因。

总之，这段文言的"识"很有必要。至于为什么不用《狂人日记》的白话写而要用文言，大约由于1918年4月用这种新白话写文章的人还极少，用它写日记小说的更没有了，只有"狂人"才这样做；为着有别于"狂人"，这段"识"就用当时通行的文言写了。

"日记"本文的讲解和分析：

一段：我活了三十多年毫不觉悟，由于三十多年来连月亮的光明也未见过，今晚看见了很好的月光，使我觉悟了。但要十分小心，并警惕被黑暗势力吃掉。吃人的社会是容不下觉悟的人的。如果不是这样，那条帮黑暗势力吃人的走狗为什么看我几眼呢？我怕得有理。

二段：今天黑暗遮住了月光，我知道不妙。赵贵翁和"一路上的人"，都是维护"古久先生的陈年流水簿子"的，即维护两千多年充满封建礼教的旧社会的；连下一代"小孩子"也被他们教坏了。他们都想害我，使我觉得奇怪而且伤心。

三段：不少人被吃人的旧社会害得很苦，但不觉悟，对"我"很凶。"那个女人"，"狼子村的佣户"，"大哥"，他们会吃人，未必不会吃"我"。"我"虽然不是恶人，但自从觉悟了，反对吃人的旧社会旧礼教以后，旧社会就要认为我是恶人了。几千年来的历史，被历代反动派用"仁义道德"粉饰得很好，实际上是"吃人"的历史。他们想要吃我了。

四段：狂人认为医生也是刽子手扮的，旧社会吃人的人都像医生那样："又想吃人，又是鬼鬼祟祟，想法子遮掩，不敢直捷下手"（这是揭露吃人者利用封建道德对被吃者进行欺骗宣传，掩饰旧社会吃人）。"真要令我笑死。"又竟不料"合伙吃我的人，便是我的哥哥"。"我是吃人的人的兄弟！我自己被人吃了，可仍然是吃人的人的兄弟！"被封建思想道德所影响的人，不但"吃人"，也吃了自己的兄弟或亲属。生活在旧社会而相信封建礼教的人，都参加了吃人。

五段："吃人"的人，"唇边还抹着人油，而且心里满装着吃人的意思"。但在吃人以前总要"讲道理"，说明"吃人"的所谓"理由"。

六段：旧社会一片黑暗，统治者的狗要吃人了。统治者和他们的"狗"，有狮子般的吃人野兽的凶心，玩弄着像狐狸般的狡猾手段，又像兔子般的怯弱，以达到他们吃人的目的。

七段：反动派利用封建思想道德等，到处"布满了罗网"，逼得人们走向死亡，而又看不出是他们害死的。人死之后，他们还要"吃死肉"：就是利用死人作为有利于他们的宣传教育或压迫剥削的材料。"最可怜的是我的大哥"，生在吃人的社会，"何以毫不害怕；而且合伙吃我呢？"他生活在这个吃人的社会"是历来惯了"，"不以为非"了，认为吃人是合理的现象。他是丧了所谓"良心"，"明知"是吃人，还是要吃。因为他是我的大哥，我首先诅咒他这个吃人的人，也首先劝转他不要再吃人了。

八段：一个二十岁左右的青年也替吃人的社会辩护，说旧社会是不吃人的，如有吃人的事，也是"从来如此"。但"从来如此，便对么？"几千年的吃人历史，一般人已经习以为常了，而"狂人"提出了"从来如此，便对么？"这个强烈的质问。这是五四时代彻底反封建和打倒孔家店的大胆怀疑精神的概括。可是这位受了封建思想毒害的青年的回答，也代表当时反动派的思想："总之你不该说，你说便是你错。"这位青年的吃人思想是他娘老子教的，"还怕已经教给他儿子了"。人们已有几千年吃人的传统，而且正在传下去。

九段：旧社会的人们都是"自己想吃人，又怕被别人吃了"。他们在封建思想的影响下，都互相劝勉，互相牵制，来维护这个吃人的社会，他们摆脱不了这个影响。他们应该"去了这心思"，反对吃人，也要为不被吃而战斗。

十段：古时野蛮人有的"一味要好"，不吃人了，"变了真的人"。有的"不要好"，仍然吃人，"至今还是虫子"，没有变成真人。（这是狂人的话，其实野蛮人已是人了，不是虫子。在狂人看来，吃人的人比虫子还不进化。）因此，吃人的人和不吃人的人之间的距离，比虫子和猴子之间的距离，"还差得很远很远"，就是前者之间的距离更大。

狂人说易牙蒸他的儿子给桀纣（应为齐桓公）吃，许多像徐锡麟那样的革命者都被吃了，狼子村的人和所谓"犯人"都被吃了。总之：从古代一直吃到狂人所生活的20世纪。狂人劝他大哥：只要大家反对从来如此的吃人社会，"立刻改了，也就人人太平"，不会被吃了。但是吃人的人的心思很不一样："一种是以为从来如此，应该吃的；一种是知道不该吃，可是仍然要吃，又怕别人说破他"，所以听了"我"说破了他们吃人，就"越发气愤不过"，抿着嘴冷笑。（这后一种人也感到这吃人的社会不合理，但不能反抗，仍然参加吃人，又怕别人揭穿他。）大哥说"我"是"疯子"，就是作为吃"我"的借口，和佃户说的大家吃了一个恶人是一样的方法，是旧社会杀害革命者的老谱。清朝末年不是有些革命者被说成是疯子吗？"狂人"虽然被说成是疯子，但他仍然劝他们改了，警告说："要晓得将来容不得吃人的人，活在世上。"就是说：像中国这样黑暗的吃人社会，"要不改，自己也会吃尽"，中国有灭亡的危险。狂人虽然因此在"黑沉沉的"屋里面，受着各种沉重的压迫，但"我晓得他的沉重是假的，便挣扎出来"，偏要说："你们立刻改了……你们要晓得将来是容不得吃人的人……"在重压之下，狂人依然挣扎战斗。

十一段：五岁的妹妹被维护旧社会的"大哥"一伙人吃了，大哥似乎"有点过意不去"。如果这样，他总还算有点觉悟。母亲因受封建思想的影响，也并不反对旧社会吃人，但对自己的女儿被旧社会吃了，又哭得叫人伤心，"真是奇极的事"！这就揭露了吃人的社会和个人的矛盾。那么，天下的母亲就这样让自己的儿女被旧社会继续吃吗？

十二段：中国四千年来的历史是吃人的历史，我在这吃人的社会混了三十多年；我既是被吃的人，也是吃人的一个。旧社会吃了我妹子，我也有份，我"吃了我妹子的几片肉"。现在轮到吃我了。我过去不知道我继承了四千年吃人的传统，现在知道了，我也在吃人，我"难见真的人"！生活在合理社会的"真的人"是不吃人的。

十三段：没有受过旧社会封建礼教思想影响的孩子还有吧？让我们推翻这个几千年来吃人的社会，救救孩子！

总起来说：《狂人日记》认为几千年来的中国社会是吃人的社会。人们都在这个社会中吃人和被吃，"从来如此"，不以为非。但是"要晓得将来容不得吃人的人，活在世上"，必须摧毁这个吃人的封建社会，解放下一代。

这表现了作者当时对阶级社会的历史有了朴素的阶级观点，一针见血地指出中国几千年的历史是"吃人"的历史。作者在 1918 年 8 月给许寿裳的信里说："《狂人日记》实为拙作……偶阅《通鉴》，乃悟中国人尚是食人民族，因成此篇。此种发见，关系亦甚大，而知者尚寥寥也。"他从宋代司马光等人编纂的《资治通鉴》的"字缝里看出"中国几千年的历史是吃人的历史。"此种发见"，关系确很大，但当时知道的人还很少。当别人都在一般地反对孔孟、"打倒孔家店"的时候，鲁迅则指出用封建思想道德粉饰伪装的旧社会，是吃人的社会，要推翻这个吃人的社会。他不只是批判孔孟之道，而且还要彻底推翻产生和利用封建思想道德的旧社会。这在当时思想界是很突出的。

到 1925 年，他在《灯下漫笔》中更具体地指出："中国人向来就没有争到过'人'的价格，至多不过是奴隶，到现在还如此。""所谓中国的文明者，其实不过是安排给阔人享用的人肉的筵宴。所谓中国者，其实不过是安排这人肉的筵宴的厨房。""于是大小无数的人肉的筵宴，即从有文明以来一直排到现在，人们就在这会场中吃人，被吃，以凶人的愚妄的欢呼，将悲惨的弱者的呼号遮掩，更不消说女人和小儿。""这人肉的筵宴现在还排着，有许多人还想一直排下去。扫荡这些食人者，掀掉这筵席，毁坏这厨房，则是现在的青年的使命！"

这篇小说发表在"五四"运动前一年的 1918 年，中国共产党还没有成立，马克思主义的传播还开始不久，能够运用朴素的阶级观点观察历史社会是很难得的。《狂人日记》喊出了要推翻吃人的社会、救救孩子的呼声，这是"彻底地不妥协地反封建主义"的声音，是"五四"前开始的彻底打倒整个封建社会制度的"宣言书"。

狂人是一个革命民主主义者，是鲁迅当时所理想的同旧社会战斗的英雄人物。只有这样的彻底革命者才能对旧社会进行不妥协的斗争。狂人是一个当时先进的知识分子的形象。

《狂人日记》虽然是"五四"时代彻底反封建的"宣言书"，但它并不是简单地把狂人当做传声筒，它是通过狂人的独特心理状态，用狂人的心理或逻辑去观察现实，并做了合情合理的表现。患了"迫害狂"的狂人，因为受迫害而发狂，他总以为人们要害死他，要吃他，他由此推论：人人都在互相吃，不管是母女或兄弟，连小孩子也都被教坏了，要吃人。人和人的关系就是"吃"和"被吃"的关系，换句话说，就是压迫剥削和被压迫被剥削的关系。狂人的思想和当时革命者的思想统一起来了，狂人和革命者统一起来了。这是《狂人日记》的艺术特点，是作者自己说的"表现的深切和格式的特别"的地方。

但是，鲁迅的狂人也有他的弱点：狂人的战斗是孤独的，是脱离群众的孤军作战。赵贵翁、大哥、陈老五、医生、青年，固然和吃人的社会是一伙；就是很多被吃的人也并不反抗吃人者，并且竟然对反抗吃人者的人，联合起来加以反对："他们——也有给知县打枷过的，也有给绅士掌过嘴的，也有衙役占了他妻子的，也有老子娘被债主逼死的；他们那时候的脸色，全没有昨天这么怕，也没有这么凶。"群众是不觉悟的，他们对于吃人的社会已经习惯。这种被压迫群众的麻木和愚昧，变成吃人社会的有利条件，这在鲁迅其他小说里（如《阿Q正传》《药》《孔乙己》等）也表现了这种思想，连小孩子"也睁着怪眼睛，似乎怕我，似乎想害我。这真教我怕，教我纳罕而且伤心。"他感到在孤军奋战。这是当时革命的知识分子的真实思想情况：因为马克思主义在中国刚刚传播，工人阶级尚未成为自觉的政治力量，它的政党尚未成立，中国革命的道路尚未确定。革命依靠什么社会力量还未解决，革命的知识分子和广大人民群众尚有较远的距离，他们还不能用马克思主义观察问题和解决问题，他们对群众的革命性有着怀疑。鲁迅当时也是这样，他的这一特点就反映在《狂人日记》等小说中了。他要打破闷死人的"铁屋子"，推翻人吃人的社会，但他不知道依靠什么社会力量，反而感觉到很多人是麻木愚昧的，虽然他自己在坚决顽强地战斗着。

二

鲁迅在1935年3月为《〈中国新文学大系〉小说二集》写的《序》里指出，在五四时期的《新青年》杂志上"发表了创作的短篇小说的，是鲁迅。从一九一八年五月起，《狂人日记》，《孔乙己》，《药》等，陆续的出现了，算是显示了'文学革命'的实绩，又因那时的认为'表现的深切和格式的特别'，颇激动了一部分青年读者的心。然而这激动，却是向来怠慢了绍介欧洲大陆文学的缘故。一八三四年顷，俄国的果戈理（N. Gogol）就已经写了《狂人日记》；一八八三年顷，尼采（Fr. Nietzsche）也早借了苏鲁支（Zarathusthra）的嘴，说过'你们已经走了从虫豸到人的路，在你们里面还有许多份是虫豸。你们做过猴子，到了现在，人还尤其猴子，无论比那一个猴子'的。而且《药》的收束，也分明的留着安特莱夫（L. Andreev）式的阴冷。但后起的《狂人日记》意在暴露家族制度和礼教的弊害，却比果戈理的忧愤深广，也不如尼采的超人的渺茫。"

以下就来简单地介绍一下这段话里提到的外国作家作品：

果戈理（1809~1852）写的《狂人日记》共分二十段，是二十天的日记。由于是狂人的日记，各段的日期大多是不连接的、混乱的。有的注明了月日，有的则没有日期，紊乱不堪的。

这篇《狂人日记》，写一个九等文官小书记（抄写员）波普里希钦，四十二岁，是一个贵族，但穷苦。他发牢骚说："我不懂在部里干差事有什么好处，一点财源也没有。""要不是为着职务高贵，我早就辞职不干了。""我是一位贵族哪，我会步步高升的。""苦的就是没有钱。"他天天给部长削鹅毛笔，幻想部长的小姐会爱他。小姐当然不爱他。"你不知道这人长得多么丑，简直像装在一只麻袋里的乌龟。他老是坐着削鹅毛笔。脑袋瓜上的头发像一把稻草。爸爸常常把他当奴仆使唤。"他又幻想成为一个将军。终于自以为做了西班牙皇帝，被关进了疯人院。果戈理也借这个狂人的嘴暴露了俄国官场的黑暗。如"世界上一切最好的东西，都被皇帝的侍从官或者将军们霸占去了。""我好几次想研究明白，为什么人要分成许多等级？我为什么是个九等文官？""他们做官的父亲们，是一大批吹牛拍马、趋炎附势的人；常说自己是爱国分子，其实他要的就是地租、地租！为了钱，他们甘心出卖父母和上帝，这些爱慕虚荣的家伙，是出卖基督的人。"

在小说的结尾，狂人（波普里希钦）说："妈呀，救救你可怜的孩子吧！把眼泪滴在他热病的头上，瞧他们是怎样地折磨他呀！把可怜的孤儿搂在你的怀里吧！这世上没有他安身的地方。大家迫害他——妈呀！可怜可怜患病的孩子吧……"

鲁迅的《狂人日记》，在结构和反封建意义上都和果戈理的小说有若干相似之处，就是受了后者的一定的影响。但是，鲁迅并不用混乱的年月日来表示是狂人的日记，而是通过狂人的独特心理描写，反映他是一个狂人，同时又是一个反封建的革命者。果戈理的狂人因为不能升官发财而有种种幻想，以致发疯了，虽然借此揭露了沙皇统治的官场黑暗和不平，但它毫无推翻沙皇社会的意思。他是多么渺小的个人主义者啊！鲁迅的《狂人日记》所反映的，则是辛亥革命前后的革命者的思想斗争，刻画了革命者的形象。狂人忧虑"将来容不得吃人的人"，他要推翻几千年来的吃人社会，所以说"却比果戈理的忧愤深广"。

尼采（1844～1900）是德国唯心主义反动哲学家。他的思想反映了正在形成的垄断资产阶级的要求和愿望。他谴责当时的自由资产阶级，称他们为因循守旧、苟且偷生的"庸人"。提倡主观战斗精神，强调"进化"就是"权力意志"实现其自身的过程，人生的目的在于发挥权力，"扩张自我"，人类必须努力成为所谓"超人"。他的《察拉图斯忒拉这样说》（又译《苏鲁支如是说》。苏鲁支是波斯拜火教的教主。尼采的这篇著作只用他的名字，和拜火教教义无关）总计四篇，另有《序言》一篇。《序言》共十节，鲁迅在论《狂人日记》中引的几句在第三节。1920年鲁迅翻译过这篇《序言》，在《新潮》月刊上发表。

安特莱夫（1871～1919），俄国作家。早期作品对穷人表示同情，但已带感伤阴冷的情绪。后来的作品就流露出对人民力量和革命的怀疑。《红笑》渲染战争的恐怖，《七个被绞死的人》描写对沙皇暴力的恐惧。十月革命后逃往国外。鲁迅《药》的收束和安特莱夫的"阴冷"并不完全相同，夏瑜坟上的花圈，隐喻着革命还有后来人，还在继续进行的深刻含意。

1974 年稿，1981 年 4 月略改

从"国民性"问题谈《阿Q正传》

"国民性"这个词，有人讲就是民族性，又有人说是人民性。我看国民性不是人民性。我们过去讲文艺理论，讲人民性、阶级性。国民性和人民性的含义相去很远。人民性这个词，过去被批判过，说是没有阶级观点。最近有人写文章，说要给人民性恢复名誉，说是对人民有益的作品就是有人民性，不管是古代的、现代的或外国的作品。我体会鲁迅讲的国民性不是人民性。是不是民族性呢？民族性也很笼统，包括好与坏、进步与落后两方面。国民性，我过去曾经说过，它不科学，按字面讲，那就是全国国民都有的性，这是不可能的。尽管比较多的人有那种思想或性格，也不能说是全国国民的思想。在阶级社会里，即使同一阶级的人也不一定都有一样的思想。鲁迅所讲的国民性，是指"国民劣根性"，某些国民的落后性，不是指的进步思想。我们的国民既有进步思想，也有落后思想；我们的民族，思想方面有好的，也有坏的。鲁迅讲的是国民性的病根，民族劣根性。有人说，鲁迅讲的国民性是民族性。世界上各民族各有它的特征。一般地讲，我们中华民族跟欧、美民族比，有我们中华民族的特点，但是一个民族的思想也不一致，不可能有同样的一种思想。鲁迅初到日本的时候，同许寿裳讨论中国国民性的病根何在。同时在《呐喊·自序》中也讲："我们的第一要著，是在改变他们的精神，而善于改变精神的是，我那时以为当然要推文艺。"这里讲的改变国民精神，就是改变国民性，也就是改变国民性中的病根，改变国民劣根性，不是指进步性。所以国民性这个名词，不是指全国国民都有的性。因此，我们用鲁迅的国民性这个词，是不是要特别肯定国民性里面的劣根性，不健康的，落后的，而不是国民的所有特性。

鲁迅所说的国民性，他要改造的国民精神，如《阿Q正传》中所揭露批判的精神胜利法就是。他早在1918年写的《随感录三十八》里已经提出国民性的一些弱点。"不幸中国偏只多这一种自大，古人所作所说的事，没一件不好，遵行还怕不及，怎敢说到改革？""'中国地大物博，开化最早，道德天下第一。'这是完全自负。""外国物质文明虽高，中国精神文明更好"，"外国的东西，中国都已有过；某种科学，即某子所说的云云"。这在当时也是很盛行的，引经据典，说现在资本主义国家的某种科学，我们中国过去某人就解决了。这些完全是自高自大。鲁迅指出的国民性病根的确存在，我看阿Q的精神胜利法就是。其实这种主题思想他早就有了，早要为这种思想做形象化的表现，写成小说了。如他说："我要给阿Q做正传，已经不止一两年了。……仿佛思想里有鬼似的。"这就是说，他思想里早就要批判阿Q的精神胜利法。最近有位青年同志讲，鲁迅后期的作品《故事新编》等是"主题先行"，"公式化、概念化"，不像前期写《阿Q正传》等作品那样。其实他是先有要批判精神胜利法这个"先行"的"主题思想"，然后才写《阿Q正传》的。我看不仅鲁迅是这样，别的作家恐怕在写小说时，也已在脑筋里早有个要表现的主题思想了。茅盾为什么要写《子夜》，他先已经有一种思想：中国的民族资本主义，中国的民族资产阶级，在帝国主义和官僚资产阶级的压迫下没有前途，中国是半殖民地半封建社会。中国的民族资产阶级在帝国主义、官僚资产阶级、买办资产阶级的压迫下，几个小资本家被挤垮了，破产了，在蒋介石的统治之下，民族资本生产出的货物，到处要纳税，结果不能跟洋货竞争，洋货只纳很低的进口税，因此国货不能跟帝国主义竞争。茅盾自己也讲，他写《子夜》就是要表现这个主题。当时托派说，中国的资本主义已经发展了，中国资产阶级已经强大了，中国的革命应该让资产阶级领导。等到中国的资本主义再发达，中国的工人阶级更强大，然后再来第二次革命，我们无产阶级再把领导权拿过来。茅盾的《子夜》驳斥了托派的这种谬论，《子夜》的最主要价值，我看就在这里。它用具体形象的表现，回答托派的胡说。这与我们党的意见是一致的。我们党当时说，中国资本主义不可能发展，中国民族资产阶级软弱，我们还是要领导中国革命，不能让软弱的资产阶级去领导。中国革命的性质，还是反帝反封建。鲁迅的哪一篇小说，在写成之前，没有一种思想要表现呢？他都有一种思想要表现，他写《祝福》，他写《狂人日记》《故乡》等等，他事先没有一个主题思想要表现，我就不相信。《阿 Q 正传》更是这样，他就是早就要表现这个思想，揭露批判精神胜利法。主题如果来自生活，用形象化的方法塑造典型环境中的典型性格，这样的 "主题先行" 有什么不好？当然，你只有一个抽象的革命口号，为了表现这个口号，你又没有生活，就编造故事，结果当然概念化了。鲁迅后期的《故事新编》是这样吗？大家看过《故事新编》的，想想是不是这样？它并不是公式化、概念化。在 1926 年，鲁迅讲："阿 Q 的影像，在我心目中似乎确已有了好几年，但我一向毫无写他出来的意思。" 就是有这种国民劣根性、精神胜利法的人的影像在他心目中已有好几年了。就是说，《阿 Q 正传》的主题思想早已有了，就是批判国民劣根性。

鲁迅所揭露批判的这种国民性，这种国民劣根性，这种国民性的病根，是不是只有一个雇农阿 Q 有，别的阶级里面的一部分人有没有？这个问题过去是有争论的。一般不敢说别的阶级中也有人有。七八年前我写过一篇《〈阿 Q 正传〉的历史意义和现实意义》，我说阿 Q 的精神胜利法是通过阿 Q 这一个雇农，阿 Q 这个人，就是通过他的阶级性和个性表现了普遍性。我这篇文章没发表，拿去征求意见，有人就说这是人性论，所以我没敢发表。当时似乎流行着一种概念：一个阶级只能有一个典型、一种思想，别的阶级不能有。所以国民性，国民劣根性，国民性的病根在空间上有没有普遍性，在时间上有没有一定的永久性？是不是只有辛亥革命前后这个时候，雇农阿 Q 才有？别的阶级的有些人有没有精神胜利法？现在我们敢讲了。我说其他阶级中有一些人也有，也不一定所有雇农都有阿 Q 精神，其他阶级的人也有精神胜利法，但也不是其他阶级所有的人都有精神胜利法。其他阶级的一部分人有。鲁迅在 1925 年写的《俄文译本〈阿 Q 正传〉序及著者自叙传略》中说："我是否真能够写出一个现代的我们国人的魂灵来。……要画出这样沉默的国民的魂灵来，在中国实在算一件难事……我也只得依了自己的觉察，孤寂地姑且将这些写出，作为在我的眼里所经过的中国的人生。" 这说的是国民性。所以他不是单写一个阿 Q。

1926 年他在《〈阿 Q 正传〉的成因》里讲："我也很愿意如人们所说，我只写出了现在以前的或一时期，但我还恐怕我所看见的并非现代的前身，而是其后，或者竟是二三十年之后。"他的意思就是说到 50 年代还有阿 Q 精神，问题是 70 年代、80 年代还有没有？有人说，现在阿 Q 精神还有不少哩。关于人物性格思想的普遍性，列宁曾举奥勃洛摩夫这个典型为例。列宁说："在俄国生活中曾有过这样的典型，这就是奥勃洛摩夫。他老是躺在床上，制定计划。从那时起，已经过去很长一段时间了。俄国经历了三次革命，但仍然存在着许多奥勃洛摩夫，因为奥勃洛摩夫不仅是地主，而且是农民，不仅是农民，而且是知识分子，不仅是知识分子，而且是工人和共产党员。我们只要看一下我们如何开会，如何在各个委员会里工作，就可以说老奥勃洛摩夫仍然存在，所以必须长期地洗刷清扫他，督促鞭策他，才会产生一些效果。在这一点上，我们应当看清自己的处境，不要抱任何幻想。"（奥勃洛摩夫是 19 世纪中叶俄国作家冈察洛夫作的长篇小说《奥勃洛摩夫》的主人公，他怠惰成性，害怕变动，终日幻想，对社会抱消极态度，是农奴制腐朽时期没落贵族地主的典型。）马克思说："统治阶级的思想在每一时代都是占统治地位的思想。……因此，那些没有精神生产资料的人的思想，一般地是受统治阶级支配的。"阿 Q 精神主要是来自统治阶级的影响。毛主席在 1937 年的《中国共产党在抗日时期的任务》中，还批评了一些人的阿 Q 主义。我曾想，为什么罗曼·罗兰能够欣赏《阿 Q 正传》，说它很好，别的外国作家也能欣赏这篇小说？是欣赏《阿 Q 正传》描写的农村的阶级斗争呢，还是欣赏《阿 Q 正传》描写辛亥革命脱离农民，因此辛亥革命不彻底呢？我想主要恐怕是欣赏阿 Q 的有普遍性的精神胜利法，因为这种精神胜利法在别国也有。在"文化大革命"期间，以至于在"四人帮"倒台以前，有些人不大敢讲《阿 Q 正传》是批判精神胜利法的。在 1976 年以前，有些人说《阿 Q 正传》的主题思想是描写辛亥革命脱离农民，不许阿 Q 革命；有的还添上一点，《阿 Q 正传》是描写农村的阶级斗争。至于《阿 Q 正传》的主要的主题思想批判精神胜利法，不敢着重讲，或者一笔带过。为什么不敢讲呢？就是你讲贫雇农身上有精神胜利法，这是不行的，有人会说："难道农民是这样的吗？"于是你就罪大恶极。所以，我想，《阿 Q 正传》要是别人写的，作者早就倒霉了。总之，我看《阿 Q 正传》的主题思想主要是批判精神胜利法，其他思想是次要的。阿 Q 的精神胜利法在空间上有普遍性，在时间上有一定的永久性。这是《阿 Q 正传》的价值所在。

我说精神胜利法其他阶级一部分人也有，是不是人性论？我说阿 Q 这个典型，既有阶级性、个性，也有普遍性。普遍性是通过阶级性、个性表现出来的。对不对？这个问题还可以讨论，这是理论问题。所谓典型人物的性格，我体会性格主要是思想感情。现在有些青年说，现在只讲鲁迅的思想发展，不谈鲁迅的性格，其实性格主要是思想感情，我们是谈的。

实际上，鲁迅所说的国民，也不是指全体四亿同胞。他指的国民性是一部分国民的劣根性，不是全体国民都有的性格。他在 1925 年写的《再论雷峰塔的倒掉》中讲："我们中国的许多人，——我在此特别郑重声明：并不包括四亿同胞全部！"我看这一句可以拿来解释他所谓的国民。他说的国民性，不是指四亿同胞都有的性；而且鲁迅揭露批判国民性，是跟揭露批判社会黑暗联系在一起的，揭批社会黑暗远远超过揭批国民性。

这里我想举《阿 Q 正传》里所揭露批判的精神胜利法为例，看看现在人有没有。

他的精神胜利法的第一种，是夸耀先前的阔，设想儿子的阔。我们过去比你阔得多啦。我的儿子将来也会阔气，我的儿子阔了，我也就阔了。我所接触的解放前参加民主革命的知识分子，到解放后进步很慢，但是解放前他确实参加过民主革命和反蒋斗争，做了一些革命工作，但是解放后，他满足于过去，不求进步，他看见别人比他进步了，甚至有的人入党了，他不服气，说："我过去革命的时候，你在干什么呀？"这不是阿 Q 吗？工农干部中有没有阿 Q 精神？恐怕也有吧！

阿 Q 的第二种精神胜利法：他忌讳头上的癞疮疤，又说别人还不配。癞疮疤毕竟是缺点嘛，他怕别人讲。我们有缺点也不愿别人讲，愿意听别人说好的。阿 Q 更进一步，我有这个缺点，你头上没有癞疮疤，你还不配有哩！解放后，有些知识分子以有文化有知识而自高自大。人家说他自高自大还不高兴。工农干部以自己没有文化感到光荣，如说"我是大老粗"的同志，有的是谦虚，有的则是以此为荣，满足于自己没有文化的缺点。

第三种精神胜利法：阿 Q 被人打了，不能反抗，说是儿子打老子。鲁迅概括的精神胜利法每件都有普遍性。打不赢就说儿子打老子。一个国家或一个人明明吃了人家的亏，还要表示出不在乎的样子，不从失败中吸取教训，反而轻视对方，以自我陶醉。鸦片战争以来，清朝对外战争一直失败，还阿Q似的看不起别人，说这些外国帝国主义是物质文明，我国是精神文明，精神胜于物质，以此自我陶醉。

第四种精神胜利法：他是"第一个能够自轻自贱的人"。别人说他是畜牲，阿Q把自己说成比畜牲还坏："我是虫豸。"他是天下第一个能够自轻自贱的人。除自轻自贱不算外，就剩下"第一个"。状元不也是第一个吗？他又胜利了。陶醉于自己的缺点错误，不学习别人的优点，来自我安慰，现在这种人也不少。

第五种精神胜利法：痛打自己的嘴巴，认为打的是自己，被打的是别人，他打了别人，他胜利了。军阀官僚不敢反抗帝国主义，打自己的人民，我看也是这种思想。

第六种精神胜利法：把对他的一切欺侮都很快地忘却，以取得精神胜利。他被假洋鬼子打了以后，很快忘却了疼痛。鲁迅是借这一个生活细节教育我们不要忘却帝国主义、封建主义对我们的压迫和痛苦，要记住，要复仇。我们现在的青年、老年都不应忘记解放前帝国主义、封建主义、官僚资本主义给我们的压迫和痛苦。青年没有新旧社会的对比，我们应该对他们进行教育。

第七种精神胜利法：阿Q被捕以后，听审讯被抓进抓出时，他想，人生大约有时候不免要抓进抓出的，他也就心安理得了。

第八种精神胜利法：叫他画圆圈，他画不圆。他一生没拿过笔，画不圆。但他马上想，孙子才画得圆哩，他不是孙子，是爷爷，又胜利了。这不是自欺自慰吗？

第九种精神胜利法：被杀害时，他想，人生天地间大约本来有时也未免要杀头的。

第十种精神胜利法："过了二十年又是一个。"这在当时是被杀害的"犯人"很流行的说法。二十年后怎么可能"又是一个"呢？是自欺的精神胜利法。鲁迅所描写的杀人的情景是很真实的。所以阿Q一直到死都在搞精神胜利，欺骗自己。除此以外，他还喜欢别人说他的好话，别人说阿

Q 真能做，他就高兴，说他的缺点，他就不高兴。我们现在有不少人，不愿听别人说他的缺点，愿意听别人说他好。所以阿 Q 这些性格是很有普遍性的。

阿 Q 很主观、很保守。鲁迅用一些生活细节来表现。比如凳子，未庄叫长凳，阿 Q 也叫长凳，城里人叫条凳，阿 Q 认为是错的。城里煎鱼用葱，把葱切成葱丝，未庄切成葱段，阿 Q 也认为切成葱丝是错的。他认为剪辫子是异端，这在当时也是普遍的。严守男女之大防，女人是害人的东西，一男一女在那里讲话就以为要有勾当了。所有这些描写，都表现阿 Q 的封建保守思想，在当时都有普遍性。阿 Q 还有一种思想是欺软怕硬。这在现在还是有普遍性的。他欺负小 D 和老小尼姑，他怕赵太爷、假洋鬼子等比他厉害的人。欺软怕硬这种性格现在也很有普遍性，鲁迅都有具体的描写。所以我认为《阿 Q 正传》的主题思想是揭露批判精神胜利法，其他思想是次要的。阿 Q 的精神胜利法，在当时和现在具有普遍性，是鲁迅所要改造的国民性的一个重要方面。这是《阿 Q 正传》的价值所在。

1981 年 5 月 25 日

（载于《鲁迅"国民性思想"讨论集》，1982）

鲁迅《自传》读后的补充

　　鲁迅对于自己的缺点，不但时时"解剖我自己"以进行自我批评；对于自己的优点或成绩，往往是不愿说或者是谦虚不说的。同志们读了这篇《自传》就会感到这一点。难道因为限于这样一千字左右的篇幅，他就只能这样告诉我们他到 1930 年 5 月写这篇《自传》时的生活、著作和工作的情况吗？

　　所以，如果只读这一篇简略的《自传》，是不能了解鲁迅是"中国文化革命的主将，他不但是伟大的文学家，而且是伟大的思想家和伟大的革命家……"（《新民主主义论》）等等正确、全面、深刻的评价的。我现在尝试着用五千字来补充阐述一下，供一般读者参考，可能仍不全面，更不一定完全准确；限于我的知识思想水平，即使写几万字，也不一定写得好。

　　鲁迅（1881~1936），姓周，初名樟寿，字豫才，一名树人。鲁迅是他 1918 年发表《狂人日记》时开始用的笔名。1881 年 9 月 25 日生于浙江省绍兴县城内，家有四五十亩水田，是小康人家。祖父周介孚是清朝的进士，做过翰林院编修，鲁迅十三岁时他因事下狱（1901 年出狱）。父亲周伯宜是读书人，在鲁迅十六岁时因病去世。母亲鲁瑞，出生于农村，以自修得到看书的学力。

　　鲁迅七岁入私塾读书，除规定必读的古书外，还看了不少"野史"、笔记、小说，又爱好民间文艺、传说、绘画。故乡绍兴府的古代先贤的反抗精神和他们的著作，引起鲁迅的尊敬和爱好。

祖父被捕入狱后，他和母亲等到农村外祖母家避难；以后又去过几次农村，因而接近了农民和农民的孩子，了解农民"毕生受着压迫，很多苦痛"，给他以后描写农民，为解放被压迫人民而战斗终生打下了基础。父亲死后，他的家"从小康人家而坠入困顿"，甚至连极少的学费也弄不到，于是不得不另谋出路。十八岁时，母亲为他筹了八元路费去南京入了不收一切费用的江南水师学堂。不久，他对这个学校感到不满，第二年就改入了江南陆师学堂附设的铁路矿务学堂，读到 1901 年底。

在南京的三四年，他接受了资本主义国家的"科学"和"民主"的思想影响，尤其是达尔文"进化论"的进化发展观点（不是"进化论"的全部内容）的影响，成为他早期（1907～1917）和前期（1918～1927）进行反帝反封建战斗的思想武器之一；到后期（1928～1936）他掌握了马列主义以后，这种进化发展观点也仍然有用。

1901 年底他在路矿学堂毕业，1902 年被派往日本学习；在东京弘文学院学习日文和其他课程。同时广泛阅读了外国哲学和文学书籍，并开始研究中国"国民性"问题，即多数人的思想状态或"国民性的病根"、"国民劣根性"问题，打算想出改造的办法，找到救国的途径。1902 年到日本后写的"我以我血荐轩辕"的《自题小像》诗，表现了他终生为国献身的救国救民的爱国主义思想。

1904 年，鲁迅在日本加入了当时中国革命组织"光复会"（光复汉族天下），参加推翻腐朽的清朝统治的革命活动。

1904 年的秋天，鲁迅离开东京，到仙台入医学专门学校，打算从医学入手，使中国进步、强盛。后来又觉得凡是愚昧的国民，即使体格如何健壮，也不能救国；救国的要道首先在于改变国民的精神，即改造人们的思想。而改变国民精神的最有力的工具，他那时以为要推文艺；于是在 1906 年 7 月终止了学医，改学文艺，提倡文艺运动。

1907 年鲁迅在东京和几个朋友计划办一种叫《新生》的文艺杂志，由于人力物力的缺乏，未能实现。但他在这一年写了《人之历史》、《科学史教篇》、《文化偏至论》和《摩罗诗力说》四篇重要论文，介绍当时世界上进步的自然科学、社会科学和文学，表现了鲁迅在当时中国思想界突出的社会政治思想、文学思想和自然史观，是中国近代思想史的最先进思想的组成部分。从此,开始了他三十年的光辉写作生涯(1907~1936)。

自弃医从文起,他就翻译介绍外国文学,着重翻译被压迫的弱小民族的爱国主义作品和揭露社会黑暗的俄国文学,于 1908 年集印成《域外小说集》一书,共收短篇小说三十七篇(内有一部分为周作人译),作为中国和中国改革者的借鉴。

1909 年夏,鲁迅从日本回国,担任杭州两级师范学堂的化学和生理学教员。1910 年暑假回故乡绍兴,担任绍兴中学堂的博物学和生理学教员兼监学(相当于现在的教务主任)。

1911 年 10 月辛亥革命爆发,鲁迅热烈欢迎这个推翻几千年封建专制的革命。绍兴光复后,鲁迅担任了绍兴师范学校的校长。也在这一年他写了文言小说《怀旧》,描写一位私塾教师的愚昧可笑,显示了反封建的讽刺才能。

1912 年,中华民国临时政府在南京成立,他应教育总长蔡元培的邀请,到教育部工作(任社会教育司第一科科长,后任佥事),不久随政府迁往北京。

辛亥革命革掉了一个皇帝,统治人民的仍然是封建军阀官僚势力。满怀希望的鲁迅,很快就感到失望。从 1912 年到 1917 年这段时间,鲁迅在思想上陷于苦恼之中,但他并没有消沉,却开始了新的思想和探索,他探索中国革命的出路问题。

1917 年的俄国十月革命,给中国人民送来了马克思列宁主义。鲁迅于 1918 年 4 月写了小说《狂人日记》,揭露和批判了中国几千年的社会是"人吃人"的社会,即少数人压迫剥削多数人的社会,号召要推翻这个吃人的社会。

从 1918 年到 1924 年间,共写近现代题材的短篇小说二十五篇,分别编入《呐喊》和《彷徨》两个集子里,内容主要是反封建,揭露人吃人的封建社会。

其中最有名的是《阿Q正传》,已译为几十种文字;它揭露批判了中外不少人具有的"精神胜利法",要求人们觉醒,并提出了一个农民和革命的关系问题。

根据"神话传说和史实"写的新的历史小说《故事新编》八篇,不是为写历史而写历史，是借古讽今，古今错综交融，揭露批判现实。

新旧诗六十余首，以旧诗为主，表现了鲁迅作为一个革命家的伟大的思想感情。

在 1919 年 5 月发表的杂文《随感录五十九·"圣武"》里，歌颂十月革命是人类"新世纪的曙光"，并号召人们要向那曙光抬起头来，迎着那曙光走去。

从 1918 年到 1927 年，他在北京大学、女师大等校，在厦门大学和广州中山大学任教，同时除写作散文诗《野草》二十四篇（连《题辞》在内），回忆散文《朝花夕拾》十篇外，还写了杂文约二百篇，以后收集在《热风》、《坟》、《华盖集》、《华盖集续编》和《而已集》等集子里，对帝国主义、封建主义、买办资产阶级和小资产阶级等等进行了斗争，表现了彻底的反帝反封建的毫不妥协的斗争精神，为祖国为人民而战。

在北京的十五年（1912~1926），他参加了五四新文化新思想运动，对维护封建文化思想的"学衡派"、"甲寅派"等给予彻底的揭露和批判。对以封建军阀政客段祺瑞、章士钊为后台的压迫进步学生爱国运动的"女师大事件"予以无畏的斗争；揭露"三一八"惨案刽子手的真面目和买办资产阶级教授、学者"正人君子"的帮凶嘴脸。1926 年初发表的《论"费厄泼赖"应该缓行》，则教育革命者对待真正的敌人不能"费厄泼赖"（Fairplay，宽厚仁慈），必须穷追猛打；狗虽落水，仍然打之，否则一旦上岸，还会咬人。这是鲁迅从革命者牺牲的血的教训中得出的经验总结。

1927 年的"四一二"反革命大屠杀和"四一五"广州的大逮捕，鲁迅营救中山大学被捕学生未遂，立即辞去教职，不久离开广州，于 10 月 3 日到达上海，到 1936 年 10 月 19 日去世为止，几乎整整九年，都生活和战斗在上海。

在上海的九年，他较多地学习了马克思列宁主义，又参加了革命斗争实践，还常常"解剖我自己"（进行自我批评），遂在政治上由革命民主主义者前进到为社会主义和共产主义的理想而战斗的战士，在世界观方面也由前期的进化论、一般的唯物论和阶级观点以及马克思主义思想成分，而完成了向辩证唯物论和历史唯物论的转变。他相信"惟新兴的无产者才有将来"，他相信人类"无阶级社会一定要实现"。

我认为 1927、1928、1929 三年写的《而已集》和《三闲集》，还只能算是世界观转变的过渡时期，到 1930 年作的《二心集》才算完成。他从此以后战斗得更英勇了，革命乐观主义充满了字里行间；他看见了群众的觉悟和力量，像在《野草》和前期一部分小说杂文中流露的悲观失望、消沉、暗淡、黑暗势力的重压等等思想感情，为革命乐观主义所代替了。

后期著作，除《三闲集》和《二心集》外，还有《南腔北调集》、《伪自由书》、《准风月谈》、《花边文学》、《且介亭杂文》、《且介亭杂文二集》、《且介亭杂文末编》和不分前后期的《集外集》、《集外集拾遗》。1924 年成书、1930 年和以后又作了修改的《中国小说史略》和 1926 年写的《汉文学史纲要》，都是开创性的中国文学史著作。

1981 年新版《鲁迅全集》不但包括上述前后期的所有著作，而且加入了《鲁迅书信集》（一千四百余封）、《鲁迅日记》、《鲁迅译文序跋集》、《鲁迅辑录古籍序跋集》和历年新发现的佚文，共约三百九十九万字，而且全都加了注释，注文约共二百万字。较之鲁迅逝世以后出版的 1938 年版《鲁迅全集》、1946 年版《鲁迅三十年集》、1958 年版《鲁迅全集》和 1973 年版单行本和全集，是较全而又注释得较好的全集。

在中国现代著名的作家作品中，鲁迅的小说、诗歌、杂文、散文、散文诗等，是百读不厌，每读一遍就有较深入的体会、较多的收获、较多的美的享受或艺术性的欣赏的作品；是经得起时间的考验和经得起研究、经得起讲解的作品。他的作品之所以能达到这样高的成就，是和他时时站在近代中国思想界的最前面，不断参加人民的革命斗争，为祖国为人民的进步解放而写作的思想立场分不开的（和他从古今中外的著名作品中所吸收的丰富营养，艰苦勤劳，认真负责的写作实践，也有关系）。所以，他作为"伟大的文学家"，和他作为"伟大的思想家"和"伟大的革命家"是分不开的。

鲁迅确不是职业革命家，一生也不是主要以政治活动家的面目出现的，但他确实参加了许多革命活动。前期（1918～1927）的革命活动，上面已经大略地介绍了，以下再举例介绍一些他后期（1928～1936）的革命斗争实践：

1928 年，加入党的外围组织"革命互济会"，以后经常捐款。

1930 年 1 月，为"中国自由运动大同盟"发起人和领导人之一。3 月"中国左翼作家联盟"成立，为主要领导人和发起人之一。后被通缉，离家避难。

1933 年 1 月，鲁迅与宋庆龄、蔡元培、杨杏佛（铨）等成立"中国民权保障同盟"，被选为执行委员。5 月，与宋、蔡、杨等到上海德国领事馆递交抗议书，抗议希特勒迫害进步作家和焚烧进步书籍。6 月 18 日，"同盟"总干事杨铨被暗杀，20 日鲁迅在白色恐怖中亲自参加入殓仪式，临行不带钥匙，以示牺牲的决心，表现了革命者的大无畏精神。

1933 年 9 月，参加在上海召开的由第三国际领导的"世界反对帝国主义战争委员会远东会议"，被选为主席团名誉主席。

1934 年 8 月，有被捕危险，离家避难。

1935 年 10 月 19 日，中国工农红军长征到达陕北；当反动派叫嚣红军即将被消灭之时，鲁迅向党中央和毛主席拍发了贺电："在你们身上寄托着中国和人类的希望。"（据许广平《鲁迅回忆录》中电文）这是代表全国被压迫人民的最好的革命行动。

1936 年 4 月，把方志敏同志致党中央的信件和《可爱的中国》等文稿转交陕北党中央。据不少同志回忆，他为党做了很多工作。这说明鲁迅后期和党的关系多么密切，说明鲁迅是党非常信任的党外马克思主义革命者，他参加了很多革命工作和活动，是"伟大的革命家"。

此外，他用一生写作了八九百篇各种形式的不朽著作，著作中表现的深刻正确的革命思想，对 20 世纪初三十年间的中国革命做出了卓越的贡献。在中国现代作家中，和革命配合得这样密切的，再没有超过鲁迅的了。"伟大的革命家"这个称号，他是当之而无愧的。

1981 年 7 月于北京

（载于《文学知识》）

读《鲁迅书简》

　　这一本书简，是收集了鲁迅先生致七十多个人的通信，共八百余封，全书千余页，近五十万言，时间是自 1923 年 1 月 11 日起到 1936 年 10 月 18 日，即鲁迅先生逝世的前一天止。据杨霁云先生在本书简的《跋》和许广平先生在《编后记》里说："合之先生生前所作之信札，大约不过三分之一而已。""一定还有许多，从日记里我们就见到不少没有收回的通讯者的大名。"这大约是可靠的：笔者的相识中，就有几位说过他们因种种不同的原因丢失了鲁迅先生的不少信札；或者藏有鲁迅先生的信札，而说"尚未到发表的时候"，因为里面所贬折的人都在活着，发表出来不好意思。其余的原因，则就像杨先生在《跋》里所说："当时征求先生遗札的时候，有人虽藏有先生给他的书简不少，然而今昔立场各殊，信中或有述及其隐微，遂秘不肯出。亦有人以先生蔑视晚明小品，思想渐异，徐由同路而至对立，隐恨先生之文字……先生之文字既无从毁灭，昔日私人之信简，乃弃置由已。"不肯交出。所以许先生虽在《编后记》里"再来一个郑重的呼吁：请各位保存鲁迅先生信简的朋友，仍然不断的陆续惠借书信，使我们能在再版的时候加厚一倍，三版的时候更加厚一倍，使研究鲁迅文学遗产的更得丰富的食粮，这是我所珍视而需要的。我们为此伸出求助的手，请爱好鲁迅以及关心文学的先生们给予以助力！"即使有些先生们现在能像鲁迅先生为人的光明磊落，不因"今昔立场各殊"，"思想渐异"，亦不惧"信中或有述及其隐微"，而将信交出，但鲁迅先生的信札是很难收集完全的了！而"在先生的日记中，可以看出先生的一生精力，几有一大部分是消耗于信札方面的"。(《跋》）鲁迅先生自己也说他"每日平均写三四封信"。现在即以这八百多封信为例，内容几乎全是对于国家、民族、人生、社会、文化、艺术和文学的宝贵识见，属于个人生活事件的，不过百分之二，而这也与鲁迅先生整个生活与工作有关，可以作为研究鲁迅先生的参考。

假使这部五十万字的书简仅是鲁迅先生全部信札的三分之一，则那么能收集得到的约百万言的鲁迅先生的心血，将是中国文化界的如何巨大的损失！

这将近五十万字的八百多封信，不仅是"研究鲁迅文学遗产的丰富的食粮"，还提供了在《鲁迅全集》里所找不到的许多宝贵的意见。譬如关于木刻艺术（从素描雕刻到印刷）、中国旧版画、绘画、石刻拓片的研究批评；对于中国旧文学和文学史的意见；关于新诗、小说创作的指引；关于中国新文学界的情形；作家或当代人物的批评，以及叭儿狗们的本相；对于国家民族、文化政治的论断和预言；关于书籍的排版、印刷和装订；关于外国文学的评介和翻译，等等，从这些信里我们还看见先生培植文艺青年的苦心和毅力，及支持文艺刊物和出版他人译作的艰难和困苦。试略一看这七十多个人里面，有几个不是在接受着鲁迅先生的指导、借助，甚至于金钱的挪借、致送和书刊的赠予？（鲁迅先生的经济情形并不富裕）这些信都是受信者本人自行应征交出，付印之时，编辑人也决不能更改一字的。（受信人可以看见）这是和《鲁迅全集》一样可靠的真实的宝贵的资料，它反映着过去，现在，以至于将来诬蔑鲁迅先生的叭儿狗们的嘴脸！

当鲁迅先生在执笔写信时，他决不会想到，他的这些信到现在会被发表；由于是私人通信，写的时候可以比较自由，可以随意抒写（在能通过邮件检查的范围以内），可以较之发表作品少受些客观环境的牵扯、束缚和迫压。（鲁迅先生在信里面说了好多次，他之作文好像是"带着镣铐的跳舞"：刊物来要稿，一面要顾及被禁，一面又要不十分无谓，真变成一种苦恼。）因此，这些信，较之鲁迅先生的小说、散文、故事、序跋、新旧诗、论文以及杂文来，告诉了我们更多方面的东西；尤其是这些东西里面的一部分，是在一个人准备公开发表的文字里所不会有的。

我们从这些信里面，看见鲁迅先生学识的渊博和深广；看见他对不幸的人民，对在厄难中的青年和贫困作家的同情和帮助，在字里行间闪耀着一颗伟大的心！但他对于人民的敌人以及帮闲和帮忙的叭儿狗们，则充满了憎恨和愤怒，笔下也毫不留情；因此好多人都说他是太"尖酸刻薄"了，有伤"中庸"和"忠厚"之道。这些信就证明着鲁迅先生彻头彻尾是一个对一切不幸者慈祥博爱的人道主义作家，中国人民欢迎鲁迅先生对一切苍蝇蚊子"尖酸刻薄"，反对一切吸血者的什么"中庸"和"忠厚"之道！

我们从这些信里面，看见鲁迅先生的细心和沉着，韧战和苦战的精神，看见他处处实事求是，不尚空谈，脚踏实地，一步一步做去，一个清醒的现实主义者所走的道路。有人问他的"人生计划"或"生活态度"，他只说"随时为大家想想，谋点利益就好"，他劝人要"为人类的前途着想，留下一点东西"。在致郑振铎的信里说：

> 上海的邵洵美之徒，在发议论骂我们之印《笺谱》；这些东西，真是"前不见古人，后不见来者"，吃完许多米肉，搽了许多雪花膏之后，就什么也不留一点给未来的人们的——最末，是"大出丧"而已。

这可以看出鲁迅先生的数百万字的译著和他一生奋斗的劳绩，是不仅意在为着他当时的现在，也是为着未来的。但他不尚空论，"不出难题与别人做"，他是无论在创作方法和生活方式上，都一个彻底的现实主义者。

从下边随便录下的几段里，可以看见这样一个崇高伟大的灵魂，生前是在怎样的艰苦、受难和奋斗里，致力于人民的解放事业！

> 人生现在实在苦痛，但我们总要战取光明，即使自己遇不到，也可以留给后来的。我们这样的活下去罢。（1936年3月致曹白信）

> 我身体弱，而琐事多，向来每日平均写回信三四封，也仍然未能处处周到。一病之后，更加照顾不到，而因此又须解释所以未写回信

之故，自己真觉得有点苦痛。（1936 年 9 月致叶紫信）

至于我的先前受人愚弄呢，那自然；但也不是第一次了，不过在他们还未露出原形，他们做事好像还于中国有益的时候，我是出力的。这是我历来做事的主意，根柢即在总账问题。即使第一次受骗了，第二次也有被骗的可能，我还是做，因为被人偷过一次，也不能疑心世界上全是偷儿，只好仍旧打杂。但自然，得了真赃实据之后，又是一回事了。（1935 年 10 月致萧军信）

近来文字的压迫更严，短文也几乎无处发表了。看看去年所作的东西，又有了短评和杂论各一本，想在今年内印它出来，而新的文章，就不再做，这几年真也够吃力了。近几时我想看看古书，再来做点什么书，把那些坏种的祖坟刨一下。（1935 年 1 月致萧军、萧红信）

来信又愤怒于他们之迫害我。这是不足为奇的，他们还能做什么别的？我究竟还要说话。你看老百姓一声不响，将汗血贡献出来，自己弄到无衣无食，他们不是还要老百姓的性命吗？（1934 年 12 月致萧军、萧红信）

我之被指为汉奸，今年是第二次。记得十来年前，因爱罗先珂攻击中国缺点，上海报亦曾说是由我授意，而我之叛国，则因女人是日妇云。今之衮衮诸公及其叭儿，盖亦深知中国已将卖绝，故在竭力别求卖国者以便归罪，如《汗血月刊》之以明亡归咎于"东林"，即其微意也。然而变迁至速，不必一二年，则谁为汉奸，便可一目了然矣。（1934 年 6 月致曹聚仁信）

好的青年，自然有的，我亲见他们遇害，亲见他们受苦，如果没有这些人，我真可以"息息肩"了。现在所做的虽只是些无聊事，但人也只有人的本领，一部分人以为非必要者，一部分人却以为必要的。而且两手也只能做这些事，学术文章要参考书，小说也须能往各

处走动，考察，但现在我所处的境遇，都不能。（1933 年 8 月致胡今虚信）

九月十七日来信收到了，请你转致半农先生，我感谢他的好意，为我，为中国。但我很抱歉，我不愿意如此。

诺贝尔赏金，梁启超自然不配，我也不配，要拿这钱，还欠努力。世界上比我好的作家何限，他们得不到。你看我译的那本《小约翰》，我那里做得出来，然而这作者就没有得到。

或者我所便宜的，是我是中国人，靠着这"中国"两个字罢，那么，与陈焕章在美国做《孔门理财学》而得博士无异了，自己也觉得好笑。

我觉得中国实在还没有可得诺贝尔赏金的人，瑞典最好是不要理我们，谁也不给。倘因为黄色脸皮人，格外优待从宽，反足以长中国人的虚荣心，以为真可与别国大作家比肩了，结果将很坏。

我眼前所见的依然黑暗，有些疲倦，有些颓唐，此后能否创作，尚在不可知之数。倘这事成功而从此不再动笔，对不起人；倘再写，也许变了翰林文字，一无可观了。还是照旧的没有名誉而穷之为好罢。（1927 年 9 月致台静农信）。

中国青年之至死不屈者，亦常有之，但皆秘不发表。不能受刑至死，就非卖友不可，于是坚卓者无不灭亡，游移者愈益堕落，长此以往，将使中国无一好人，倘中国而终亡，操此策者为之也。（1933 年 6 月致曹聚仁信）

权力者的砍杀我，确是费尽心力，而且它们有叭儿狗，所以比北洋军阀更周密，更厉害。不过好像效力也并不大；一大批叭儿狗，现在已经自己露出了尾巴，沉下去了。（1936 年 4 月给曹白信）

中国的做人虽然很难，我的敌人（鬼鬼祟祟的）也太多，倘我若存在一日，终当为文艺尽力，试看新的文艺和在压制者保护之下的狗

屁文艺，谁先成为烟埃。并希兄也好好地保养，早日痊愈，无论如何，将来总归是我们的。（1931 年 2 月致韦素园信）

鲁迅先生说："弄文学的人，只要（一）坚忍，（二）认真，（三）韧长，就可以了。不必因为有人改变，就悲观的。"（1933 年 10 月致胡今虚信）其实先生的一生，就是在中国文艺领域及中华民族解放的战场上，坚忍，认真和韧长地战斗过来的。

1947 年 1 月 10 日

（载于《台湾文化》第二卷第二期，1947 年 2 月）

新版《鲁迅全集》的优缺点

　　一个多月以前，报上发表了一条"新华社十月十九日讯"：《纪念鲁迅诞辰一百周年，新版〈鲁迅全集〉明年出版》；其中讲了三个优点，我觉得讲的都很对，再向读者介绍于下："一是新增加了书信、日记以及新发现的佚文（还有古籍和译文的序跋等），改正了旧版正文的一些错讹。这次所收的鲁迅书信达一千四百六十多封，比一九七六年出版的书信集增加了六十多封。可以这样说，这是迄今收集最为完备、校勘最为精确的版本；二是既保留了旧注好的成果，改正了其中的若干错误，又补充了不少新的资料，增加了一些新的条目，注释比以前更为充实了；三是为了照顾一般读者的需要，旧版无注的《中国小说史略》、《汉文学史纲要》和新编入的书信、日记等都作了注释。新版还增加了不少照片和插图。"

　　以上这些优点说的一点也不错。我们应该感谢人民文学出版社"鲁迅著作编辑室"的领导和全体工作人员，感谢这个新注释本的初稿注释者二十多个院校中文系等单位的师生干部们，以及工人解放军同志们！他们以饱满的政治热情，高度的革命责任感，把这一份珍贵的文化思想遗产尽可能准确地交给中外人民，尤其是我们的子子孙孙。他们四五年来花了很多人力物力财力，走遍全国各地，调查访问，查阅报刊书籍，核实修改旧注，增加新注，尽可能采用第一手材料（原始材料）。注释的质量可以说比一九五八年版好多了！

　　但是还要两点论：请恕我也说一说注释的三个缺点，自然是"我以为"，不一定正确。

一、把注释初稿中的对每一篇所注的"写作背景和主题思想"都删去了，估计有八百条左右；因为新版《鲁迅全集》除书信、日记外，各种形式的著作有八百多篇。而这些注释又是二十多本单行本的初稿注释者费力最多，现在一般读者最需要的注释。由于鲁迅所生活的时代环境的种种限制，他常常"隐晦曲折"地进行战斗，虽然也有不少"明白晓畅"的作品，但内容已多是半个世纪以前的了，现在一般青年很难读懂。"某篇是针对什么问题或在什么背景之下写的呢？""它的主题思想究竟是什么呢？"很难懂。读者们多渴望有一条注释（那怕是几百字）供参考啊！而竟被删去了。这个删去的大权不是"鲁编室"或出版社所能有的。

我记得七八年前在北京人民文学出版社召开的鲁迅著作注释出版座谈会上（参加者一二十人），在一九七六年五月国家出版局在济南召开的同样的会上（参加者约百人，主要是担任各单行本注释的同志），大家都要求而且确定了对每一篇都要注明"写作背景和主题思想"，供读者参考。大家是按照这个规定注的，在初稿的《征求意见本》中都印上去了。但到一九七八年定稿时被有权者删去；他们的理由是应该商榷的；请看他们的理由：

与其注得不准确，还不如让读者自己去体会。

各单行本的注释初稿（《鲁迅全集》本同），是"鲁编室"从全国综合大学和师范院校大约六七十个中文系中选请二十来个中文系教"中国现代文学"或"鲁迅研究"课的教师，又组织了少数学生和有研究有基础有兴趣的工人解放军同志们（有的系还有教古典文学、外国文学等课的教师参加），每本都大约花了一二年的时间才注释完的。自然"不一定准确"的注是可能会有的；但能保证其他各条注释都"一定准确"吗？"社会背景和主题思想"比较难注，是花费时间、精力比较多的一条，也是事实；但注释者们的水平（他们的集体智慧、集体讨论），比一般读者的"体会"总要好一些罢？何况在各本的《注释说明》中可以写上一条："因限于水平，本书所有注释都不一定准确和正确，只供读者参考"，这样提醒读者注意，帮助读者"体会"，甚至启发读者有不同的"体会"，岂不很好吗？

为什么一定要删去呢？

二、"注释要少而精，以免注释之繁"；"注释"的字数多少和原文相比，"不能喧宾夺主"。

"少"不一定就"精"，"少"到什么程度才算好，也很难说。姑且以高中毕业文化程度的读者为对象罢，就现在已经出版的十六本新版单行本的注释看，较《征求意见本》少了不少，尤其删去了每一篇的"写作背景和主题思想"，给一般读者增加了不小的困难；很多地方都应该多注一点，尽可能多帮助读者一些。而竟借口"以免注释之繁"（这是张春桥、姚文元也说过的话，他们怕注出和"狄克""姚蓬子"等有关系的人和事），"不能喧宾夺主"，对高中毕业的读者不一定认识的字和词也不注了，把《征求意见本》中这一方面的注，几乎全部删去。说"凡是《新华字典》上能查到的都不注"。如果注了，不是比读者去查字典省时间吗？中国方块字的字典，无论怎样编排，查时也很费时间，这是大家都知道的。注了这些难字和难词，能多用多少篇幅或纸张，每本增加几分定价呢？和读者花费在查字典上的宝贵的一去不复返的时间和生命相比，又怎样呢？古人对于周秦诸子、儒家经典、《诗经》、《楚辞》、《昭明文选》，以至李白杜甫等人的著作，注得多么详细啊，不但有注释，有考证，而且有各式各样的讲解，有很多是真正的"繁琐"；它们是逐字逐句逐章逐段地注和解，不厌其烦地注和解，唯恐别人不懂。这是古人对待古人著作的态度，他们的注解大大地"喧宾夺主"了！为什么今人对于鲁迅的这一份珍贵的遗产就不准多注一些呢？前两年出版的中国社会科学院文学研究所古典室几位同志选注的《唐诗选》（六百三十多首），不但注难字难词，注一切知识性的事物和典故，而且一句一解，两句合起来解，三四句串起来解，全篇再统起来解：写作背景和主题思想都有了；这对于读者帮助多大啊！为着把"唐诗"这一份珍贵遗产交给当代和后代，应该这样做，虽然这本书也可能有某些小缺点，但这样注解是好的，不是"繁琐"。难道因为鲁迅的著作大半是用白话文写的，就不需要多注加解吗？就不需要交代每一篇的"写作背景和主题思想"吗？究竟是什么人不愿多注，不愿写出每一篇的针对性和主题思想呢？

在八九百篇著作中究竟有多少篇直接对某些人不利，间接又对另一些人不利呢？不是对绝大多数人和我们的子孙有利的吗？少注和不解，不是有意不想叫一般读者看懂吗？这样做，是影响深远，危害很大的：因为这次新版本出版以后，估计一二十年内不会重新注释《鲁迅全集》了；今后一般读者对某些篇或某些地方会弄得似懂不懂，甚至完全不懂！这是对不起我们的后代的！

为补救计，我建议担任各单行本注释初稿的各单位同志们把你们注的每篇"写作背景和主题思想"那一条和难字难词的注都加加工，再加上难句的讲解（这是读者很需要的！），把二十几本的这些注解合印在一起，单独发行，以补新版《鲁迅全集》注释的不足罢。

但我再说一遍：新版《鲁迅全集》还是比过去几种旧版的好。

评新版《鲁迅全集》注释的美中不足

（以《故事新编》的《铸剑》注释为例）

1981年新版《鲁迅全集》本的注释和它的单行本的注释（这二者的注文相同），在1958年版的注释和1978年《征求意见本》的注释的基础上，又重新加注修改，优点是很多的。我在这篇短文里只谈它的美中不足，为着说得具体一些，以《故事新编》里《铸剑》的注释为例。

《故事新编》的《铸剑》一篇里黑色人唱的两首歌和眉间尺的头所唱的一首歌，山东大学中文系师生和工人同志们注释的《故事新编》（《征求意见本》单行本共有二十多本，听说各铅印六百册，供征求意见用）里原都作了注释；对于这三首似可解似不可解的歌的了解是有帮助的。可惜在出版社定稿时把这些注释删去了，1981年版的《鲁迅全集》的注释和单行本的注释，都没有这三条注。除了被赠送有《征求意见本》的人以外，广大读者只有"自己去体会"了；我总觉得保留这些注释，对读者有益：出版社可以在《全集》的《注释说明》中写上一条，声明"本书的注释可能有不准确或不正确的地方，只供参考"，不就可以了吗？注错了，也并不妨碍读者自己去体会，"只供参考"嘛。以下我把这三条被删掉的注释介绍在下面，看它们对读者有无帮助，删得对不对。

黑色人唱的这首歌（第一首歌），大意是，国王凶狠残暴，杀害了许多无辜的人。大家必须同仇敌忾，向他展开以血还血的斗争，直至将国王彻底消灭。兮（xī 西），古代诗歌中的语助词，跟现代汉语中的"啊"相似。自屠，自刿。彩颐（yí 移），古代楚地方言，即"多啊"。连翩（piān 偏），连续不断。一夫，独夫，这是指国王。

宴之敖者唱的这首歌（即黑色人唱的第二首歌），大意是，国王在千百万人的白骨架起的宝座上狞笑，百姓挣扎在黑暗的痛苦深渊。宴之敖者决心为铲除双手沾满鲜血的国王而战斗。民萌，人民。冥行，在黑暗中行走。壶卢，喉间的笑声，又作"胡卢"、"卢胡"。

眉间尺的头唱的这首歌，大意是，国王恶贯满盈，罪恶滔天。虽然他声势煊赫，但是末日就要来临。眉间尺永远忘不了杀父之仇，多么渴望与国王决一死战，报仇雪恨。"王泽流兮浩洋洋"，反语。王泽，国王的恩泽。流，流布，传播。浩洋洋，广大。"堂哉皇哉嗳嗳唷"，作者指出："第三首歌，确是伟丽雄壮，但在'堂哉皇哉嗳嗳唷'之中，却用了'嗳嗳唷'的猥亵小调。"（1936 年 3 月 28 日致增田涉信）这里所谓颂词"堂哉皇哉"与后面小调"嗳嗳唷"合用，有讥讽作用。

删去以上三条注释，不但删去这三首歌的主题思想大意，而且删去了对一般读者较为生僻的字词的注释（注音释义），增加读者查字典的麻烦。而有的同志说：读鲁迅著作，就不要怕查字典词典的麻烦；怕麻烦就不要读鲁迅著作。我说：既然已经在每篇作品后面注了，读者一翻即能认识，让读者省去查字典的时间而认识很多字词，岂不很好吗？中国方块字的字典，无论怎样编排（除非汉字拼音化以后）都比各拼音字国家的字典难查得多；用"部首"、"四角号码"、"汉语拼音方案"等方法编排的字典，都较费时间，难查。为着借口"节约篇幅"；为着借口避免注释对原作"喧宾夺主"（即注释多于正文）；为着借口"以免注释之繁"而这样做，是对的吗？是为广大读者的方便和利益着想的吗？古人对于古人的著作为什么注释得那样详细？《诗经》、《楚辞》、《昭明文选》、《李太白集》、《杜工部集》等，不是有很多古人作注，而且"喧宾夺主"了吗？和新版《鲁迅全集》差不多同时进行注释的《唐诗选》（余冠英、王水照等选注），同是人民文学出版社出版的（1978 年），为什么注得那样详细？每首诗的注文不知"喧宾夺主"了多少倍？难道因为它们是文言文难懂吗？古人学的也是文言文，古人对古人的作品为什么也注得那样详细？我们对于鲁迅的作品为什么不能多注一些呢？今人读鲁迅的作品并不比古人读古人的作品容易，将来到我们的子孙就更难了。我们怎样把鲁迅这一份珍贵的文化思想遗产交给他们呢？

《征求意见本》的《铸剑》的注释共四十七条，正式公开发行本的注释就只剩下十七条了，删去三十条之多。主要是删去生僻字词的"注"和难懂句子的"解"（包括三首歌）；这就要浪费一般读者和子孙的不少查字典辞书的时间，并遗留给他们"体会"不了的词句，不是阻碍他们"学习鲁迅"吗？

而阻碍读者"学习鲁迅"较大的，是删去了《征求意见本》中已经注了的每篇作品的"写作背景和主题思想"（也叫"题解"）这一条注。大约有八九百篇的鲁迅著作（日记、书信、小说史、文学史等除外）的这一条注释全被删去了。每一篇小说、杂文、散文、散文诗、新旧诗、序跋等，究竟在怎样的背景下或针对什么思想或社会现象写的呢？不但现在二三十岁的人不太了解，六七十岁的人也难全了解，我们的子孙后代更难了。所以读鲁迅的作品并不比古人读古人的作品或今人读古人的作品容易，有些地方是较难的。每一篇的"写作背景和主题思想"是什么，对读者是比其他注释条目更难查考体会的问题；读者是很需要注释供他们参考的，注释起来也是较费时间精力和较难的；但经过两三年的努力，《征求意见本》总算注释出来了，而竟被全部删去，一篇不留，无论它有无"四人帮"的流毒（即使有，也可以修改掉嘛）。据说删的理由是"与其注得不准确，还不如让读者自己去体会"。要知道 1981 年版的《鲁迅全集》本或单行本的注释工作，是在五六年前就动员二十多个院校中文系现代文学教师和工人、解放军中鲁迅研究者共二三百人，耗费了大量的人力、物力、财力，到各省市调查访问，查阅资料，反复研究讨论，数易其稿，才完成《征求意见本》的注释的。又在这个基础上，人民文学出版社的"鲁迅著作编辑室"（简称"鲁编室"）又组织了一些人力，会同每一本的原注释单位的一二人，再一本一本地修改定稿，才成为现在公开发行的注释本的。不意在 1978 年定稿开始时，就按照某些有关同志的意见，决定把每一篇的"写作背景和主题思想"和对一般读者较为生僻的字词的注释,以及较难懂句子的注解,全都删去;理由就如上面我讲的那些(主要是:要少而精,以免注释之繁;不能"喧宾夺主";让读者自己去体会)。我在1978年就向有关负责同志提出异议,主张保留决定要删去的注释,有问题可以修改;但是没有用,负责同志也不能不删,只有任其删去了!给任何书作注释自然要力求准确,但谁也难保完全正确;动员那么多有研究的人注释的"写作背景和主题思想",总比一般读者个人"体会"要好一点儿吧?"只供参考"为什么不可以呢?为什么一定要删去呢?

为着证明这一条注不该删,我把《征求意见本》关于《铸剑》的这条注("写作背景和主题思想",又叫"题解")介绍于下,看它是否有助于读者了解《铸剑》。

> 在长期的战斗实践中,鲁迅不断总结经验。经历了1925年的"五卅"惨案和1926年的"三一八"惨案之后,他进一步指出:人类的历史是"血战前行的历史","血债必须用同物偿还";号召中国人民"抽刃而起","肉搏强敌","报仇雪恨"。《铸剑》便包含着这种深刻的思想和战斗的激情。作者精心塑造的宴之敖者,刚毅勇敢,足智多谋,为了给受残害者复仇,他在关键时刻不惜献出自己的生命。小说通过对宴之敖者和眉间尺同仇敌忾向国王讨还血债的描写,热情地歌颂了被压迫者拿起武器反抗强暴,同敌人血战到底的顽强斗争精神。作品完成时,北伐战斗正进入高潮,但也正是蒋介石发动反革命政变的前夕;小说的发表给人们以深刻的教育和启示。

《故事新编》和《野草》是鲁迅作品中比较难懂的两种;有这两本《征求意见本》的同志们(印了六百份),请和公开发行的1981年新版《鲁迅全集》和单行本的注释比较一下:前者被删去多少?留着是否对读者有用?被删的注释中有多少"四人帮"的流毒?如果有,是否可以修改掉而仍保留着那些注比较好?十几本杂文集中的注释(包括"题解"),如果有"四人帮"的流毒,也可以修改掉,何必删去?至于一般不准确,提法不全面的地方,更可以修改;事实上,定稿时也修改了不少,才成为现在出版的比较好的注释本；但我个人认为有以上的"美中不足"，供若干年后再版重注的同志们考虑。

我再说一遍：1981年新版《鲁迅全集》注释的优点是很多的，我只谈我个人认为的"美中不足"；可能有的同志认为还是"少而精"的好，各抒己见吧。

1981 年 5 月于北京

我还有一个问题要提出来和有关同志商量：

就是上面我已经讲过这次新版《鲁迅全集》的注释工作，是大约从1974年起就陆续由各院校中文系组织力量进行了；1976年5月国家出版局又在济南召开了"鲁迅著作注释工作座谈会"，约有百人参加，主要是这二十多个中文系担任注释的教师。会上决定每篇作品要有"题解"（即"写作背景和主题思想"）和对于一般读者是生僻的字词与难懂句子的注和解；这些都写在会后不久由出版社印发给各注释单位的注释条例或要求里面。以后各单位也都依照着注了。

从1975年8月起付印了按照要求注释的单行本的《征求意见本》；到1976年10月"四人帮"被粉碎时候止，共付印了九本，即《且介亭杂文末编》（1975年8月）、《呐喊》（1976年1月）、《彷徨》（1976年5月）、《且介亭杂文》（1976年8月）、《而已集》（1976年9月），《坟》、《华盖集》、《二心集》、《伪自由书》四本，则都是1976年10月间"四人帮"被粉碎时付印的。这九本注释的有些地方可能有按照"四人帮"的调子注的流毒。其余十五种（日记、书信除外）是1977年到1979年付印的（十三种是1977年，《热风》是1978年，《中国小说史略》是1979年），流毒应该少一些。这里的付印日期，都是每种《征求意见本》的《编写说明》下所写的年月；自然付印后校对时还可修改，流毒更可少一些。可见二十四种单行本的注释的流毒多少不会一样；各本也因作品内容不同，流毒多少也不同。何况流毒是可以修改掉的。事实证明：现在公开发行的单行本的注释，是在这个《征求意见本》注释的基础上修改完成的，不是只在1958年版《鲁迅全集》注释的基础上完成的，虽然前二者都参考了后者。

现在公开发行的单行本内对《征求意见本》的工作一字不提，难道它就全无可取之处吗？听说有些注释单位对此很有意见，颇为不平。但我估计这样做不是"鲁编室"同志们的决定。

请再看《征求意见本》的《编印说明》是怎么说的：

> 为了适应广大读者的需要，我们准备陆续出版鲁迅著作单行本的注释本，由各地工农兵理论队伍和大学革命师生分别担任各书的注释工作。为慎重起见，各书的注释初稿我们将陆续排印少量征求意见。恳切希望同志们就题解和注释的内容、文字等各方面提出宝贵意见，以便我们据以修改。意见请径寄我社鲁迅著作编辑室。

> 人民文学出版社
197X 年 X 月

从要求对"题解"和"注释的内容、文字等各方面提出宝贵意见"并"据以修改"足见并未打算不要"题解"和大删注释。但从 1977 年底起就听说决定：每篇"题解"一律删去，无论有无流毒，生僻字词和难句的注释也要删去十分之九，从 1978 年起就开始这样做了。这样就给一般读者和我们的子孙造成了很大的困难！在"学习鲁迅"的道路上设置了障碍，是什么意思呢？

1981 年 5 月于北京鲁迅博物馆
（载于《天津日报·文艺增刊》1981 年 3 期）

怎样普及鲁迅著作

鲁迅著作是我国少有的珍贵的思想文化遗产，我们要做一些普及工作。

一、1981年版新编新注的《鲁迅全集》本文约四百万字，注释一百八九十万字，一般读者不可能有时间全部阅读。因此，鲁迅著作的普及工作，首先就是要重新编印一部《鲁迅选集》。这不但是因为"文革"前选注的几种《鲁迅选集》现在买不到了，而且是由于近几年鲁迅研究中出现了不少新成果，所以也需要重新选、重新注。这种新编选的《鲁迅全集》的注释，可以参考新版《鲁迅全集》的注释，但须有所增加，也可能有所修改。因为这部新版《全集》的定稿本（即现在的公开发行本），把原由二十多个院校中文系教师和工人、解放军中的鲁迅研究者所共同编写的《征求意见本》的注释，删去不少。而主要删去的部分，则是为一般读者所最需要的每一篇的"写作背景和主题思想"（也叫"题解"）；还几乎删去了对一般读者（高中文化水平）来说是生僻字词的注音释义，以及对中学语文教师来说也是难懂或有争论的句子的注解。这些都需要恢复，并对必须修改的地方加以修改，因为这些注释对于帮助一般读者读懂鲁迅著作有益。再说，其中"题解"一条注，也不是所有鲁迅研究者都不需要的。（对于领导新版《鲁迅全集》注释的定稿者删去以上三方面注释的所谓种种理由，我将另有文章说出我的不同意见，这里从略。）

二、对中学语文课本中所讲的二十篇左右的鲁迅作品，需要作更详细的注释和讲解，以帮助一般基础较差的教师弄懂。搞好中学语文中鲁迅作品的教学，是普及鲁迅著作的最基本的一环（小学也重要）；中学语文课本所选鲁迅作品的篇目不要常变，以免把教师教熟了教好了的篇目改换成又要重新备课的新篇目（自然改换得好的还是可以改换）。听说《对于左翼作家联盟的意见》、《答托洛斯基派的信》、《论"费厄泼赖"应该缓行》、《风波》等都被换掉了，不知是什么理由。我看是不应该的。难道说是因为"四人帮"曾经歪曲利用过其中的意思或词句当棍子打了人吗？那不能由鲁迅作品本身负责。如果只是出于这个原因，那么不少的鲁迅作品也曾被"四人帮"歪曲利用过，是否都不讲不看了呢？

有人反映说："中学语文教材中，鲁迅作品的选篇变化较多；以1978年和1980年教材为例，统编的五年制中学的十册书中，共选鲁迅作品近二十篇，其中变动了的约占四分之一。"而且和"文革"前相比，中学所选讲的鲁迅作品篇数，似乎越来越少了；宣传鲁迅思想，学习鲁迅精神，似乎越来越不被重视了！这与近几年有些人贬低伤害鲁迅有没有关系呢？是不是因此产生的效果呢？

一位中学教师反映说："有些学校从追求升学率出发，认为鲁迅作品太难懂，学它像学古文一样难，而古文对高考升学都大有用场，可是鲁迅作品却用不上。所以对教鲁迅作品比较放松，讲课时一带而过，不引导学生深入学习。（今年高考答"阿Q"、"祥林嫂"两道题，听说是五花八门，答对的很少，可见鲁迅作品在中学的教学效果！）有的学校甚至借口鲁迅作品脱离今天青年的生活和思想实际，自行删去或不讲某些作品；本来课本中选的数量就有限，再删减，学生学的就更少了。"如果说鲁迅作品脱离青少年的生活和思想实际，那么中国古典作品和外国作品不更脱离吗？问题是在怎样教才能联系他们的实际。鲁迅作品基本上是白话文，表现的是近现代人的生活和思想，只是有时有一些"隐晦曲折"的意思较难懂，这困难靠注解和教研组的集体智慧是可以解决的。教学的思想教育效果肯定要比古典和外国作品好。

一位中学教师反映："有一些教师讲授鲁迅作品，不是全面分析全篇的思想性和艺术性，去引导学生领会本文的内容；而是把它当做知识短文或某种趣味文学来教，只讲作品的某一方面，或讲学习某些表现的方式方法。例如《从百草园到三味书屋》，有的教师就只讲描写百草园的那一部分（叫学生模仿写'校园的一角'），不讲三味书屋的那一部分，这样一来，这篇作品的主题思想就不完全了。对《祝福》，有的只讲作者如何描写祥林嫂的外貌，不分析全文；不但未把全文的思想性交给学生，对学生进行思想教育，而且艺术性也讲不好或不全面，因为艺术性是为思想性服务的，二者不可分。"这就向我们提出一个中外古今文学作品应该怎样教的问题。以上那种教法显然不对，是不用说了；还有一种是从解放后就强调语法、修辞、写作方法的重要性，忽视内容分析和通过作品向学生进行思想教育的重要性。好像学了语法、修辞和各种文体写作方法，就能基本解决写作问题了。有点语法、修辞和写作方法知识是需要的，但对写作起决定作用的还是作者的生活、思想和各方面的知识，其他都是枝叶，不是根本。古今作家或文章写得好的人，有几个是因为他只学了语法、修辞和写作方法，而不是由于他多读、多看、多写作和生活、知识、思想都具备一定修养的呢？要精讲熟读范文，有的甚至要背诵，通过这样的教和学，才能领会全文的思想感情，准确地掌握文字的形声和意义，然后才能准确地运用，获得表现工具。只讲语法、修辞和写作方法，是解决不了这样的问题的！听说有人讲："不重视语法、修辞和写作方法的教学，是原始的野蛮办法"，我看太强调这三者的神力，也不怎样"文明"！耗费了学生很多时间，效果究竟怎样？调查统计过没有？强调这三者作用的同志在青少年时代究竟学了多少这三方面的东西，效果如何？现在大约都七十岁上下了吧？以我这将近八十岁的人为例，我就不相信你们现在的写作成就是得力于曾经学的语法、修辞或写作方法。当然学一点儿是可以的，太强调就不对了。

解放前的中学生，在思想上进步、实践上革命的，多半是受进步的语文教师和历史教师的教学影响。语文教师通过对作品和文艺论文的分析介绍，对学生进行进步思想的教育。他们毕业后，其中有不少人走上了革命的道路。现在我们能放弃这一思想教育武器吗？脱离具体内容的写作技巧，是不能照搬的。

中学对鲁迅作品的教学方法不对头，轻重倒置，本末倒置。这样，对全国亿万中学生普及鲁迅著作的目的是达不到的；这一份珍贵的思想文化遗产也会和他们无关；所以我在这里顺便提到中学鲁迅作品的教学问题。

因多年不过问中学语文教学了，看法不一定对。

三、有条件的大中城市举行鲁迅演讲会、进修班：向中小学语文教师、青年文艺干部和鲁迅作品爱好者，有计划地作专题报告，或解答问题，或引导大家讨论。最好针对不同听众的需要，举行不同的演讲会、进修班，不泛论鲁迅某一方面如何如何。北京市鲁迅研究学会 8 月下旬开始举办鲁迅作品讲座，选讲中小学课本中的鲁迅作品。其他城市是不是也可以这样做呢？

毛泽东同志说：在普及的基础上提高，在提高的指导下普及。我看这也适用于鲁迅著作的普及，就是它必须"在提高的指导下"，才能更好地普及；全国鲁迅著作的研究水平提高，才能提高普及的水平。但是，如果全国多数知识分子不能看懂鲁迅作品或看过鲁迅作品的人很少，则你的研究论文再好，多数人也是不能欣赏的。像有些研究者所估计的现在全国约有两千个中老年鲁迅研究者，对你的论文感兴趣的也只是这些人了，那么今后不是后继无人了吗？所以为着鲁迅研究的提高，也要普及。而提高还是要用马列主义的立场、观点和方法，是自不待言的了。

（刊于《学习与研究》1981 年 4 期）

在鲁迅研究中要勇于贯彻
"百家争鸣"的方针

在鲁迅研究领域中，"百家争鸣"的方针还未能很好地贯彻；有不同意见还不能或不便发表，还存在顾虑。研究鲁迅的人们也还需要加强团结，消除宗派主义成见，避免片面性和主观唯心主义。在论述鲁迅对于某一问题的意见时，要全面引用鲁迅的话，不要只引用有利于自己和小集团的词句，不引用不利于自己和小集团的词句。不要看风使舵，要有点鲁迅那种为真理而斗争的硬骨头精神。在学术研究领域的解放思想，就是要从形而上学和主观唯心主义中解放出来，用辩证唯物主义和历史唯物主义对待一切文化思想遗产，对待一切社会现象、自然现象，对待鲁迅。我希望全国书籍报刊的编审同志们，在发表鲁迅研究稿件时，要勇于贯彻"百家争鸣"的方针，不怕得罪人；自然也希望《鲁迅研究年刊》的编辑同志们这样做。

1979 年 7 月 20 日

（载于 1979 年《鲁迅研究年刊》）

瞿秋白《鲁迅杂感选集·序言》的特点

（1962 年在南开大学讲课的提纲）

　　这是一篇鲁迅思想的发展史或斗争史，也是中国 20 世纪前三十年思想斗争的概述。本文分四个阶段论述鲁迅思想的发生发展和斗争：（一）辛亥革命前（1907 年）；（二）辛亥革命后至"五四"前（第一次世界大战期间，或 1915 年《新青年》杂志创刊以后到十月革命）；（三）"五四"至 1927 年；（四）1927 年下半年到 1933 年本文写作前。对于每一阶段的论述，作者都运用了阶级观点指出鲁迅和所斗争的对方所处的阶级地位以及他们的思想的阶级实质，也就是找出他们的阶级根源或社会根源。而这种阶级观点的运用，又不是概念式的抽象的论述或贴标签，而是从具体的思想斗争材料出发，具体人的思想出发来论述的。这在当时是思想界的最高成就，是马列主义的最基本的原理——辩证唯物论和历史唯物论的最正确最深刻的运用。全篇也充满了历史主义的精神。从当时历史的具体情况出发来评述某种思想，而不做脱离时代具体情况的一般的肯定和否定：如对于鲁迅的"重个人非物质"的思想，对于创造社、太阳社 1928 年提倡无产阶级文学的评价，都是这样。这是本文的特点之一。

　　思想斗争是整个革命斗争或阶级斗争的一部分，本文所评述的各历史阶段的思想斗争，都密切地联系了当时的革命斗争或阶级斗争，作为它的一部分来评述，而不是孤立地谈思想斗争，为讲思想斗争而讲思想斗争，这样也才可以阐明思想斗争的革命意义。对鲁迅杂文，也是从它和中国革命的关系来评价它的真正的价值的。所以能这样，是由于作者不但有很高的马列主义的修养，很深刻地了解中国革命，而且曾经参与领导中国的实际革命斗争，了解全面，高瞻远瞩，然后对于鲁迅的思想斗争才能放在中国革命的天平上予以准确的正确的评价。这决定于作者的政治修养，也就是他的政治斗争的实践。这也是这篇文章所以是"五四"以来具有最高成就的文艺思想评论的重要原因。这是本文的特点之二。

本文的特点之三：本文是一篇很好的文艺性的论文，有形象，多比喻，具体、生动、活泼、深入浅出，博学多识。由于国民党反动派不断加紧的法西斯统治，作者不得不采用许多隐语和曲折的写法。这一切都和鲁迅的杂文有共同之点，因而他的有些杂文在思想的深刻、学识的渊博，语言风格的清新俊逸，以及它们所透露的智慧的光芒等等方面，与鲁迅杂文几乎很难区别。

总之，由于瞿秋白较高的政治思想水平和马列主义理论修养，使他能作出对鲁迅杂文的最恰当的正确的评价，对此鲁迅也非常折服，认为"人生得一知己足矣"。

1962 年 4 月

《鲁迅杂感选集·序言》的划时代意义

——纪念瞿秋白同志为革命牺牲五十周年

1935 年 6 月 18 日，瞿秋白同志被国民党反动派杀害于福建的长汀，至今五十周年了！反动派能用枪弹消灭他的肉体，但消灭不了他的革命精神，消灭不了他短短的三十六年（1899～1935）一生对革命的贡献，更消灭不了他的几百万字著译中所表现的思想；他在 1933 年 4 月写的《鲁迅杂感选集·序言》就是其中很重要的一篇。

这篇距今已达五十二年的约两万字的"鲁迅论"式的评论文章，是在《新民主主义论》（1940 年）和《在延安文艺座谈会上的讲话》（1942 年）未发表以前，运用辩证唯物主义和历史唯物主义对 20 世纪初三十年间（1907～1933）的鲁迅作出全面正确评价的一篇具有典范意义的论文，不只是评论了他的杂文。

瞿秋白同志在 1933 年的白色恐怖下，为什么编了一本《鲁迅杂感选集》，又撰写了这篇《序言》的呢？杨之华同志在《〈鲁迅杂感选集·序言〉是怎样产生的》中说：

> 我们从和鲁迅来往的过程中，从他的文章中，深深地感到鲁迅不仅是共产主义的同情者，而且是有无产阶级立场的坚定的战士，对革命充满热情和信心。他的特点是有骨气，对敌人狠。当时他被通缉，黑名单上有他的名字，但是他始终站在革命的前线，勇敢而沉着地战斗。他对同志非常关切，也很严肃，与庸俗者是不相容的。当时社会

上有些人对鲁迅的为人和他的伟大作品缺乏正确的认识，甚至对他进行攻击和谩骂。作为一个共产党员，在这种情况下，应该坚持真理，应该从党的政策和革命利益出发，义不容辞地对这种现象作斗争。因此，秋白认为有必要为鲁迅辩明是非，给鲁迅一个正确的评价。同时，秋白认为鲁迅革命立场坚定，是一贯为人民群众利益而斗争的好榜样，有很多优点值得共产党员和革命青年学习，认为自己有责任号召大家向鲁迅学习。

阐发鲁迅在那三十年间的革命精神和他的伟大作品的价值，为鲁迅辩诬，号召共产党员和革命青年向鲁迅学习，是这篇《序言》写作的主要目的。

从鲁迅 1918 年开始发表《狂人日记》等小说和一些"随感录"（即杂文）以后，就不断有关于鲁迅的印象记、访问记和评论的文章发表。到这篇《序言》写作以前，单是评论文章就约有三十篇之多。在这些文章中有对鲁迅的著作及其思想一概抹杀的，有歪曲诬蔑的，有谩骂的，自然绝大多数是肯定和赞扬的。我们现在认为其中比较好的，是 1923 年雁冰（沈雁冰——茅盾）的《读〈呐喊〉》、1927 年方璧（茅盾）的《鲁迅论》和 1928 年画室（冯雪峰）的《革命与知识阶级》。

雁冰、方璧的两篇文章，比较全面具体地评介了《呐喊》、《彷徨》、《华盖集》和《华盖集续篇》的反封建意义，反击了当时对于鲁迅作品的歪曲、诬蔑和抹杀；但他当时还只能运用"文学研究会"的"为人生为社会"的文艺思想，从一般的社会意义上来评价鲁迅，还未能运用马克思主义的阶级分析，指出鲁迅的作品和中国革命的关系。

画室的文章指出了鲁迅和中国革命的关系，说鲁迅是"五四"以来知识分子中对革命"做工做得最好的"；并批评了 1928 年"革命文学"论争时，创造社、太阳社围攻鲁迅的错误。但他当时还没有认识到鲁迅已经"决然毅然地反过来，毫不痛惜地弃去个人主义的立场，投入社会主义，以同样的坚信和断然的勇猛去毁弃旧的文化与其所依赖的社会"。而评论鲁迅说："他也承受革命，向往革命，但他同时又反顾旧的，依恋旧的；而他又怀疑自己的反顾和依恋，也怀疑自己的承受与向往；结局他徘徊着、苦痛着——这种人感受性比较锐敏，尊重自己的内心生活比别人深些。"这虽然说出了"五四"到 1926 年鲁迅思想感情的一面，但鲁迅这一时期思想精神的主导倾向，则是"决然毅然地反过来，毫不痛惜地弃去个人主义的立场"，歌颂"十月革命"是人类"新世纪的曙光"；"以同样的坚信和断然的勇猛去毁弃旧的文化与其所依赖的社会"。在这一方面，鲁迅远比创造社、太阳社做得深入、坚韧和勇猛。

那么，拿瞿秋白的《序言》跟在此以前评论鲁迅的文章相比，有什么划时代的意义或特点呢？我以为它的特点是：

这是一篇鲁迅思想的发展史或斗争史，也是中国 20 世纪初三十年间（1907~1933）思想斗争的概述。该文分四个历史阶段论述鲁迅思想的发生、发展和斗争：

1. 辛亥革命前（1907）
2. 辛亥革命后至"五四"前（十月革命）
3. "五四"至 1927 年
4. 1927 下半年到 1933 年本文写作时

对于每一历史阶段的论述，作者都运用了马克思列宁主义的阶级观点，指出鲁迅和其斗争着的对方所代表的阶级，以及他们思想的阶级性，也就是指出他们的阶级根源或社会根源。他这种阶级观点的运用，又不是概念式的抽象的论述或贴标签，而是从具体的思想斗争材料出发和具体人的思想出发来论述的。这在当时是思想界的最高成就，是马克思列宁主义的最基本的原理——历史唯物主义的阶级分析学说在中国现代思想斗争史上的最早最深刻的运用。全篇充满了历史唯物主义精神：从当时历史的具体情况出发来评述某种思想，而不做脱离时代具体情况的一般的肯定或否定。如对于鲁迅 1907 年的"重个人轻物质"的思想，对于创造社、太阳社 1928 年提倡无产阶级革命文学的评价，都是这样。这是本文的特点之一。

思想斗争是整个革命斗争或阶级斗争的一部分。本文所评述的各历史阶段的思想斗争，都密切地联系了当时的革命斗争或阶级斗争，作为它的一部分来评述，而不是孤立地谈思想斗争，为讲思想斗争而讲思想斗争，这样也才可以鲜明地表示思想斗争的革命意义和鲁迅杂文的真正价值，是从鲁迅杂文和革命的关系来评价鲁迅的杂文的。这是由于瞿秋白不但有很高的马列主义修养，很深刻地了解中国革命，而且曾经参与领导中国的实际革命斗争，了解全面，高瞻远瞩，然后对于鲁迅的思想斗争才能放在中国革命的天平上予以准确地正确地评价。这决定于他的政治修养，也就是他的政治斗争的实践是使他的这篇文章成为"五四"以来具有最高成就的文艺评论文章的重要原因。这是本文的特点之二。

特点之三：本文是很好的文艺性的论文，有形象、多比喻，具体、生动、活泼，深入浅出，博学多识。由于反动派的多方压迫，作者不得不采用许多隐语和曲折的写法。这一切都和鲁迅的笔法有共同之点；也因此他的有些杂文在思想的深刻、学识的渊博、语言风格的清新俊逸，以及它们所透露的智慧的光芒等等方面，和鲁迅杂文很难辨别。不过，二人当时的政治思想水平和马列主义理论修养，作者似乎较鲁迅前进了一步。也唯有作者站在这两方面的高处，才能作出对鲁迅杂文和鲁迅思想的最恰当的正确的评价；使鲁迅也很敬佩他，认为"人生得一知己足矣"。

写完了《序言》的划时代的意义和特点以后，悼念秋白同志意犹未尽，再借用我在1939年写的《近二十年中国文艺思潮论》的《序》里的几句话以表示我的崇敬和纪念之情：

> 在近二十年（1917～1937）中国文艺思想界中，除鲁迅以外，瞿秋白也占着很重要的地位。本书（指《思潮论》）中的"何凝"、"易嘉"、"宋阳"、"史铁儿"都是他的笔名；我们从这些笔名的文章中，可以看见他的风格的清新、俊逸、漂亮、通俗、深刻、锐利，而且有力！这当然不仅仅由于他的文字的形式，而是由于他的博大精深的哲学、社会科学和文学的知识，而是由于他的政治社会文化斗争的实践。他在现代中国的文化批评、社会批评和文艺批评上，和鲁迅占着同等重要的地位。他的文章风格虽有一部分和鲁迅不同，但他二人的学识、思想、文章，在现代中国实在可称"双璧"！可惜，他不幸早于1935年去世，不能为中国文艺界著译更多的宝贵的东西；这损

失，和 1936 年之损失了鲁迅是一样的重大！

1939 年，秋白同志被害后刚刚四年，在反动派统治的四川，我对秋白同志只能作这样的评价！我在书的插页中印了鲁迅和秋白的照相，用大字标明他们二人是"现代中国两大文艺思想家"，但在秋白像上我只能标明为"宋阳"先生，不能说是"瞿秋白"先生！1981 年的重印本中，仍然保存原状，作为对被反动派杀害的烈士的一个纪念。

1985 年 5 月 1 日于北京

纪念北京鲁迅博物馆鲁迅研究室
成立十周年（1976~1986）

1975 年 10 月 28 日，周海婴同志上书毛主席，提出以下三个问题或愿望：

一、"关于鲁迅书信的处置和出版"：希望出版一部比较完备和准确的鲁迅书信集。"我非常希望书信手稿能交给国家文物局负责保护收藏，以便于做两件事：一是由文物局负责全部影印出版，供研究工作者使用；二是由出版局负责编印一部比较完备和准确的鲁迅书信集（包括鲁迅给日本友人的信等），供广大读者阅读。"

二、"关于鲁迅著作的注释"：提出 1938 年版《鲁迅全集》"是母亲在抗战初期仓卒编成的。收入的作品不完全，编校也有缺点，更没有必要的注释。解放后出版的（1958 年）注释本《鲁迅全集》，注释中有严重政治错误。所以现在急需编辑出版一部比较完善的新的注释本《鲁迅全集》（包括书信和日记）。这就需要动员一些认识和熟悉父亲的老同志来参加工作"。"因此，我也请求您能给予帮助，指示出版局立即把这一任务担负起来。"

三、"关于鲁迅研究"："我有时看到香港和国外出版的鲁迅传记和年谱一类著作，许多是以资产阶级观点歪曲鲁迅的，流毒相当广，如周作人、曹聚仁等写的书籍发行很广，并没有人做批判消毒工作。国内发表的论述鲁迅文章，也常有以唯心主义形而上学曲解鲁迅思想的。""我们到现在还没有拿出一部按照主席对鲁迅的评价写出来的观点明确、材料详细可靠的鲁迅传记，使研究鲁迅思想和作品的读者很感困难。为此，我想建议让文物局和出版局共同把这一工作做起来。具体地说，就是将1958年下放到北京市文化局的鲁迅博物馆重新划归文物局领导，在该馆增设鲁迅研究室，调集对鲁迅研究有相当基础的必要人员，并请一些对鲁迅生平熟悉了解的老同志做顾问，除和出版局共同负责《鲁迅全集》的注释外，专门负责鲁迅传记和年谱的编写工作，争取在1981年鲁迅诞辰一百周年时能把上述几种书（即全集注释本、年谱、传记）以及全部鲁迅手稿影印本出齐。"

　　这些想法，多半是母亲去世前常常和我谈及的，也就是母亲对我的嘱托。

　　我想起这情景，就不自禁地下定决心写这封信，向您提出以上的请求。当然，我的想法可能有不妥之处。

　　毛主席接信后，于11月1日（三天内）很快批示："我赞成周海婴同志的意见。请将周信印发政治局，并讨论一次，作出决定，立即实行。"

　　由于毛主席和党中央的重视，国家文物局和国家出版局立即于一个月后（12月5日）共同草拟了一个贯彻执行的方案，并得到毛主席和党中央的批准，"立即实行"了起来。方案体现了毛主席批示的精神和周海婴同志上书内所提三个问题的请求：把鲁迅博物馆重新划归了国家文物局领导，在馆内设立了鲁迅研究室，并请曹靖华、杨霁云、唐弢、戈宝权、周海婴、孙用、林辰等同志为研究室顾问，李何林为馆长兼研究室主任。研究室的任务是：（1）编辑鲁迅书信手稿，由文物出版社影印出版；（2）协助人民文学出版社鲁迅著作编辑室组织领导的新版《鲁迅全集》注释的定稿工作；（3）编写鲁迅传记和鲁迅年谱；（4）对国内外歪曲鲁迅的著作进行批判；（5）抓紧时机，对一些熟悉鲁迅的老人（包括反面人物）进行访问记录；（6）编印《鲁迅研究资料》，作为资料性的刊物，公开或内部发行；（7）对鲁迅博物馆的陈列，提出修改意见；（8）和上海、绍兴、广州等地的鲁迅纪念馆及其他研究单位和研究工作进行联系等。

　　方案最后说："为了动员更多的力量，共同把鲁迅研究工作做好，建议上海、绍兴、广州鲁迅纪念馆所在地和天津、武汉也成立鲁迅研究小组，在当地党委领导下进行工作。"除上海外，其他四个地方不久都成立了鲁迅研究小组。

自1976年2月鲁迅研究室成立起，岁月倏忽，到现在已经十年了，我们做了些什么工作呢？在多大程度上完成了中央批准的方案呢？说来惭愧，我们做得很不够。

"鲁研室"的研究人员，除有时向外单位借调三两人外，常任人员最多时不过十人，其中有几位还兼任党政工作，不能全力搞研究。兼之室领导有时未能调动有些同志的积极性，因此，成绩不够理想。不过由于上级党的领导和同志们的努力，也还做了一些工作，简述于下：

鲁迅书信手稿，共编辑影印了八本；协助完成新版《鲁迅全集》的注释工作，也算做了一些，没有全部参加；编写了四卷本《鲁迅年谱》共一百二十余万字，已由人民文学出版社陆续出版。因此书占用人力较多，耗费时间较长，当它编完时，已有几种《鲁迅传》出版了，我们就转移人力组织编写《鲁迅大辞典》，先后与四川人民出版社、人民文学出版社的"鲁编室"和几个院校中文系部分教师合作编写，预定为三百万字左右，今年完稿。

对熟悉鲁迅的老人进行访问，与几个纪念馆进行工作上的联系，我们都做了一些，但很不够。

十年来，编辑出版了《鲁迅研究资料》十五辑，共约五百万字；从1980年4月起，又从《资料》来稿中选择了有时间性的稿件另印为《鲁迅研究动态》，约一两个月出一期，及时供读者参考，以补《资料》一年才能出一两辑之不足，共出《动态》四十四期，一百五十万字上下。我们在《资料》和《动态》中贯彻执行了毛主席和党中央批准下达的精神：对国内外歪曲诋毁鲁迅思想和著作的书籍、文章，进行了有理有据的批驳，无论他是国内外的名人，或者是文艺界的著名活动家或作家，我们都为鲁迅辩诬，其中自然包括海婴同志信中指出的对周作人和曹聚仁的批评。这类一面辩诬、一面阐述鲁迅思想和精神的文章，大约有一百篇左右。其中有些篇是其他著名文学刊物不予发表，或者不肯、不敢发表的，怕得罪名公巨卿，任其诬蔑诋毁鲁迅，因为鲁迅早在30年代就去世了，不可能再拿起笔来反击了。但是，他们不知道历史上的是非功过究竟是不容篡改的，鲁迅虽然不能说话了，但还有当时的和以后的广大读者，有当时留下的种种白纸黑字的资料，也还留下一些当时身临其境或参与其事的人。要想歪曲历史真相，虽有翻天妙手，也是难翻转过来的。你虽然比鲁迅多活了几十年，但真理并不就在你那一边。

　　鲁迅一生是对"封建主义的遗毒和资产阶级腐朽思想"作战的，而这两种思想现在仍在文艺界某些人头脑中存在，在对待鲁迅这个问题上有时就会露出苗头来。遵照毛主席和党中央十年前批示的精神，学习继承鲁迅反封建反资产阶级思想的战斗传统，阐述鲁迅思想和建设社会主义精神文明的关系，批驳歪曲诬蔑鲁迅的一切谰言，等等，似乎仍然是鲁迅研究室今后工作的方针！现当纪念鲁迅研究室成立十周年之际，特提出建议，供研究室全体同志和新的馆领导参考。

　　　　　　　　　　　　　　　　　　　　1985 年 12 月于北京

从纪念北京鲁迅博物馆成立三十周年（1956~1986）想起的

1956 年的建馆及其前几年的筹备工作，我都没有参加，因为那几年我还在天津南开大学中文系任教。直到 1976 年初调我来工作的前几年，才承馆领导约我来商讨馆内陈列内容的某些问题，我也从陈列中学习了不少东西，对鲁迅一生才有了较具体形象的了解，受益和启发都不少。我感觉到：这个馆的建立是非常必要的，它不仅起了一般博物馆的社会教育作用，也是宣传"中国现代伟大的文学家、思想家和革命家"的鲁迅的思想和精神的最好的场所。这是与建设社会主义以至共产主义社会和文化有关系的，因为鲁迅的思想和精神中就有社会主义和共产主义的思想。

但是，在三十年来馆外人士对陈列内容提的意见中，就有人强调把鲁迅一生作为文学家来宣传，少提他的思想和革命实践，这是和鲁迅的生平不相符合的。怎能脱离一个革命作家的思想见解和革命实践而谈他的文学成就呢？这三者是血肉相连的。

这样一个属于"专人"的或"专家"的博物馆，在新中国成立后寥若晨星的全国博物馆、纪念馆中，是较早建立的吧？只有中国共产党对鲁迅一生和中国革命的关系有正确的评价，充分地肯定了他对中国人民和全世界人民的贡献。不是共产党领导的新中国，不可能成立"鲁迅博物馆"。鲁迅逝世后的十三四年中（1936~1949），反动派统治旧中国，鲁迅的不少著作都还被禁止，研究宣传鲁迅的文章也都很难发表或无处发表，人们想也没有想到能为鲁迅建立纪念馆的事。

　　1956 年 10 月北京鲁迅博物馆筹备成立了，从那时起，有了一个搜集、保藏、整理鲁迅著作和其他有关图书的机构，有了一个宣传鲁迅生平的展览厅。到 1976 年初，又根据毛泽东同志的批示在馆内成立了鲁迅研究室，调来了十来位研究人员，加强了鲁迅著作的（包括手稿）整理、编印和研究工作。近十年来，对国内外贬低、歪曲、诬蔑鲁迅的文字，进行了反批评，发表了长短文百余篇，与馆外的广大同志们共同作战，我们不是孤立的。这样，鲁迅博物馆就不仅是保藏鲁迅遗著遗物、宣传鲁迅、研究鲁迅的单位，也是捍卫鲁迅的一个阵地，捍卫鲁迅是它应该尽的职责；因为现在的世界上苍蝇、蚊子还是那样地多。

　　郁达夫在刚刚获悉鲁迅逝世时写下的感想说："没有伟大人物出现的民族，是世界上最可怜的生物之群；有了伟大人物，而不知拥护、爱戴、崇仰的国家，是没有希望的奴隶之邦。"

　　最后，我要向一向关心鲁迅博物馆工作、领导创设鲁迅研究室的王冶秋、周海婴同志致谢！向鲁迅研究室顾问常惠、孙用、曹靖华、李霁野、唐弢、林辰、杨霁云、戈宝权以及曾经参加过研究室工作的王瑶、林志浩等同志致谢。

　　　　　　　　　　　　　　　　　　　　　　　　1986 年 7 月于北京

鲁迅著译在国内外的影响

（为联合国教科文组织《信使》月刊中文版写）

  鲁迅（1881~1936）是中国现代伟大的文学家、思想家和革命家。在我国首都北京西城区，1956 年就建立了一座鲁迅博物馆，内有一个大展览厅，展览鲁迅一生的生活、著译、中外文化交流和革命活动。1981 年鲁迅诞辰一百周年纪念时又在院内扩建了一座鲁迅研究楼，内有鲁迅著译的各种版本、鲁迅自己的藏书和副本，以及有关研究鲁迅的中外书籍杂志，有七八万册。这个馆的鲁迅研究室从 1976 年成立以来，已经编辑了《鲁迅研究资料》不定期刊十二辑（每辑三十万字上下），已印出了十辑；还出版了"内部发行"的不定期刊有关国内的《鲁迅研究动态》二十二期。又编写了一部比较详细准确的《鲁迅年谱》四册，约共一百万字，第一册已于 1981 年出版。这个馆内还保存了一座鲁迅从 1924 年 5 月到 1926 年 8 月在北京住过的"故居"。在这座北京式的小小"四合院"旧建筑（总共不过七八十平方米）的一个约十平方米的写作间里，在只约两年的时间内，在煤油灯的光照下，鲁迅（除在大学讲授《中国小说史略》、到教育部办公外）写了并在各报刊上发表了杂文（Essay）约一百篇、短篇小说十余篇、回忆散文和散文诗十多篇。在"故居"里，他还多次接见文艺青年和爱国青年，组织领导了几个文艺社团，培养了文艺创作和翻译人才。

  中国人民为着纪念鲁迅，又在他生活、工作和学习过的地方建立了上海纪念馆、绍兴纪念馆、广州纪念馆、厦门大学纪念馆和南京纪念室；都有展览厅，都有图书资料和研究人员，编印了一些研究鲁迅的书刊。在全国鲁迅研究界，已成立了"中国鲁迅研究学会"，各省市也有不少成立学会的。全国院校中国语言文学系也成立了几十个鲁迅研究室或研究小组。中国社会科学院文学研究所早于1978年成立了鲁迅研究室，出版了大型刊物《鲁迅研究》。1981年9月25日为鲁迅诞辰一百周年纪念日，除在北京人民大会堂召开了全国性的万人大会外，很多省市、大学也都召开了纪念会、学术报告、讨论会等。只去年一年，全国就出版了鲁迅研究专著四五十部，报刊上发表了论文数百篇。

鲁迅从1936年10月19日逝世到现在（1982年）的四十六年中，所以被中国人民如此大规模地纪念和研究，是由于他给中国人民以至世界人民留下了一份极其珍贵的文化、学术和思想遗产。请允许我在下面简单地介绍这份遗产的情况。

鲁迅一生的主要文学活动时间共约30年，就是从1906年在日本弃医学文起，到1936年去世止。在这30年中，他除翻译介绍了十四个国家的一百多位作家的两百多种作品约共三百万字外，还辑录考订了中国古籍多种，搜集碑帖、汉画，提倡木刻艺术，编辑出版多种文艺刊物等；又写了两本文学史著作：《中国小说史略》和《汉文学史纲要》。至于他一生创作的各种体裁（小说、诗歌、散文诗、杂文等）的作品，据1981年新版《鲁迅全集》统计，共有三百九十九万字（注释文字除外）。

鲁迅的《中国小说史略》，是中国小说史的第一部科学著作。在这本书出版以前，中国的小说没有史的发展线索可寻，各文学史著作中也语焉不详。在这本书出版以后，许多文学史中的小说史部分，也多沿用鲁迅的观点和材料。我们才看见中国几千年的小说，是从中国古代的神话传说、汉魏六朝的鬼神志怪、唐宋的传奇、宋元的话本和明清的长篇白话小说这个线索发展来的，并指出了它的发展变化的社会的和文学本身的原因。

《汉文学史纲要》即"中国文学史纲要"，生前未出版过，因全书未写完，只论述了我国从古代到西汉的司马相如（公元前179~公元前117年）和司马迁（公元前145~约公元前86年）共十篇。从古代有文字和文章讲起，历史唯物主义地论述了从先秦（秦朝以前，约公元前2世纪以前）到西汉前期文字的创造、文学的产生和发展的历史真相，正确地评介了这一时期著名的作家和作品，突出了他们在文学史上的地位，说出了"别人没有见到的话",是"一本较好的文学史"。可惜他忙于其他更重要的杂文的写作,全书未能完成。

鲁迅写的短篇小说共三十三篇,分别编印在《呐喊》、《彷徨》和《故事新编》三本集子里。作者说他写作《呐喊》和《彷徨》的目的,是对于从事社会改革的革命者"喊几声助助威","也不免夹杂些将旧社会的病根暴露出来,催人留心,设法加以疗治的希望"。他是为着改革社会,拯救祖国而写作的。他在1918年4月写的第一篇白话小说《狂人日记》中,就借所谓"狂人"的口说出了中国几千年的历史是"吃人"的历史,是少数人压迫剥削大多数人的历史;不推翻这种不合理的"吃人"的旧社会,中国是没有希望的。

鲁迅一生创作的八百篇左右的"杂文",是被公认为影响最大,在中国现代文学史上无与伦比的作品。它揭露和批判了社会、政治、文化、思想各个领域的落后和反动,也肯定和歌颂了新生和进步,在述说、论辩中,运用形象和比喻,创造了不少思想典型,是文艺性的社会论文,是诗和评论的结合,是鲁迅创造的具有独特风格的一种"散文",相当于英文的"Essay",又不完全一样。它的战斗性很强,艺术性很高;尤其是逝世前六七年(1930~1936)写的《二心集》起以后的八本杂文集,思想性和艺术性达到了高度完美的统一。鲁迅的这八百篇左右的杂文,生动而深刻地反映了中国20世纪二三十年代社会政治斗争和思想文化斗争的全貌。鲁迅的杂文可以称为二三十年代中国的政治、社会、思想、文化的斗争史。

鲁迅作品由于所具有的思想性和艺术性的种种特点,不仅对中国现代文学的发展作出了伟大的贡献,而且丰富了世界文学的宝库。鲁迅的创作发表后不久,不但引起国内作家和读者的注意和评论,也引起了国外作家和读者的注意和评论。据戈宝权同志在《鲁迅在世界文学上的地位》一书说,1920年日本汉学家青木正儿就说:"在小说方面,鲁迅是位有前途的作家,如他的《狂人日记》,描写一种迫害狂的惊恐的幻觉,而踏进了迄今为止中国小说家尚未到达的境地。"1925年,苏联的中国文学研究者瓦西里耶夫说:"鲁迅不只是一个中国的作家,他是一个世界的作家。"1926年,法国的著名作家罗曼·罗兰说:"《阿Q正传》是高超的艺术作品,其证据是在读第二次比读第一次更觉得好。这可怜的阿Q的惨象遂留在记忆里了。"又说："在法国大革命时期，也有过类似阿Q的农民。"印度小说家和剧作家乌斑德尔那特·阿西格说："读了《鲁迅小说选》的若干篇作品后我深感惊异。鲁迅有敏锐的洞察力，深刻的社会生活经验和高超的艺术成就。他的作品隐晦，但感人至深，能激起受苦人对于压迫者们的反抗精神。《阿Q正传》是一篇精彩之作，它的讽刺深刻、尖锐。……我深悔年轻时没读过这位伟大作家的作品。暮年之际，有幸拜读他的作品，不胜感激之至。"在全世界像这样赞扬鲁迅的话还有很多，恕不一一列举。

鲁迅的作品对各国作家的写作也有重要影响。埃及作家、鲁迅作品翻译者阿卜德尔·贾番·密加微说："我读了伟大作家鲁迅的作品《阿Q正传》和其他短篇小说以后，简直无法表示出我对鲁迅的敬爱。……这位伟大作家对我的写作技巧有很大的影响，我有十五篇以上的短篇小说是受了鲁迅作品的启发而写出来的。"

各国的普通读者在看了鲁迅作品以后，如南斯拉夫一读者说："我们从鲁迅的作品中知道了当时中国社会的重大变化，这样就可以更好地理解现在。这样的作品成为东西方之间的桥梁，使它们联系起来，接近起来。"如芬兰一读者说："鲁迅的作品使我惊喜，我们两国之间距离很远，习惯、文化、政治等等都不相同，但通过文学可以在各国人民之间建立起桥梁。"英国一读者说："要了解一个国家人民的思想，最好的办法是通过文学。"美国的一位读者在学习中国近代史课时读到《鲁迅小说选》，非常喜欢鲁迅，他说："文学是给美国人民讲授中国情况的一种方式，它比历史易懂。"这类思想在鲁迅生前也早已有了。

鲁迅在1936年为捷克著名汉学家普实克博士所译的《鲁迅短篇小说选集》写的《序》里说："人类最好是不隔膜，相关心。然而最平正的道路，却只有用文艺来沟通；可惜走这条道路的人，历来又少得很。"这就是他一面创作了近一千篇各种体裁的作品，一面又翻译了十四个国家的一百多位作家的两百多种作品约三百万字的原因。鲁迅还论述了一百零五名外国作家，他的著作和翻译中涉及三百七十七名外国作家、文艺理论家、文学史家和翻译家。他是非常重视外国文学的介绍的！

现在，鲁迅的作品在全世界四十多个国家中用六十多种语言文字翻译出版，很受读者欢迎。鲁迅在世界文坛上有很高的声誉。去年9月25日是他诞辰一百周年纪念日，像日本、美国、法国、意大利、苏联等许多国家，都举行了纪念活动。鲁迅的著作将永远在世界文学宝库中闪耀着光辉！

这就像危地马拉作家和诗人阿斯图里亚斯所说："拉丁美洲的作家们从鲁迅的生活和作品里获得的教益，是不计其数的。……他的作品所表现的丰富的创造力，不仅照耀着他本国的人民，同时也照耀着全世界。"

1982 年 9 月写于北京鲁迅博物馆鲁迅研究室

回忆点滴

自传及著述经历

我生于 1904 年 1 月 31 日，安徽霍邱县人，曾名李延寿、李振发、李昨非、李竹年。城市贫民出身。因家贫，十岁方入私塾，两年后转入小学。十六岁考入不收学费和膳宿费的安徽省立第三师范学校（在阜阳）。当时的中学不但收膳费，而且收宿费和学费，穷孩子入不起。

在师范学校的四年，正值五四运动刚过，反帝反封建斗争和新文化新思想运动继续发展的时期；出身穷苦的青年比较容易接受进步思想的影响。当时的《新青年》、《新潮》、《北京晨报》副刊、《民国日报》的《觉悟》、《时事新报》的《学灯》、《小说报刊》、《少年中国》等，我们都喜欢看。语文课本用的是商务印书馆的四册带注解的《国文读本》，全是古典的散文和诗赋；我们一面听讲，一面偷看这些报刊和新书，接受了当时的科学、民主、唯物史观、阶级斗争、社会主义、剩余价值、无政府主义等等粗浅的影响。

师范结业后，家境稍微好转，又得到亲戚的帮助，考入了南京"国立东南大学"农学院的生物系。勉强读了两年，经济方面很吃力，遂投笔从戎，于 1926 年秋到武汉参加了北伐军。先被分配到武昌南湖学兵团编《学兵日报》，1927 年春调十一军二十五师政治部做宣传工作。这个军听说是从广州北伐时的第四军（铁军）到武汉后扩编的，因屡立战功的叶挺独立团而著名。政治部主任李陶（硕勋）是我党培养革命干部的上海大学毕业生，四川人，沉着冷静，我至今怀念他。（1980 年《星火燎原》丛刊第二辑，有我的《回忆南昌起义前后》，这里只略述。）

到二十五师后不久，就随军二次北伐，开到河南打奉军。我师很快解决了上蔡县的富双英的一个旅（相当于师）；二次北伐，以武汉各路军和冯玉祥军会师郑州而告终。我军我师立即凯旋武汉。不久又东下讨蒋，驻军南浔路上；师司令部各政治部设在黄老门车站。就在这个地方，组织批准我光荣地加入了中国共产党，时在 1927 年 7 月初。不久我师奉命南下参加了八一南昌起义。起义后约四五日，大军即向江西东南部进军。经过抚州、临川、宜黄、广昌、宁都、瑞金、会昌，又折回，东去汀州、上杭，打到广东。失败后，我又回到家乡霍邱，找到了党组织，公开职业是城内高等小学校长。1928 年夏，参加了回击反动派白色恐怖的暴动；暴动后逃北平，已知被安徽反动政府通缉，遂改名李竹年，避居鲁迅先生组织领导的未名社，失去党的关系。我和鲁迅先生既不认识，也未通过信，但和该社成员李霁野、韦丛芜是第三师范同学，又是霍邱同乡，思想相通。他们当时被捕释放不久，冒危险接受我和王青士（烈士，系王冶秋之兄）二人在社里避难，维持着我们的生活。我们就替他们做一些校对、发行和门市部出售书刊的工作，直至 1929 夏我去女子师范学院教书为止，约一年。

在未名社一年期间，正值革命文学论争，创造社、太阳社围攻鲁迅时期；这个门市部和上海进步书刊出版社建立了互售书刊的关系，我得以阅读有关革命文学论争的各方面的文章，就在 1929 年编了一本《中国文艺论战》，不久又编了一本《鲁迅论》，开始用"李何林"笔名。1930 年这两本书在上海北新书局先后出版了。一直到抗战（1937 年"七七"）为止，我陆续在焦作工学院、太原国民师范、太原师范、济南高中、北平中法大学等校教语文。抗战后逃出北平，回家乡，继至武汉、重庆。在各地教书的同时，沿途搜购有关"五四"以来文艺思想论争的书刊。1939 年春，在四川江津县的台沙镇住下了，用了约一年时间编完了《近二十年中国文艺思潮论》（1917～1937），于 1940 年由上海生活书店出版。但在西南大后方终于被反动派禁止（张静庐编《中国现代出版史料（丙编）》二零六页"国民党反动派查禁书刊目录"中列有这本书）。

从 1940 年秋到 1942 年夏，承老舍先生介绍，我到云南、大理、喜洲的华中大学（抗战后从武昌迁来）中文系教书。1942 年夏到 1946 年夏，大约因《思潮论》被禁的原因，没有学校请我教书，我只得改行在友人经办的昆明利滇化工厂做秘书工作，业余从事文艺活动。我参加了"中华全国文艺界抗敌协会昆明分会"的领导工作，加入了"中国民主同盟"云南省组织，任文艺工作委员会主任委员，编过《云南日报》的文艺周刊和《云南晚报》的杂文副刊。在闻一多、李公朴二同志于1946年7月中旬先后被暗杀后，我和一些同志不得不离开昆明，辗转上海、南京和家乡，找不到工作。到1946年冬才由李霁野介绍到以鲁迅老友许寿裳为馆长的"台湾省编译馆"世界名著翻译组工作，用英译本翻译俄国19世纪作家阿卡沙可夫的小说《我的学校生活》。1947年台湾人民反蒋帮的"二二八"起义被镇压后，不久编译馆被撤销。许寿裳因友人关系任台湾大学中文系主任，介绍李霁野和我分别到外文系和中文系任教。许老在鲁迅逝世后发表过多篇歌颂鲁迅的文章，尤其赞扬鲁迅在上海十年的战斗，因此反动派恨之入骨，遂在1948年2月18日夜在睡梦中把他砍死在床上。继闻、李被暗杀后不到两年，我又亲眼看见一个须发皆白的老人卧在血泊中。我于4月中只身逃出台湾，5月13日由北平、天津进入华北解放区，这日子我是永远记得的。从这以后我就用"李何林"这个名字，不再用"李竹年"（从《竹书纪年》来）了。

我到华北解放区时，适逢"晋冀鲁豫"和"晋察冀"两个解放区合并为华北解放区；两个区的北方大学和华北联合大学合并为华北大学，组织上任我为华大国文系主任。1948年7月我参加了在石家庄召开的华北人民代表会议。北平解放后，我于1949年3月随校到北平。7月，参加全国文艺界第一次代表大会，被选为全国文协的候补理事。9月被调任为中央教育部的秘书处长兼行政处长。一年后改调到北京师范大学中文系任教，兼校内"解放区中学语文教师进修班"主任。解放初期曾和蔡仪、王瑶等同志共同草拟了《中国新文学史教学大纲》，供新开课的教师参考，自然是极其粗略和不成熟的。1952年秋全国院校大调整，又把我调整到天津南开大学任中文系主任。1957年3月在南开大学重新入党。在天津二十四年（1952~1976）期间，出版过《关于中国现代文学》（上海新文艺出版社）、《鲁迅的生平和杂文》《鲁迅〈野草〉注解》（陕西人民出版社）。曾任天津市作协副主席，文学研究所副所长，民盟天津市副主委和民盟中央委员，天津市人大代表，四届全国人大代表等。"文化大革命"一开始，即被打成"牛鬼蛇神"，1969 年 4 月"解放"。

1975 年 10 月底，周海婴同志上书毛主席建议加强鲁迅著作和手稿的编辑、整理、出版和研究工作；毛主席批示"赞同""立即实行"。国家文物局呈准中央在所属北京鲁迅博物馆内成立鲁迅研究室。1976 年 2 月调我来京负责这个馆和室的工作，主持编写《鲁迅手稿全集》、《鲁迅年谱》、《鲁迅研究资料》、《鲁迅研究动态》等。四年多来，继续当选为五届全国人大代表，全国文联委员，全国作协理事，鲁迅研究学会理事和副会长等，后三者都不需要我做很多工作。此外，我兼任北京师大中文系教授，硕士博士研究生的导师。

我现已满七十九岁了，从 1948 年 5 月进入解放区算起，我在新社会生活了三十四年，在旧社会生活了四十五年。我从 1926 年开始工作起，已经工作了五十八年，绝大部分时间是在大、中学教书。在旧社会，所谓"国立大学"是不请我去教书的，我只能在省立、私立大学任教。无论大学或中学，我只能教一年、一年半，至多两年，由于思想原因就不续聘了，时时有失业和被捕的危险。在旧社会像我这样遭遇的知识分子又何止千万！我常常换学校、换地方，东奔西跑，"四海为家"，除家乡外，北京、天津、焦作、太原、济南、阜阳、武汉、重庆、隆昌、白沙、大理、昆明、台北市等大小城市我都住过，什么地方有工作（饭碗），就到什么地方，哪像解放后有些大学毕业生，分配时还挑工作挑地点呢！教书还超不过两年，怎么可能叫我做系主任呢？全国解放前后，我虽然不是党员，也担任了多年的系主任和其他社会、政治、学术方面的领导职务。我在新旧社会的职务和职称虽然都不算高，但一对比，仍有很大的变化，这样变化的知识分子又何止千万！在建设"四化"的方针指导下，知识分子的社会、政治、学术的职能将会日益发挥更大的作用，过去的一切遭遇将不会再来了。知识分子将以堂堂的脑力劳动者为祖国为人民贡献自己的力量！

1983 年 10 月于北京

附：

李何林同志住院治疗后，自知沉疴不起，遂于 1987 年 8 月 1 日自制悼词：

> 六十多年来，为党为祖国培养了一大批中国现代文学和鲁迅研究人才，坚持"五四"以后新文学的战斗传统，发扬鲁迅精神，驳斥了鲁迅生前死后一些人对鲁迅的歪曲和诬蔑，保卫了鲁迅思想。

并嘱：死后不开追悼会，不送花圈，不搞遗体告别仪式。遗体可供医院研究使用。

1987 年 8 月 1 日于北京 301 医院

李何林谈他的生平经历和文学生涯

青少年时代

我 1904 年 1 月 31 日生于安徽省霍邱县城内的一个贫民家庭。"文化大革命"期间，工宣队专门派人到我家乡调查究竟是不是城市贫民出身，调查的结果，在南开大学全校大会上宣布："李何林，城市贫民出身。"我家里的确很苦，祖父和父亲都是低级劳动者，家里吃了上顿愁下顿，有时必须上当铺当了床上的棉被才吃得上饭。由于家境贫寒，我到十岁才上学读书，开始是读私塾，读了两年私塾后读小学。记得小学里有一位教师叫陈子贞，他大概是辛亥革命后的国民党员，思想比较开明。那时候我天天见他在校园内看报。他让我免费念完了小学。

1920 年我到阜阳考入安徽省立第三师范学校读书。这所学校是公费，学费、宿费都不要交，还管吃饭，同学有李霁野（比我高一级）、韦丛芜（与我同班）。那是五四时代，出身贫苦的青年容易接受新思想：《新青年》、《向导》、《新潮》、《晨报副刊》、《时事新报》的《学灯》副刊、《民国日报》的《觉悟》副刊等所宣传的"新思潮"（科学、民主、社会主义、阶级斗争、唯物史观、剩余价值、无政府主义，等等）对我影响很大，使我不但有反帝反封建的爱国思想，而且参加了当时的反帝爱国运动，喜读反帝反封建的新文艺作品，尤其敬佩鲁迅。

我在安徽省立第三师范学校读了四年，经济上得到亲戚的帮助，到南京考入了国立东南大学农学院生物系。在此之前曾经考过海河工程学校（茅以升在那个学校），由于数学、外语要求高一些，所以未考取。旧社会一般人瞧不起农学院，考农学院的人比较少。我在生物系学了两年，除普通课程外，还学了外语、普通生物学（陈桢教）、高等植物学（胡先骕教）、化学（张志高教），动物学（秉志教）没有学，此外还学了些物理课。当时东南大学生物系的教师班子是不错的。

在东南大学时，我亲身经历了"五卅"运动。这是全国性的反帝高潮。"五卅"前主要反对日本帝国主义，"五卅"后反对一切帝国主义（包括英、法、日、美等），这场反帝高潮大大提高了我们这批青年人的思想觉悟。

当时的南京是北洋军阀"五省（江苏、安徽、浙江、江西、福建）联军总司令"孙传芳的天下，北伐军已经攻下了他的南昌和九江两大城市。他从九江回到南京，就气急败坏地逮捕进步学生。那是国共合作的第三年，各地军阀对待国民党、共产党都是一样的，都要逮捕、杀害，东南大学就有一位安徽涡阳县同学（国民党员）被孙传芳抓去杀害了。但是当时南京的地下国民党仍很活跃。由于我在五四时代受了新文化的影响，比较有些革命思想，这时大革命形势日趋高涨，我亲眼所见有些青年到广东参加革命，我也接近进步力量，记得一天夜里在东南大学一个地下室里开会，我去听过一次报告。我由人介绍加入地下国民党，入党地点在东南大学。我决定"投笔从戎"，到武汉去。

投笔从戎

去武汉前，我在1926年秋天离开南京到上海报考中央军事政治学校武汉分校。跟我一起到上海的，有东南大学体育系的宋秉铎（号震寰，现名宋日昌），后来我和他一块儿到武昌。

到上海后要经过考试，有笔试有口试，口试我的人是一个很瘦很矮的人，他问我："革命和进化有什么不同？"记不得当时我是怎么回答的，总之"进化"是慢慢的，"革命"是暴力革命。考毕出来，有人告诉我主持口试的那人是沈雁冰，这是我第一次看见他，以前我读过他的一些作品

（发表在《小说月报》上的）。这次考试地点在上海环龙路（今南昌路）十四号。这次在上海住在哪里记不得了。考试不久，我们上了去武汉的轮船，船上像我这样的青年人不少，估计其中不少人也是到武汉去参加革命的。大家上船后很警惕，彼此不讲话。因为到九江以前，都是孙传芳的天下，随时都有被扣留、逮捕的危险。一到九江就是我们的天下了，大家从舱里拥到甲板上，看见岸上那些头戴斗笠，上写"国民革命军"的北伐军，不禁高呼"打倒军阀！""打倒帝国主义！""国民革命胜利！"等口号，岸上也齐声响应高呼，十分热烈欢畅。

到武汉后，见到国民革命军刷在墙上的大标语，感到非常醒目。我没有入武汉军分校，而是被分配到武昌南湖的学兵团。这个团是培养下级军官的学校，团长是张治中，他是安徽合肥人，说话带有乡音。学兵团大多招中学生，他们晓得我是大学生，就派我到《学兵日报》当编辑。《学兵日报》是四开的铅印报纸，有社论有文章，并向学员和干部提供学习材料，每天印一二千份，编辑只有三四人，工作是相当紧张的。这是1926年秋、冬的事。1927年1月我被调到第十一军二十五师政治部作宣传科员。这个师共辖七十三、七十四、七十五三个团，七十三团听说是从广州北伐时沿途屡战皆捷的"铁军"叶挺的"独立团"改编的，团长是共产党员周士第，师长是国民党员李汉魂，师政治部主任是共产党员李陶（号硕勋）。"铁军"里党员多，这个军内有许多是工人纠察队员、农会会员，成分比较好，政治思想工作强。十一军由三个师组成：二十四师（师长是叶挺同志）、二十五师、二十六师，军长是张发奎、缪培南，两人都是国民党人。

我到二十五师后就听说要北伐河南打奉军。当时，直系军阀吴佩孚已由湖南、湖北两省败退到黄河以北，河南是张作霖奉军的天下。我随二十五师政治部约在三四月间开到河南南部的驻马店。奉军的编制是军以下为旅（混成旅），它的旅等于一个师。我师的任务是攻打东北方向的上蔡县奉军的富双英旅。奉军的武器比北伐军优良得多，有日本的"三八式"步枪，外加机关枪和迫击炮；我军则是"汉阳造"等杂牌步枪。但是我军士兵成分好，而且有政治工作，官兵有思想政治觉悟，知道为什么打仗，为什么牺牲，因而不怕牺牲，奋勇杀敌。军阀的军队则是雇佣军，有的是抓来的，他们打仗是为军阀个人争夺地盘，为军官升官发财，到紧要关头，谁会替他们卖命呢？他们打起仗来是不行的。领导上本来不需要政工人员去火线（我们是徒手的），但青年好奇（我那时刚二十三岁），我们在天不亮就上前沿去了，战斗打得很激烈，我们冒着身旁子弹的嗖嗖声和迫击炮弹在不远地方的爆炸，亲见武装同志奋勇冲锋，夺取了阵地。敌人的机关枪、迫击炮没有阻止我们前进。敌人只是跑，我们冲上去，很快就把敌人击退到城里去了。我们包围了几天，敌人见没有救兵增援，他们只好投降。政治工作人员最先进城向人民作宣传。敌旅长富双英（此人后来听说曾当过汪精卫汉奸政府的军政部长），当时我们冲到他的司令部，他恭而敬之地说："想不到你们这么快，我刚在城外布置好机关枪阵地回来休息，还没有正式打，你们很快就攻下了机关枪阵地，包围了县城，机关枪、迫击炮都没有阻止你们前进，真出乎我的意料之外，太快了！"这虽然是作俘虏的恭维话，说的倒也是实情。

我记得，我们在河南作战包围上蔡时，正是麦子黄熟时，因为打仗，老百姓不能收割麦子，我们就隐蔽在麦地里打。

二次北伐把奉军打退到黄河以北，和冯玉祥军会师郑州后，算是胜利完成了，我们立即凯旋武汉。这时，许克祥在长沙的反革命叛变和夏斗寅等从鄂西进攻武汉的危险都已过去了，我军又奉命顺江东下"讨蒋"。我们二十五师乘轮船从武汉到了九江，分驻在南浔铁路上、九江南边不远的马回岭、黄老门车站一带，师司令部和政治部设在黄老门车站，一在铁路西，一在铁路东，距离极近。师政治部主任李陶，四川人，上海大学毕业生，人很纯朴，年纪不过比我大一二岁。师政治部下设三个科：组织科（科长姓姚，皖南人），总务科（科长姓龚，四川人），宣传科。我到黄老门不久就加入了中国共产党，介绍人是李陶和一个科长。我入党后担任了宣传科长，不多久就爆发了八一南昌起义。

南昌起义后的战斗

我入党不到一个月，有一天天蒙蒙亮，我们接到紧急集合的通知，说是去"打野外"。我们撇开师长李汉魂所掌握的一小部分部队，由七十三团团长周士第率领，很快地出发了。那是1927年8月1日的凌晨（事后知道，是党派聂荣臻同志到马回岭七十三团团部主持起义的）。我们沿铁路奔向德安，到德安上了火车，2日到了南昌，和主力部队会师，这时起义已经胜利结束了。

我们在南昌住了三四天，全部起义军按计划陆续撤离南昌，经抚州（临川）向广东的东江地区进军。二十五师经补充后，仍编为七十三、七十四、七十五三个团，周士第任师长，李陶任党代表。听说起义军共编为九、十一、二十等三个军。九军副军长是朱德同志，十一军军长是叶挺同志，二十军军长是贺龙同志，整个起义军加上警卫部队共约三万余人。叶挺、贺龙同志率领部队走在前面，上级叫朱德同志殿后，他带领我们二十五师担任后卫。

行军中，一天只吃早、晚两顿饭，两头不见太阳吃饭，白天不停地向前走。沿途都是山路，不是上山就是下山。在路上碰见宋日昌（当时叫宋震寰），他在某团任政治指导员。大家脚上都起了泡，用树枝作拐棍支撑着行走。每到村子、集镇，总不见老百姓，他们都被反动派的反动宣传吓跑了！我们在老百姓家里做饭，用老百姓的柴、米、油、盐等物，按市价付钱，临走时留下钱和字条，写明用了多少柴、米、油、盐，纪律很严明。我们一走，老百姓就回来了。当然部队中也有个别的败类，路上当众枪毙了一个。

部队从抚州向东南进军，经过宜黄、广昌、宁都、瑞金等县，到达了会昌。会昌在瑞金之南，也是个县城。当时我们的计划是通过广东、江西交界的山口筠门岭，到广东东江流域的彭湃领导的农民运动根据地。哪知在会昌，就和广东来的敌人打了一大仗，我师参加了这次战斗。我军虽然占领了会昌，但由于伤员较多，感到前进阻力很大，不能按原定计划南下广东东江流域了，于是决定不和敌人硬拼，返回瑞金，改道东去福建，经汀州、上杭、永定，进入广东韩江流域；我师奉令驻防大埔的三河坝，前锋部队则向潮州、汕头挺进。心想一旦占领了海口，可以得到苏联的援助。但是那个地方三面是山，一面临海，易攻不易守。潮汕被敌人攻占了，我先头部队失败。

我二十五师奉命驻守广东东北部梅县的东北的三河坝（这里是梅江、汀江、韩江三条河的汇合处），二十五师是起义军的最后一个师，约两千余人，有不少非武装人员和一些女同志。敌人从韩江东西岸兵分两路北上进攻三河坝。我们政治部的同志们是跟随朱德、周士第、李陶等同志在韩江西岸的山上，看见他们指挥迎击从梅县来的敌人。他们三人都拿着望远镜，密切地注视着对面山上的敌人；一次周士第同志向朱德同志大声说："军长，你看右边这个山头上也有敌人了！"朱德同志就叫战士们："向那边打！"这情景我至今记忆犹新。在三河坝，我们与敌人激战了三天三夜，由于敌众我寡，三面被敌包围，我师不得不向北撤退。在最后的一天一夜逼近三河坝的战斗时，我在火线上，我们一面抵抗一面撤退。师部和政治部是在最后一夜的下半夜撤退的。韩江上流湍急，我们须从西岸用船渡到东岸。那时只有一条木船一盏汽灯，在危急紧张的情况下一船一船地渡过急流。接着我们向北涉水渡过另一条浅水河，水深及胸，大家用树枝牵引过河。敌人在对面山头上向我们开枪，只听见子弹入水发出"咝咝咝"的声音。当时我们觉得无所畏惧，打死就打死，因为早已把生死置之度外，没有什么可怕的。

三河坝撤退以后

撤离三河坝以后，我们沿着福建、广东边界西行，进入江西的东南边界。走的都是小路，往往是走两省军阀地盘的交界处。部队中有一些女同志，有枪的同志要保护这些女同志和我们这些没有武器的政治工作人员。只有政治部主任有盒子枪，一般政工人员是徒手的。沿途我们虽然没有遇到军阀的正规部队，但是地主豪绅的反动武装，常常隐藏在路旁不远的山上树林里向我们威胁喊叫，用土枪射击。尤其对于徒手的男女同志威胁较大，如果前后不远没有武装同志保护，这些家伙就喊："投降！投降！"并且打枪。等武装的同志赶上来放上几枪，或者吹几声冲锋号，反动地主武装就吓跑了。由于潮汕和揭阳一带我军的失败，退散到我师的政工男女青年和其他非武装人员的人数增加，再加上我师的原有的徒手同志，形成了在当时情况下武装同志的负担，他们要时时分精力保护我们。

后来部队来到邻近广东的江西信丰县境一个地方，政治部主任李陶同志召集我们四个人（组织、宣传、总务三个科长和一位政工人员）谈话，说部队要上山打游击，非武装的同志要离开部队，要我们四个人到武汉去工作，并带四位女同志先到南昌找朱培德部队（北伐军的第三军）中的地下党。四位女同志中有两个讲四川话。当时我们不愿意离开部队，离开也危险，但是结果还是服从组织走了。组织上给我们开了给赣州地下党的介绍信和到赣州的路费，要我们换穿老百姓的衣裳，嘱咐我们一站一站找地下党：经赣州、吉安、南昌、九江、武汉，一站一站解决路费问题。这样，我们四个人就带了四个女同志离开了部队，按照领导指给的路线向赣州进发。我们一行八人不敢走集镇，都是走很偏僻的地方，晚上借宿在老百姓家里。女同志要穿老百姓妇女穿的那种裙子才比较安全，就买了布在晚上赶做。有一天晚上，住在一个农民家里，他是农民协会的会员，二十几岁，他很同情我们。哪知当我们睡下后，这个农民来对我们说："镇上来了个人，要见你们。"我们想这下糟糕了。于是让龚科长去见他，一会儿龚科长回来说："是个敲竹杠的，给他两元钱就走了。"过了一会儿，农民说那个人又来了。我出去委婉地向他说："我们钱很少了，路上还要用，到赣州找到朋友才能借到钱，那时给你寄来，请你留下姓名和地址。"那人不高兴地走了。他走后，农民很关心地向我们说："他是个流氓、小恶霸，你们这样得罪了他，明天你们路过十几里外的一个山窝，那里周围很远没有人烟，他很可能纠集人在那里把你们干掉。"我们问："怎样对付？"农民说："你们没有武器，打不过他们，我屋后是一条河，通赣州，我找一条小船送你们去，不必走旱路了。"我们很感激，半夜上了船。就这样，我们乘他的小船平安地到了赣州。船到赣州，姚科长上岸找到了地下党，并拿到了去吉安找地下党的介绍信和路费，船夫（那个农民）又替我们雇了去吉安的小船，他带着我们的衷心感谢回去了。关于他，我想写个回忆录，可惜现在把他的住址和姓名都忘了！

到吉安时是我去找的地下党，记得是在一个非常荒芜、杂草丛生的孔庙里。吉安的地下党替我们雇了船，给我们路费，让我们到南昌去。我们到南昌后，四位女同志按计划去找朱培德部队中的地下党安排工作，我们四人坐火车去九江。到九江按地址去找地下党时，机关和要找的人已不在了。我们没地方住，又无路费，那时已是阳历十月，天已凉了，我们还穿单衣服。天临黑我们正在街上徘徊时，龚科长突然遇见一位四川同学，他在川军驻九江办事处工作，是个共产党员，他把我们带到办事处，解决了食宿问题。他又去找到地下党，给我们分别开了去武汉的介绍信，并给了路费。

在武汉江汉关上岸，天气很冷，又是白色恐怖气氛。四人不能同住一个地方，也不能同时到一个地方去找地下党，所以四个人到武汉后就分开了。当日我到武昌，不能住旅馆，怕军警检查，出问题，就借住在东南大学时的一个同学家里。这位同学不问我是来干什么的，我也不讲，只说"住一夜就走"，他招待我住了一夜。第二天，我从武昌乘小木船渡江去汉口找地下党，在江汉关上岸，向西走了三四十分钟，找到某街的一家两层楼的小而旧的旅馆（地下党机关）。我拿出介绍信，他们接待我，给我换衣服、吃饭。我在那里住了两天。第二天半夜，只听见同室有人悄声说："今天晚上又出去干掉一个。"大约是干掉了一个郊区的土豪劣绅。那时候反动派的警察本事不大，蒋介石、汪精卫都还没有特务组织（到1929年、1930年才成立），所以我们的地下党能够租这样一个小旅馆进行活动。第三天，地下党的同志对我说："现在武汉形势很紧张，从湖南、湖北各地来武汉的同志很多，维持生活和安排工作都很困难，不少同志都自找出路去了，你可先到别处解决生活问题，再搞工作。"我说："我没有别的地方可去，只有回安徽霍邱县家乡的一个办法。"于是他们给我路费，让我先到南京，再回到安徽霍邱去。这时我叫李昨非，1928年在家乡暴动被反动派通缉后改名为李竹年，学名李延寿（我的两个弟弟叫延龄、延年）。

霍邱暴动

我在1927年10月底、11月初回到霍邱。这时，家乡已有地下党。皖北特委设在阜阳，县委书记曾是张禅西，党的干部还有戴铸九、王冶秋等。我回到霍邱后，不久就找到了地下党，我说明了自己的身份，他们接受我参加活动。接上关系后，我担任了家乡唯一的高等小学的校长（自1928年春天至同年7月），以此为掩护，搞地下党分配给我的工作。那时霍邱还没有一所中学。这个县地下党的情况是，全县只有几十个知识分子党员，其中有的是大学生，有的是中学生和小学教师，没有武器。当时党的盲动主义思想还没有肃清，热衷于搞暴动，以"红色恐怖"对付反动派的白色恐怖，叫他们知道我们的厉害，没有武器就贴标语、撒传单，形成一个"红色恐怖"的气氛。霍邱是 1928 年 7 月 27 日举行暴动的，暴动时，知识分子只能撒传单、贴标语。而印传单必须用油印机，一般老百姓没有油印机，只有学校和县里的机关各局有油印机，各局是不会印传单搞暴动的，这就突出了高等小学是印传单搞暴动的了。我们印好传单，写好标语，分别在县城和几个大集镇上于 7 月 27 日夜贴撒出去。搞完后我没敢回家，以后听说第二天（28 日）上午，霍邱县警备司令部把我的父亲和两个弟弟（延龄、延年）逮捕入狱，说我是共产党，他们马上就要被枪毙。我和王冶秋（那时他十七八岁）、王青士兄弟都预料非跑不可；他二人是在暴动的次日早上跑出来的，我当夜去了县西乡，次日由正阳关经蚌埠、徐州、郑州到了北平。

避难未名社

我被安徽伪省府通缉，逃到北平鲁迅先生领导的"未名社"避难。当时韦素园、李霁野、台静农、韦丛芜都在办未名社（素园因病住院）。我向他们讲了实话，他们接受我避难。这时，李霁野、韦丛芜因翻译出版托洛茨基的《文学与革命》一书，被捕后才放出来。他们以为我是家乡暴动的头头（其实我只是普通党员，高等小学校长），他们说："你得改名字，不能叫李昨非了"，于是大家替我改名为李竹年（从《竹书纪年》来）。这个名字从 1928 年一直用到 1948 年进解放区，用了二十年；写文章则用笔名"李何林"。解放前写文章和工作用的名字最好分开，否则就会失去工作的。

霍邱暴动后我的父亲和弟弟被押到安庆监狱关了一年。两个弟弟蹲过监狱，老二被关得长一些，老三放出来早一些。

在我到未名社一个多月以后，和我一块儿参加暴动后逃到上海的王青士、王冶秋弟兄，也因生活工作无着，来到未名社避难。王冶秋不久找到了工作，王青士和我就帮助未名社分担出版发行工作。我们到后不久，未名社就由西老胡同一号搬到景山东街四十号，这里比原址多一倍房屋，有东西两个院子，在东院三小间北屋里成立了门市部，西院作宿舍。我和王青士两个搞门市部，工作是出售本社编辑出版的和上海进步出版社书店印的书刊。1928年正进行"革命文学"的论争，有关论争的文章我大多能看到。我对它很感兴趣，觉得这次论争的问题很重要，表现了中国文艺界的思想理论水平有了提高，提出的问题多是"五四"以来没有提出过的。于是就剪贴抄录，分类编排，以《中国文艺论战》为书名，由上海北新书局很快地出版了。接着我又在未名社搜集资料，编了《鲁迅论》，也由北新书局出版。这两本资料性的书给我在十年后编写《近二十年中国文艺思潮论》打下了初步基础，也培养了我以后教学"中国现代文学"、"文学理论"和"鲁迅研究"的兴趣。这一段未名社生活对我是有影响的。

1929年4月，朋友介绍我到北京大学图书馆搞西文图书编目工作。我在那里学会了英文打字，打图书分类卡片。我过去在东南大学学过图书分类法，懂得图书分类编目。我在北大图书馆干了两三个月。

教学生涯

1929年夏，有人介绍我到天津女子师范学院去教书，教文学，因为自己对文学有兴趣。以前我在安徽省立第三师范学校读书时，课堂上学的是古文和诗词赋等；但自己当时喜欢读新文学书刊。古典文学学了一些，对新文学则更有兴趣。那时该校教古文的教师有两位是桐城派的后裔：一个姓方的老师是方苞的后代，一个姓姚的老师是姚鼐的后代。我到天津女子师范学院后，教书的本钱不大，我就认真备课，查词典，看参考书，那倒是很好的学习。我在天津女子师范学院教了一年师范部，第二年教中文系，在中文系教"中国小说史"，用鲁迅的《中国小说史略》作课本，也讲新的文艺思想。

后来，我到焦作工学院教国文，此后到太原，在国民师范、第一师范、女子师范三所学校同时教了五个班。当时，张一林在国民师范执教，宋日昌在第一师范执教。宋、张和我三个人因用当时左翼文艺思想讲课，所以受学生的欢迎。师范学校的学生都是穷学生，容易接受革命思想，其中很多人后来参加了我们党领导的革命。

1931 年暑期，有人介绍我去吉林东北大学教书。东北大学是张作相办的。据说他拿出一百万元盖大校舍，可是 9 月 1 日尚未落成，不能开学，不久"九一八"事变发生，东北大学就不能去了。临时找不到工作，到 10 月才有朋友介绍我到北京惠贞女中教书，我在这所学校教了一年。

1935 年秋，我到济南高中教书。校址在甘石桥，那时的校长是宋还吾。李俊民教国文，卞之琳教英语。济南高中十二个班级全是高中。我在该校教了一年，1936 年暑假回北平。回北平后，有人介绍我到中法大学教书，一直教到抗战爆发。

我在以上各校任教的时间最多两年，或一年，一年半，就因为思想问题不续聘了，以后也是这样，没有超过两年的；其他进步教师也是这样。

在抗日战争时期

1937 年七七事变后，华北局势危急，学校或停办，或迁校。8 月 10 日，我离别了北平，经天津、烟台、济南、蚌埠，回到家乡。

1938 年我到武汉，以后到了重庆。我妻王振华先到四川隆昌中学教几个月的书，我也到了那里。1938 年底我们到了江津县的白沙镇，在这个镇的乡下安了家，和台静农家、曹靖华家合住在一个地主的小楼里。三家合伙，伙食费按人口分摊。那时候，沦陷区的大、中学教师到四川的可以领到一点生活费（凭证件登记领取），教授每月一百元，讲师每月八十元。不必上班，只要按月交著作一万五千字或翻译两万字，就寄来生活费。我就利用这个机会编写《近二十年中国文艺思潮论》一书。一年中别的什么事也不干。集中精力写书，写了三十多万字。记得我们住的那个地方，出门便是一片金黄色的菜花，我就在田野里漫步、构思，搞了整整一年，终于把那本书写出来了。此后，搞翻译七八个月。直到 1940 年九、十月间由老舍先生介绍，到云南大理的华中大学教书。

《近二十年中国文艺思潮论》最初是由生活书店出版的。那时候邹韬奋住在重庆，曹靖华把我的书稿介绍给他。邹韬奋托章靳以审稿，章靳以看后对曹靖华说："最近我读到的一部讲文艺思潮的书稿还不错。"（章不知道是我托曹介绍给邹的）。于是邹韬奋接受了这部书稿。第一版是在上海印的，印得不错，纸很好，铜版像很清晰。当时得了稿酬一千五百元。白沙镇属江津县，和重庆有水路可通。白沙是个大镇，是个文化镇，抗战时期好多文化机关如国立编译馆、重庆师范等都搬去了。

我在云南大理喜洲的华中大学（教会学校，今华中师范学院前身）教了两年书，因和美籍医生冲突结果校方不要我了。我找不到工作，我的一个同学在昆明利滇化工厂当副经理，该厂需要一个写公文的秘书，我就到这个厂当秘书，以解决生计。

"昆明文协"

在昆明，我不甘于当化工厂秘书混饭吃，不久被选为"中华全国文艺界抗敌协会昆明分会"的理事及总务部主任，吕剑为副主任。这个职务实际上是一名常务理事，一切活动都由总务部负责，如召集会议、处理会务等。同时，我业余编《云南日报》的文艺副刊《南风》和《云南晚报》的杂文副刊《夜莺》。《云南日报》是云南省主席龙云办的报纸，但是报社里有进步记者。当时我们还做了募捐救济贫病作家的工作，募捐到钱就寄给重庆文协总会的总务部主任老舍。

当时闻一多在昆明，任中国民主同盟云南省盟的文艺工作委员会主任委员。后来，闻一多把这个职务让给我干，让我把它同"昆明文协"的工作结合起来进行。龙云是支持民盟活动的，据说云南民盟的部分经费是他供给的。昆明的民盟活动搞得蓬蓬勃勃，那时在昆明、桂林的进步知识分子很多。闻一多简直是昆明的鲁迅，很受人们特别是青年的欢迎。他讲演很有煽动性，胆子也很大，凡有群众集会他必讲演，总是最后一个讲，讲得不长，一二十分钟，但很有气魄，很有鼓动力。除闻一多外，李公朴、楚图南（高寒）、赵沨、张光年（光未然）、石凌鹤等人都曾在昆明。

抗战胜利后，蒋介石想解决龙云，把龙云的一个军调到越南去接收，把另一个军（卢汉）调到东北，然后解决了龙云；然后就对付昆明的进步势力，搞了1945年的"一二·一"惨案，又在1946年7月暗杀了李公朴、闻一多。暗杀事件发生后，当时传说还要暗杀一些人，民盟成员楚图南、潘光旦、费孝通等十几人躲进了美国领事馆避难。蒋介石的部队向美国领事要人，他不给，说："我看这些文化人有危险，我要保护。"有人建议我也进领事馆暂避，我没有进去，我说："我不是大学教授，不显眼，不进去了，在外边还可以办理善后，摸摸消息。"我两次冒了危险到美国领事馆和民盟同志们联系，冒着特务的跟踪和逮捕的危险。我一直把闻李二烈士的善后工作办完才离开昆明。

我于1942年7月到昆明，在昆明足足待了四年。

抗战胜利

日本投降后，1946年7月22日，我全家四口人从昆明乘飞机经武汉到上海。那时候飞机老式，性能差，真乘不得：上天时得把衣服一件件地加，下来时又得把衣服一件件地脱。飞行速度很慢，经八小时才到上海。到上海后，去看望了许广平，又马上到南京（我和许广平交往较早，王士菁的《鲁迅传》稿子是由我寄给许广平，许广平介绍在上海出版的）。

到了南京，去看望了在"中苏文协"工作的曹靖华，见了王冶秋（王冶秋和田仲济在四川时曾经担任冯玉祥的文化教师和秘书，给冯讲课，写东西）。这时，王冶秋在南京做地下工作。他对我说："我在南京的任务，是调查蒋介石政府的铁路运输力量。"1946年8月，蒋介石正在调集火车运武器、运军队到华北，企图进攻解放区。曹靖华、王冶秋与十八集团军办事处（在梅园新村）有联系。我对曹、王说："我们准备到华北解放区去，我们想找一下邓颖超同志。"曹、王替我们和办事处联系了一下。其实我爱人王振华也认识邓颖超同志，他是邓颖超同志在天津任教时的学生。有一天我和振华到梅园新村，见到邓颖超、王炳南、范长江等同志。邓颖超同志热情地接待了我们，对我们说："很对不起，恩来同志正在开会，不能来见你们。"邓颖超同志留我们吃饭。我们向她谈了自己的心愿："我们想到华北解放区去，到范文澜同志所在的邯郸北方大学工作。"邓颖超同志说："我打听打听，路上怎么走，能不能走。"她又说："从南京到华北解放区，要乘火车到徐州，再从徐州乘火车到开封，在开封下火车，到彰德过封锁线再往西北走。现在彰德一带摩擦很厉害，恐怕不好走，我问一下情况再说吧。"我们在南京差不多等了一个月，又去梅园新村询问。

邓颖超同志告诉我们："没有希望去了，看样子蒋介石准备大打内战，双方摩擦越来越厉害，路上没法走。"我们见走不成，在南京又找不到职业，于是决定回家乡霍邱去看父母。临走时，我们对曹靖华、王冶秋说："等有了消息，能走时，请马上来信告知。"那知我们回霍邱没多久，王冶秋也回霍邱了，他说走不了了。为了维持生活，我和王振华就找到一所女子师范学校教书。这所学校在安徽寿县正阳关，那里是交通要道。

任职台湾省编译馆

我们在正阳关过了一两个月。此时，李霁野、许寿裳已在台湾，许寿裳是台湾省编译馆馆长，李霁野在编译馆工作。因鲁迅的关系，李霁野与许寿裳很熟。李霁野是 1946 年九、十月间去台湾的，他把我介绍给许寿裳。这样，我于 1946 年底到了台湾。从上海坐船到台北市，路上走了三十六小时。阳历 12 月，大陆上树叶已将落尽，一到台湾却是遍地皆绿。那里气候很温和，一年可种三季稻，树木四季常青，树叶是新陈代谢落一点长一点，冬天穿件毛衣就够了。

我出发前经过南京时，到民盟中央去了一次，见了组织部长周新民，我说："我要到台湾省编译馆工作。"他说：很好，你到台湾后负责民盟地下工作，盟员到台和你接关系，以我亲笔写的介绍信为据，是否成立盟组织你到台湾后看情况而定。

我到了台湾省编译馆，见过了馆长许寿裳先生。为什么要成立这个编译馆呢？这是为了编辑适合于台湾用的中小学教科书，因为台湾自从 1895年割让给日本后，到 1945 年日本投降，整整五十年全是用的日本课本，中小学教的是日本语文、日本历史、日本地理。日本人统治台湾五十年，企图消灭台湾人民的国家观念，它一方面要压迫、剥削劳动人民，一方面为提高剥削的程度给劳动力受些教育，也给职业。1945 年抗战胜利接收台湾后成立编译馆，专门编中小学教科书，也翻译一些外国文学名著。许寿裳是一位开明学者，喜欢读马列主义的书。抗战初期，他和曹靖华一样为国立西北联合大学解聘。当时国民党的文教大权掌握在 C. C. （陈立夫、陈果夫）手里，许寿裳找不到工作。正好负责接收台湾的是陈仪，绍兴人，与鲁迅、许寿裳有同乡之谊，还曾同时留学日本，尤其与许寿裳关系更好，陈仪任台湾省行政长官公署主任，就把许寿裳请去当省编译馆馆长。陈仪在蒋帮三大派别中属大官僚集团的政学系（其他两个派别 C.C. 和蓝衣社是特务）。

到台湾省编译馆后，我和李霁野一起，在世界名著翻译室当编审，我的工作是翻译俄国小说（用英文本）。

过了不到两个月，台湾爆发"二二八"起义，台湾人民暴动反对蒋介石的残暴统治。起义的表面原因是国民党机关的人员打死了一个卖纸烟的老妇人，实际上有深刻的政治原因：1945 年 9 月国民党政府接收台湾时，台湾的老百姓认为是祖国来人了，还是欢迎的，陈仪的飞机因故三次延期到达台北机场，群众三次成群结队地前往机场欢迎，认为是接同胞、接亲人。不少饭馆对大陆来人供应饭菜三天不收费。不料，反动派到了台湾后，对台湾人民百般歧视，到商店买东西硬要讨价还价，实行大陆人和台湾人同工不同酬，科长以上没有台湾同胞担任的，大陆国统区里种种贪污腐败风气都带到了台湾，传染病也带来了。我去前，反动派对台湾一年多的统治，使台湾同胞怨声载道。由于工资待遇不一样，台湾人民对大陆去的人越来越恨，夜间常有小偷潜入大陆人的家里进行偷盗。蒋介石政府在台湾实行烟酒专卖，不许老百姓卖烟酒。一些穷老百姓从上海运点纸烟和酒回台湾出卖，赚点钱，维持生活；实行烟酒专卖后堵绝了他们的生活。……老百姓对烟酒专卖很恨。1947 年 2 月 28 日，专卖局的武装人员在一个市场上看到一个老太婆出售纸烟，要强行没收，老太婆不允，那个家伙就开枪打死了老太婆。这一来，全岛人民大哗。据说当时反动派由于在大陆上打内战，驻台军事力量很薄弱，军队只有一两营人，看仓库，看衙门。事件发生后，老百姓一下子占领了广播电台。当时台湾农村里已普遍有收音机，一广播，台湾人民很快就发动起来了。起义时，台湾人一见大陆去的人就打，在路上打，从公共汽车上拖下来打，不管在什么场合见了就打。打大陆去的人是有分别的，主要是打军政机关人员，并不打文教卫生人员。3 月 1 日晨，我不知道是起义了，早饭后还到编译馆去上班，经过广播电台，看到电台门前站着很多人。一个台湾青年好心地对我说："你这位先生快走吧，今天要打外省人。"我说："我又不是做官的，我是在台湾省编译馆工作的。"他说："这很难说，你又不会讲台湾话。"我急忙地去了编译馆，见同事们都没被打，没发生什么事。以后听说医院医生、学校教师这些人都没有被打。

"二二八"起义的气势真大、真快，一下子就全省人民都起来了。陈仪没有办法，只得用缓兵之计。拖到3月8日，反动派军队两万人调来台湾。

这样一件事情，反动派要陈仪负责，蒋介石把陈仪撤了，改为台湾省政府，由魏道明当主席。魏道明上任后，第二天上午省政府开会，就通过了一些决议，其中有一个决议案是由魏道明亲自提议的：取消台湾省编译馆，因为馆内混有特务，随即把许寿裳的情况向南京作了汇报。许寿裳在台湾省文化协会办的刊物上发表了一些回忆鲁迅的文章，还在台北市办了个"'五四'以来新文化运动讲座"。李霁野和我都在这个讲座讲过，用进步的观点讲新旧思想的斗争。反动派连对"五四"新思想都不赞成，连对"五四"都感到头痛，许寿裳在他们的档案里已有许多材料，他们对许寿裳已久怀不满。于是1947年5月台湾省政府成立时撤消了编译馆，其理由是"节省开支"。而人数比编译馆多得多、工作意义不如编译馆的台湾交响乐团却保留，并在取消编译馆后另组了一个"教科书编辑委员会"。可见他们取消台湾省编译馆的意图是很明显的。

7月，许寿裳、李霁野和我到台湾大学任教，许寿裳任国文系主任，李霁野在外文系任教，我在国文系任教。我在该校教到次年4月中旬。

被迫离台

1948年2月18日深夜许寿裳先生被暗杀，我是深知此事的，详细情形我已在1950年2月写的《纪念许寿裳先生被害二周年》一文中写过。许先生被害前后，国民党军队在大陆上节节败退，反动派加紧肃清台湾的进步势力，修复"台湾总督府"（曾被美军炸坏了一个角），我们猜想蒋介石可能要来台湾当"总统"了。

那时我在台湾搞民盟地下工作，盟员一般没有地下工作经验，讲话往往不小心。而特务是有一套本事的，他们吸收了德、日、美等国特务的种种伎俩，无孔不入，连在大学门房、旅馆服务员中都混杂有他们的人，他们检查信件神不知鬼不觉，检查后封得好好的，好像没有拆过一样。由于特务活动猖獗，台湾的民盟未成立组织，不开会，不发展，采取个别和我联系的方式进行工作。当时，农工民主党有一个叫吴今的人，广州人，他同时又是民盟盟员。他认为可以成立民盟组织（农工民主党在台湾有一个支部），我说根据盟员的情况，以不成立盟组织为宜。听说基隆中学有几个教师，是农工民主党成员，照理他们应当同心协力，彼此团结，可是他们闹意见。1948 年 4 月 8 日，农工民主党的一个在台南市民众教育馆工作的成员被捕了，立即牵连到它的负责人；4 月 10 日，吴今被捕。吴今的夫人跑来告诉我。我想特务如果对她进行威胁利诱，她会讲出我是民盟在台湾的负责人的，因此我非快走不可。这时正是台湾大学的学期中间，我怎么能走呢？我向校方说："我在安徽老家的母亲病重，请假一个月，请人代课，回去看看。"校方同意了。我是 4 月 15 日走的。在这以前，我教的台湾大学国文系班上的进步学生曾经告诉我：李先生，我们班上有个姓黄（大约名钰）的人是特务，你讲课要注意。我走了以后，学校当局贴出一张布告：李竹年老师因事离校，由×××老师代课。那个姓黄的看见布告后慌张地跑到我家里去对我妻问："李先生回家了？"她说："是的。"姓黄的说："他到上海住什么旅馆？"她说："上海旅馆多得很，不知道住什么旅馆，我告诉你他老家的地址吧。"我和她约定不回家乡，因此告诉他也无妨。

其实我到上海后住在孔另境家。本来想以"祖母病危，想看看两个孙子"为由，让我妻也请假一个月回家探亲，带了孩子们一起离台，和我在上海会齐，一起去华北解放区。因那时范文澜同志在邯郸一带的北方大学，曾有信给王冶秋同志转口信通知我们到解放区去。

我到上海后在孔另境家住了一两个星期，一天在孔家吃午饭，孔另境的太太接到一封信，她看不懂是什么意思，给我看。我一看，原来是李霁野夫人刘文贞的笔迹，署的是假名字，信上讲："你为什么不赶紧回家，还在上海和一些坏女人鬼混！你太太已经因病重住院了（按：那时我们称被捕为'住院'），她若知道会难过的，你赶快离开上海！"意思是告诉我，我妻王振华已被捕或被特务监视不自由了，叫我赶快离开上海的原住处，不要等妻儿了。后来我才知道：我从台湾走后，三个特务机关的特务轮流到我家去威胁她说："今后你不能到别处走动了，只准去学校上课，上完课回家。"她在台北市女师教语文，几个女教师怕她发生意外，每天在上下班来回的路上陪伴保护她。不久她患鼻窦炎开刀，发哮喘病，一直搞到放暑假，她才带了孩子离台。

我接到上面这封信后，马上离开了孔另境家，去找楚图南。楚图南家也不能住，他家附近常有可疑之人在徘徊。这样我决定离开上海，去登记船票。从台湾出来时，每个人都有"身份证"（上面贴有像片，写明姓名、年龄、性别、籍贯、在什么机关工作等），买飞机票、轮船票要凭身份证。我带着身份证到上海旅行社登记买船票，说要等一星期才有票。待到下午四点钟，正巧有人来退票，是当晚八时开天津的房舱票，问我要不要，我说要。我身边现钞不多，只有个戒指，戒指换了纸币才能买票，恰好旅行社楼上是上海银行，其中有个职员是民盟盟员，我上楼去找他，他立刻给我换了钱，我马上下楼买了那张船票。

当天晚上上船，码头上检查，看身份证，没有事，平安通过。我乘的是二等舱，表示我是"上等人"，是"有钱"的，不会是共产党。一间房舱住三个人，同舱的其余两人是一对夫妻，好像结婚才不久，女的穿得很时髦，男的浑身上下西装革履，很阔气。同在一个房间，不能不讲讲话，聊一聊。我说我是台湾大学的教授，抗战前有一批书存放在北平亲戚家里，这次去取书。那个男的对我讲实话说："我在军委会第二厅工作，这次是去南朝鲜李承晚那里做情报工作的，到天津换船去。"我一听，知道他是特务，但特务不自称为"特务"，而是说"做情报工作的"。反动派的党政军机关凡有"二"字的都是特务机关，如"省党部第二处"、"军委会第二厅"、"警备司令部第二处"等。我想这下糟糕，正好碰到鬼。

那时候从上海到天津的轮船走得很慢，至少得一个星期，有时不免到舱外甲板上看看海景，呼吸点新鲜空气，和人搭搭话，一次我正和一个旅客闲谈，旁边一个人插上来说："你先生好像是安徽人吧？"我说"是的"。他说他是安徽巢县人。此人穿一身黄呢军装，一看就是个军官。我警惕地和他敷衍了几句。谁知第二天他跑到我住的舱里，他讲了他的身份说："我是天津警备司令部第二处的。"我想又碰到了一个特务。他说："刚才我在大餐间赌钱输了,我想捞回来,你先生借些钱给我。"我迟疑了一下,心想不能不借给他,因为到天津上岸,要经过警备司令部或警察局的人检查,如果他向他们歪歪嘴,讲句坏话,那我就走不了,还是借些给他吧。我对他说:"我只有一百万了,从天津去北平还要买火车票和零用,借你七十万吧。"其实我身边不止一百万。他把脸一绷说:你先生真不干脆,如果干脆点,一百万全借给我,到天津我还你!我只好给了他一百万。临走,他说:天津警备司令部在河北区宇纬路,你下船以后去那里取钱,我叫×××。我说:我下了船就转火车去北平,你那里我没有时间去了。他说:"我要还你钱啊。"我说:"那我开个地址给你,请由邮局汇去吧。"我就写了在清华大学读书的李昭野(李霁野的弟弟)的地址,给了他。当然,特务、流氓"借"了别人的钱是不会还的,直到 1949 年 3 月我由解放区到北平时,问李昭野有没有人汇钱来,李说从来没有。

进入华北解放区

1948 年 5 月初,我到了北平,住在矿冶研究所工作的弟弟李延年家。我先去清华大学找李广田同志。李广田同志给我找到吴晗同志。吴晗同志把我介绍给以在"中苏文协"工作为掩护、实际上做输送去解放区工作的陈鼎文同志(陈现在全国政协工作)。陈鼎文同志替我办了一切手续,介绍我去天津。到天津后,由孙大中同志陪送我进入华北解放区。

5 月 13 日,我从天津乘火车到杨柳青。我身边什么东西都没有带,只带一个盛放牙膏、牙刷、手巾之类日用品的小布袋,扮成一个穷知识分子的模样。在杨柳青下车后,要经过国民党军队的检查站的检查。一火车装两三千人,下了车,人们拥着挤着都想快点通过检查站。我弟弟李延年曾经给我在矿冶研究所开了一张"护照":"今有本所人员李延年之兄李竹年因失业,去济南谋事,特此证明",上面盖了他单位的红印。临走前,陈鼎文同志向我交代说:经过国民党的检查站时,有比较值钱的东西如自来水笔、手表等,检查站的人要,就给他,免得他纠缠。在杨柳青检查站,我出示"护照",检查的人见我带的东西极简单,就让我过了。我亲眼见,有一个青年,他的一枝自来水笔被检查的人拿去,检查的人说:"这支笔交给我保管，回来时还给你。"这个青年不愿留下笔，检查的人就嚷道：我看你不是好东西，听说共匪打了几个胜仗，你就往那边跑！站住，不准走！青年人只得站住。检查的人问他："你有没有同路的？"青年用手指向五六丈外已经通过检查的他的女朋友。结果，检查站把这两个男女青年扣留了下来。

这是第一道检查站。第二道检查站离这不远，在一条小河边上。过了小河是两不管的"真空地带"，这条"真空地带"有四五里长。再过去便是我们的检查站，过了我们的检查站就是华北解放区了。地下党组织曾经教我，一路上始终说是去济南谋事的，即便进入解放区也仍然说"去济南"，因为特务看到去解放区的人多，就会加紧防范和检查，给后去解放区的人造成困难。

我坐一辆马拉的胶皮大车，经沧州，到泊镇我方的接待站。见了站上的同志拿什么做证据呢？为了路上安全，不带介绍信，而是凭一张预先有地下党和接待站约定号码的"关金券"。在北平临走前地下党组织的同志特别交代，这一张"关金券"要与其他钞票分开放，免得路上用掉。到泊镇接待站，我把这张"关金券"拿出来，接待的同志一看钞票上的号码，就热情地同我握手，表示欢迎。当天晚上请我看戏，是新歌剧《王秀鸾》，歌颂大生产运动的，音乐、表演、题材和体裁、思想内容完全与蒋管区的文艺不一样，叫人耳目一新。第二天，接待站的同志让我搭一辆卡车去石家庄，那是当时当地最好的运输工具。

到了石家庄，住在一个专门接待国统区来人的招待所里，恐怕遇到特务，我还是讲"到济南去的"。住了两天，招待所派一辆牛车把我送到二三十里远的石家庄西北方向的一个村庄。到了那里，齐燕铭同志接待了我。他说：晋察冀和晋冀鲁豫两个边区合并为一个解放区——华北解放区。现在部队行军刚结束，正在作行军的总结。你休息几天再说吧。他怕我是南方人睡不惯炕，特地弄来一张小铁床给我睡。约住了十天后，齐燕铭同志问我：你到解放区来打算参加什么工作？我说：我是教书的，想去范文澜同志所在的北方大学。他说："好，明天送你去邢台北方大学。"我才知道北方大学已不在邯郸了。

我到了邢台北方大学，见了范文澜夫妇、艾思奇、王冶秋、叶丁易、尚钺等人。范老说：两个解放区合并，原华北联大和北方大学也将合并为华北大学；等这两所学校合并后才安排你的工作。我自然没意见，先学习学习也好。

过了一个多月，合并后的华北大学诞生，校长是吴玉章，范文澜、成仿吾为副校长，钱俊瑞为教务长。华北大学分四个部：第一部是临时训练班性质，专门培训刚进解放区的大中专学生，每期几个月，学《新民主主义论》，学新解放区的党的政策，这第一部人员最多，每天都从蒋管区来几十人。第二部是培养中学师资的，有国文系、史地系、社会科学系、教育系、外语系等，我被分配在这个部的国文系任主任。第三部为研究院性质，范文澜兼主任。第四部是文艺部，培养文艺工作人员，丁玲、艾青、光未然（张光年）、陈企霞等都在文艺部任教。新校建立后，不久就上课。中间因傅作义扬言要攻石家庄，迁到过邢台。不久北平解放，我们于1949年3月随学校迁到北平。

这里补说一下：我妻王振华是1948年暑假坐了一个牧师的货轮从台北到上海的。她怕带两个孩子显眼，带了一个六岁的男孩儿从台湾出来，先到上海，再到北平，还有一个十五岁的男孩儿是托魏建功夫妇从台北带到北平的。途中，在南京，家乡的一个女孩儿与她会合。她带着三个孩子从北平出发，由天津进入解放区。在天津被检查时，她撒了个谎。检查的人问她："到哪里去？"她指着孩子们说："我去济南，找他们的爸爸，听说他们爸爸在那边又找了一个女人。"检查的人说："是啊，现在的男人都是这个样子。好，你们走！"正是1948年中秋节那天她到了华北大学，在该校教育研究室做研究人员。

新中国成立以来

新中国成立后，华北大学改成中国人民大学，专门培养马列主义和财经人才，国文系不设了，于是组织上把我调到中央教育部工作。钱俊瑞原是华北大学的教务长，这时担任了教育部副部长（教育部部长是马叙伦）。他说教育部需要人，调我去作教育部秘书处长兼行政处长，管八个科（秘书科、机要科等），进出公文均经过我，各个司（高教司、中教司、初教司）的出入公文也都由我修改、签字。因此当时全国的教育情况我大都知道，每次部务会议我都参加，本来这个工作如果继续做下去，改行研究教育，倒是一个很好的工作岗位，但是我还是喜爱文学，觉得适合教书，天天坐办公厅不大合适。那时（1950 年）我才四十六岁，我就向领导——教育部党组书记钱俊瑞同志提出调动工作。我在教育部待了一年：1949 年 9 月至 1950 年 9 月。

我于 1950 年 9 月被调到北京师大，在中文系教课，还管一个培训解放区语文教师的进修班。我在北京师大工作两年，直到 1952 年院系调整。

我老伴王振华的一位同学，担任天津第一女中校长，1949 年调我老伴去担任了天津第一女中的教导主任。一年后，我老伴被调到天津师院任中文系主任。1952 年院系调整时，天津就利用这个条件，通过天津市委把我调到南开大学任中文系主任。（我去前，曾到南开大学、天津师院讲过课。）天津师院后来改为天津师大，又改为河北大学，我老伴一直当中文系主任，直到离休。

从 1952 年到 1976 年，这二十四年我一直在天津担任南开大学中文系主任，兼搞中国民主同盟工作。

我 1927 年入党，1927 年霍邱暴动后中断了党的关系。1957 年又在南开大学重新入党。

1976 年以后的情况，我就不讲了。

（据 1985 年 6 月 11 日下午和 6 月 12 日下午李何林先生同上海社会科学院文学研究所工作人员谈话录音整理；采访、整理者包子衍、许豪炯、袁绍发。整理稿经谈话者审定。载于《新文学史料》1986 年 2 期）

回忆二次北伐和八一南昌起义前后

一 "投笔从戎"和"二次北伐"

我今年七十七岁,许多细节都记不清了;何况我那时在二十五师政治部工作(先是中尉宣传科员,后是上尉宣传科长),接触的面不大,了解的情况不多,时间范围也只有大约一年,从1926年秋到1927年秋。但我读过一些回忆八一南昌起义前后的文章,对二次北伐(从武汉北伐河南奉军)讲的很少;对八一南昌起义也有和我记得的不很一样,就写出来作为补充或参考吧。

我出身于安徽霍邱县的城市贫民家庭,只能考入不收学费和膳宿费的安徽省立第三师范学校(在皖北阜阳)。那是五四时代,出身穷苦的青年容易接受新思想;《新青年》《新潮》《晨报附刊》《觉悟》《学灯》等报刊所宣传的"新思潮"(科学、民主、社会主义、阶级斗争、唯物史观、剩余价值、无政府主义,等等)对我影响很大,使我不但有反帝反封建的爱国思想,也参加了当时的反帝爱国运动,喜读反帝反封建的新文艺作品,尤其敬佩鲁迅。这大约是1925年"五卅"前后不少大中学生"投笔从戎"参加"大革命"的思想基础。

我在四年制师范学校毕业后,经济上得到亲戚的帮助,考入了南京国立东南大学农学院生物系,但也只学了两年,于1926年秋去武汉参加了北伐军。当时的南京是北洋军阀"五省联军总司令"(江苏、安徽、浙江、江西、福建）孙传芳的天下，北伐军已经攻下了他的南昌和九江两大城市，江西算完了。他从九江回到南京，就气急败坏地逮捕进步学生；东南大学的一位安徽涡阳县同学（已忘其名）被杀害了。那是国共合作的第三年，各地军阀对待国民党、共产党是一样的，而我已经是东南大学的地下国民党员，就决定"投笔从戎""到武汉去"。

于是被介绍去上海环龙路十四号投考中央军事政治学校武汉分校。口试我的人，事后才听说是沈雁冰；他口试的问题中有一个至今还记得："革命和进化有什么不同？"不记得是怎样回答的了。不久我们上了去武汉的轮船。估计船上像我这样的青年不少，但大家都躺在舱里不敢说话，因为一直到九江以前，都是孙传芳的天下，随时都有被扣留逮捕的危险。但是，船上一宣布"船靠九江了"，大家不约而同地涌到舱外甲板上，看见岸上头戴斗笠，上写"国民革命军"的北伐军，不禁高呼"打倒军阀、打倒帝国主义"等口号，岸上也齐声响应高呼，十分热烈欢畅！我们到了自己的天下了！

到武汉后，并没有要我入武汉军分校，倒把我分配到武昌、南湖的学兵团，参加《学兵日报》的编辑工作了。这个团是培养下级军官的学校，团长是张治中，和军分校以及当时南昌的以朱德同志为团长的军官教育团差不多。《学兵日报》是半张报纸大的铅印报纸，每天印一二千份，因为学员和干部共有数千人，向他们作时事政治宣传，并供给学习材料，也有评论文章。因为每日出版，编辑只有三四人，工作是相当紧张的。

到1927年1月（？），又把我调到北伐军第十一军二十五师政治部作宣传科员。这个师共辖七十三、七十四、七十五三个团，七十三团听说是从广州北伐时沿途屡战皆捷的"铁军"叶挺的"独立团"改编的，团长是共产党员周士第，师长是国民党员李汉魂，师政治部主任是共产党员李陶（号硕勋），都是以后才知道的。

这个十一军，我听说是从广州北伐时（1926年7月）的第四军到武汉后扩编的，共辖二十四、二十五、二十六三个师，二十四师师长是叶挺同志，二十六师师长是谁我忘了。军长是张发奎、缪培南，国民党人。原第四军共辖十、十一、十二三个师，军长是黄琪翔，十师师长是蔡廷锴，其余不记得了。当时武汉"左派"国民政府的武装部队，除军分校、学兵团和工人纠察队外,四军、十一军是一个系统;湖南起义军唐生智的第八军到武汉后扩编的三十军(军长何键)和三十六军(军长刘兴)是另一系统。四军、十一军中的中下级军官有相当数目的共产党员,有一些秘密的党组织;三十五、三十六军中则不可能这样;前者以后绝大部分参加了八一南昌起义,后者则是汪精卫叛变革命后的反动武装力量。何键的部下团长许克祥就是长沙1927年5月21日"马日事变"的反革命血腥刽子手;他们以后又投靠蒋介石,长期压迫湖南人民。

我到二十五师后就听说要北伐河南打奉军。当时直系军阀吴佩孚已由湖南、湖北两省败退到黄河以北,河南是张作霖奉军的天下。我随二十五师约在三四月间开到河南南部的驻马店,住了一些时候。听说我方的四军、十一军和三十五、三十六军,基本上都开到河南了;武汉后方只有军分校、学兵团、工人纠察队和少数警卫部队,相当空虚。因此,不久湖北西部夏斗寅部和蒋介石勾结,联合川军杨森的二十军等进攻武汉,曾打到离武昌只有四十里的地方。在危急关头,不得不把叶挺同志的二十四师调回武汉,听说军分校、工人纠察队等都开赴前线,一举把叛军击退到鄂西南一带。与此同时何键三十五军的驻长沙的三十三团团长许克祥发动了5月21日的"马日事变",残酷地屠杀大批革命群众。这一切都是我以后凯旋武汉后才知道的。

我师的任务是攻打东北方向的上蔡县奉军的富双英旅(奉军军以下是旅,相当于师)。奉军的武器比北伐军优良得多:日本"三八式"步枪,外加机关枪和迫击炮;我军则是"汉阳造"等杂牌步枪,在河南我未见过北伐军有机关枪或迫击炮。但是我军士兵有不少是农民协会会员和工人纠察队工人,而且有政治工作,官兵有思想政治觉悟,知道为什么打仗,为什么牺牲,因而不怕牺牲,奋勇杀敌。军阀的军队则是雇佣军,有的是抓来的,他们打仗是为军阀个人争夺地盘,为军官升官发财,到紧要关头他们何必卖命呢?北伐军中凡是有共产党员和党的领导的部队,思想政治觉悟高的部队,攻击进展都很快;叶挺"独立团"是最突出的。攻打湖南、湖北的西路北伐军只需要大约三个月的时间就打到长江流域武汉;蒋介石指挥的攻打福建、浙江、江苏的东路军,到1927年3月(1926年7月9日从广州誓师出发)共九个月才打到江苏边境,不敢进攻上海;由于周恩来等同志领导的 3 月 21 日上海工人第三次武装起义，完全占领上海后，他们才开进上海，二十天后就对我们来了个"四一二"大屠杀。

我军一和上蔡城郊的奉军接触，很快就把敌人击退到城里去了；我们包围了几天，叫他们投降；他们原指望有增援部队来解救他们突围，因此就无目的地向外打迫击炮以表示他们的存在。但是终于没有救兵，他们只好投降。政治工作人员最先进城向人民作宣传，也见了富双英，他说："我刚在城外布置好机关枪阵地回来休息，你们很快就攻下了机关枪阵地，包围了县城，机关枪迫击炮都没有阻止你们前进，真出于我的意料之外，太快了！"这虽然是做俘虏的恭维话，说的倒也是实情。

领导上本来不需要政工人员去火线（我们是徒手），但青年好奇（我那时刚二十三岁），我们在拂晓攻击时就去了，冒着身旁子弹的嗖嗖声和追击炮弹在不远地方的爆炸，亲见武装同志奋勇冲锋，夺取了阵地，像富双英说的那样神速（我军按政策释放了他，抗战后听说他曾当过汪精卫汉奸政府的军政部长）。

包围上蔡时，记得我们是隐蔽在一片深黄的麦地里，大约是河南的五六月吧？记不准了。二次北伐把奉军打退到黄河以北，和冯玉祥军会师郑州后，算是胜利完成了，我们立即凯旋武汉。这时许克祥在长沙的反革命叛变和夏斗寅等从鄂西进攻武汉的危险都已过去。我军又奉命顺江东下讨蒋。

二十五师乘轮船从武汉到了九江，分驻在南浔铁路线上离九江南边不远的马回岭、黄老门车站一带，师司令部和政治部设在黄老门车站，一在铁路西，一在铁路东，距离极近，我记得很清楚。当时的师政治部分组织、宣传、总务三科，部主任李陶，四川人，听说是北伐前我地下党培养干部的"上海大学"毕业生，沉着冷静，平易近人；组织科长姓姚，皖南人，总务科长姓龚，四川人，已想不起他们的名字了。全政治部也就是十多人（团营连另有政治指导员），姓名都忘了。我到黄老门不久就入了党，并且担任了宣传科长，约过一个月后就是八一南昌起义。

二 八一南昌起义和到广东的沿途情况

8 月 1 日中午我们得到紧急集合去"打野外"的通知，到时才知道是撤开师长李汉魂所掌握的一小部分部队，由七十三团团长周士第率领着沿铁路奔向德安，到德安上了火车，2 日到了南昌，这时起义已经胜利结束了。以后才知道：党是派聂荣臻同志到马回岭七十三团团部主持起义的。在南昌住了三四天，起义军全部陆续按计划撤离南昌，向东南方向抚州（临川）进军。二十五师经补充后仍编为七十三、七十四、七十五等三个团。周士第任师长，李陶任党代表。以后听说起义军共编为九、十一、二十三个军，九军军长是朱德同志（有人说是副军长），十一军军长是叶挺同志，二十军军长是贺龙同志，加上警卫部队共约三万余人。除朱德同志带领我们二十五师担任后卫外，叶挺、贺龙同志则带领其余部队走在前面。不意走在最前面的以蔡廷锴做师长的第十师，在离开南昌的第二天就奔向浙江投降蒋介石去了，还带走了我党的几位团营指导员，以后听说倒都放了回来。这个第十师听说以后是国民党上海"一·二八"抗日战争时"十九路军"的基础。

从抚州向东南进军，经过宜黄、广昌、宁都、瑞金等县，到达了会昌；在会昌和广东来的敌人打了一大仗，我师是参加的；我军虽然占领了会昌，但感到前进阻力很大，不能按原定计划：越过江西广东交界的筠门岭，南下广东东江流域和农民结合了。于是退回瑞金，改道东去福建，经汀州、上杭、永定，进入广东韩江流域；我师奉令驻防大埔的三河坝，前锋部队则向潮州、汕头挺进。拟占领汕头这个海口，可以得到国际上的援助；哪知帝国主义和蒋介石相勾结，这时业已封锁了汕头。

北伐军因为有思想政治觉悟，纪律本来就和北洋军阀军队不同；到处有工农支援，随时随地有工农参军；是地地道道的工农子弟兵；但是也曾有被俘的军阀士兵加入，有些人积习难改，所以起义后又重申严格的纪律。当时虽然还没有"三大纪律八项注意"，有些事已经做到了：沿途不准摘食地里的瓜果，住宿民家用了柴米油盐时，一定要照付价款；如遇人民因受反动宣传外出藏躲，我们就留下价款和字条说明借用了些什么。自然仍有极少数人不守纪律，那么就按情节轻重惩处。记得在宁都野外曾集合过约一营人，当众惩罚了一个。以后的人民解放军的严格纪律，起义军已经初具规模了。

从南昌出发到广东的三河坝，走的全是山路，多半只能单人单行前进，三万多人的队伍拉开得很长。日行百里左右，不是上山，就是下山，很少能遇到一段不上不下的平地。"上山容易下山难"，确实如此。像我这样的知识分子，生长在北方平原，又很少日行百里的锻炼，开始一周，脚底起泡，腿肚疼痛，举步艰难，只得用树枝当拐杖，支撑着走。不久全身筋肉逐渐习惯，脚底磨成了厚皮，腿也有了劲，速度就加快了；两头不见太阳，上山下山，日行百里不觉累。我这个"文弱书生"，经过几个月的行军锻炼，身体倒壮健了不少。早晨天不亮吃饭，晚上宿营再吃另一顿，中午是否吃点干粮，记不得了，好像午休时间短，不可能做饭。这一切我们青年人都不在乎，倒对于高山感兴趣了。我生长在淮河平原，远看大别山不觉其高；在南京的两年，也未登过什么高山，所谓"云海"究竟是什么样子呢？不知道。在师范学校时学过地理，知道我们现在走的地方是江西、福建交界的武夷山脉，很高，该可以观赏"云海"盛景了吧？果然不错：每当登上高山顶峰时，远望只见无边云海，波涛翻腾；如在阳光照耀之下，则一大堆一大堆洁白如白絮的白云，漂浮移动，更像巨浪滚滚，蔚为壮观！为平生所未见。惜都不能久停，又须下山了。（现在坐飞机看云海，自然不稀奇，但和站在山顶上看不完全一样。）

由于二十五师是后卫，沿途可能遇上的地方反动武装，都被前锋部队击退了，我们到会昌前没有作过战。在会昌城郊和从筠门岭过来的广东军队打的一大仗，我是分明记得的。

我还分明记得在抚州还是宜黄的乡间，一个月夜的草地上听过李立三同志的讲话，内容记不得了。还分明记得在宜黄县城的一个小学校的教室里听过总政治部主任郭沫若同志（北伐军总政治部主任是邓演达，郭是副主任；起义后郭为主任），对几十位政治工作人员的讲话。五四以来我早读过他的《女神》上的诗，它的歌颂反抗战斗、憧憬光明、诅骂黑暗的精神，鼓舞了不少青年走上了革命道路。真是仰慕已久，可惜无缘一面。当时既见面，又听讲，果然"文如其人"：他那宏亮的朗诵似的声调，战斗的豪情，傲岸英姿和气魄，真不愧是一位革命浪漫主义诗人，反帝反封建的革命战士。他讲的似乎是自作的《请看今日之蒋介石》中的那些内容。以后我根据他的意思编了一个揭露蒋介石的独幕剧，向士兵宣传。

我分明记得毛泽覃同志和我们在一块过了一段时间，走过一段路；我们沿途一边走一边说笑的情景，还依稀记得；他那比我高而略胖，走起路来一歪一歪的身影，还留有印象。不久他到别的部队去工作，就未再见面。全国解放后听说他早已牺牲了。

起义的领导人中，我听说有周总理，但开始并不知道他是前敌委员会书记；沿途也听说有林伯渠、吴玉章、徐特立、谭平山等同志；刘伯承、恽代英、彭湃、陈毅同志是较晚才听说的，都不知道他们当时担任的职务；就是未听说过像"四人帮"宣传的"八一南昌起义的领导人林彪"。到林彪在蒙古"爆炸"后才知道他当时不过是一个"见习排长"，怎样"领导"起义呢？未免凭空捏造得太离奇了！

三　三河坝的战斗和撤退以后的经历

三河坝在广东东北部梅县的东北，地处从梅县流来的梅江、从福建汀州（长汀）流来的汀江和南流到潮州入海的韩江三条河的汇合处。我记得我们师部和政治部是设在韩江的西岸和梅江的南岸之间，但有的回忆录说是在韩江的东岸，也可能他的所在单位是在东岸。

我师驻守三河坝时，叶挺、贺龙同志领导的起义军的大部队业已南下进攻潮州、汕头。留我师扼守三河坝，可能是牵制敌人增援潮汕的兵力和监视由梅县南下的敌人。以后听说潮汕很快被我军占领，又将主力西进迎击揭阳一带的敌人，我因兵力分散，潮汕失守，主力受挫，向西南退往海陆丰一带，南下的主力算失败了。敌人钱大钧部遂来攻击三河坝我二十五师，这是起义军的最后一个师，约两千余人，有不少非武装人员和一些女同志。

敌人大约从韩江东西岸分兵两路北上进攻三河坝；但我分明记得政治部同志们是跟随朱德、周士第、李陶等同志在韩江西岸的山上，看见他们指挥迎击从梅县来的敌人。他们三人都拿着望远镜，密切地注视着对面山上的敌人；一次周士第同志向朱德同志大声说："军长，你看右边这个山头上也有敌人了！"朱德同志就叫战士们："向那边打！"这情景至今还记得。

有人说激战了三天三夜，由于敌众我寡，三面包围，我师遂不得不向北撤退；大约因为我只在最后的一天一夜逼近三河坝的战斗时才在火线上，其余的两天两夜的战斗我就不清楚了。这最后的一天一夜，是一面抵抗，一面撤退。

师部和政治部是在最后一夜的下半夜撤退的。韩江上流湍急，我们须从西岸用船渡到东岸，再从东岸涉水渡到另一条浅水河的北岸，才能步行向福建、江西边境撤退。在暗夜中大家挤上一只木船，一船一船地仓惶间渡过急流；又在只有一个汽灯的照明之下，危急紧张的情况是可想而知的；但秩序不乱，未听说有一个同志落水或掉队，大约是觉悟较高，患难与共"同舟共济"的缘故罢。当渡过那条浅河时，水深到了我的胸部，人已很难站稳，水流也急；同志们于是手拉手，或用树枝联系在一起，以便一人不稳，别人拉扯着。当我在渡河时，天已亮了，西面远山上的敌人，就向我们开枪，子弹射入身旁水中，咝咝咝作响，牺牲早已置之度外了，无什么可怕的。

我们沿着福建、广东边界西行，进入江西的东南部边界；利用军阀割据以省为界，边界地区形成两不管的情况，不进城镇，只过乡村，走的是崎岖小道，单行前进，队伍又拉得很长。沿途虽然没有遇到军阀的正规部队，但是地主豪绅的反动武装，常常隐藏在路旁不远的山上树林里向我们威胁喊叫，开放土枪。尤其对于徒手的男女同志，如果前后不远没有武装同志保护，反动派就喊："投降！投降！"并且打枪。等武装同志赶上来放上几枪，或者吹几声冲锋号，反动派就吓跑了。由于潮汕和揭阳一带我军的失败，退散到我师的政工男女青年和其他非武装人员有一定人数，再加上我师的原有的徒手同志，成了在当时的情况下武装同志的负担，他们要时时分精力保护我们。

大约是走到江西信丰县境一个什么地方吧，记不得它的名字了，李陶同志召集我们三个科长和另一位男同志与四位不认识的女同志说：现在决定武装同志打游击，徒手同志大部分离开部队分别到南昌、武汉去。你们四位男同志把四位女同志带到南昌找朱培德部队中的同志，然后去武汉（大意）。于是给我们一些到赣州的路费和到当地找地下党的介绍信（南昌起义后，江西各地党员参加的不少，一定有人知道赣州地下党），又给我们一些便服。我们当时觉得离开部队相当危险；人生地疏，语言不通（江西南部话难懂），又是八个青年男女同行，别人一看就知道是从起义部队中下来的。好在各地国民党还有左右派之分，反动派的爪牙还不是到处皆是，江西的农民运动还有一定基础；上级既然这样决定，只有服从，何况我们八人不是党员就是团员。我们又问了去赣州的路线，换了便服，就和李陶等同志告别了。全国解放后才知道：他们以后转战湘南一带，终于到井冈山和毛主席会师了。

三河坝撤退以后，真是料不到前有敌人，后有追兵；给养困难，一天吃一二顿饭是常有的事，有时也不是正式饭菜，补充一点干粮就算了。衣服汗污了也不能洗，草鞋破了，只有用破布条裹裹。已是 10 月天气，我们穿的还是八一起义时的单衣，南方虽然还不算太冷，但早晚和在山上树林中露营时，已经感到冷了。面对着艰苦危险的处境，我们二十岁上下的有一定革命觉悟的青年人，是不是有点消极悲观了呢？回想起来当时并没有这种情绪，我们仍然有说有笑，并不觉得身在危险之中。这就是有一点革命觉悟的青年人之所以为青年人吧！离开部队以后，在走到无人的地方或坐在小船中时，依然是有说有笑，四位女同志尤其话多。

"文化大革命"开始后，我被打成"牛鬼蛇神"，自然要审查我的历史，我说："你们是现在的革命小将，我是八一南昌起义时的革命小将；那时我二十三岁，和你们现在的年纪差不多。"回答是："你不要再说你的光荣历史了，说不定你离开部队是开小差，逃兵！"我说："你们可以到北京向朱总司令和周士第大将调查，他们可能已经记不得我这个人了，但是叫我们八个人（还有其他一些人）离开部队这类事总还有印象吧？"我不知道他们去调查没有，不过以后不再说我"开小差"了；自然还调查了我的其他历史情况，我于 1969 年 4 月就得到了"解放"。

我们八个男女青年按照领导指给的路线向赣州进发，一天晚上住在农民家里，谈起来知道他是农民协会会员，待我们很好。但到我们刚睡下时，他来告诉我们："镇上来人了，要见你们。"我们料想是反动派派来的，也不得不见。就由龚科长去接见，过了约半小时，回来说："是个敲竹杠的，给他两元钱就走了。"大家松了一口气，哪知不久，农民说："他又来了，要见你们。"我去接见。看他转弯抹角的意思，还只是想要钱；我想这样会无止境，就委婉地向他说："我们钱很少了，路上还要用，到赣州找到朋友才能借到钱，到时给你寄来，请你留下姓名和地址。"（大意，下同）他自然不高兴地走了，倒也没有暗示要怎么样。他走后，农民很关心地对我们说："他是当地的流氓小恶霸，你们这样得罪了他，明天你们路过一个山窝，周围很远无人烟，他们会把你们干掉。"我们问："怎样对付？"农民说："你们没有武装，打不过他们；我屋后是一条河，通赣州，我找一条小船送你们去，不必走旱路了。"我们很感激，半夜上了船。小船舱里睡不下八个人，就轮流睡。既免得走路，又遇不见敌人，真是太好了！平安地到了赣州。当时大约问了这位农民的姓名的，到二十多年后全国解放时，我想起了他，无论如何也想不起他的姓名和他家所在的地名了；真是"救命之恩"也无以为报！但在他一面，当时是尽了他的革命职责，丝毫也不会想到什么报答的。

船到赣州，由姚科长上岸去找到了地下党，拿了去吉安找地下党的介绍信和路费；船夫又替我们雇了去吉安的小船，他带着我们的衷心感谢回去了。到吉安时是我去找的地下党，记得是在杂草丛生、荒凉无人的孔庙里（由于那几年的革命运动，孔夫子也被冷落了），我拿了去南昌找地下党的介绍信和路费，我们又雇船到了南昌。四位女同志按计划去找朱培德部队（北伐军的第三军）中的地下党安排工作，我们被介绍坐火车去九江。当时形势瞬息万变，到九江按地址去找地下党时，人已不在了。怎么办？天已快黑了，不能住旅馆，只有露宿街头。正在街上徘徊时，龚科长突然遇见一位四川同学，在川军（二十一军？）驻九江办事处工作，党员；他把我们带到办事处，食宿都无问题了。他又去找到地下党，给我们四人分别开了去武汉的介绍信并给了路费；因为武汉白色恐怖，四人不能同住一个地方，也不能同时到一个地方去找地下党。四个人到武汉后就分开了，我至今还怀念他们，不知还在人间不？他们七人中如有人看见我这篇回忆文，欢迎来信！我那时名"李昨非"。

我到武昌后，不敢住旅馆，怕军警检查，出问题，就住在东南大学的一个同学家里；他是我一年前在武昌时遇见的，安徽人，已忘其名，在东南大学的南京成贤街宿舍里，我和他同室住过一年，所以比较熟。在旧社会是重视同乡同学的关系或情谊的，他看我的满面风尘的情况，可能猜得着我当时的处境，但是不便问，我也没有说，我只说"我住一夜就走"。

他招待我食宿。次日坐小木船渡江去汉口找地下党。船到汉口的江汉关附近，已经靠岸，我抢先上岸，上身已向前倾，重心前移，未料小船忽向后退了一下，我就扑通一声掉下水里了；江边水深，在忽沉忽浮之际，一只手不自觉地扒着了船帮。同船人齐呼"好"，就把我拉上来。我没有埋怨撑船人为什么把船向后退了一下，就全身湿淋淋地向江汉关以西走去。

大约走了半小时以上，到了一个两层楼的小而旧的旅馆，问到介绍信上所说的那个人，把信交给他；他立即给我衣服换，叫我休息。我向他讲了起义以后的情况。大约住了两天，没有外出。半夜睡醒时，听同室的同志小声地说："我刚才出去干掉一个。"可能干的是郊区的土豪劣绅。这个小旅馆，看样子是地下党包租作为机关用的，或者老板是党员，因为进出的不像普通旅客。那时反动派还没有特务组织，军警宪的侦察本领也还不高明，这类地下党机关还可存在于一时。大约是我住的第三天，那位同志向我说："各地来武汉的同志很多，维持生活和安排工作都很困难，不少同志都自找出路去了，你可先到别处解决生活问题，再搞工作。"我说："我只有回安徽霍邱县家乡的一个办法，能否给我开介绍信带回去？"他说："我们无法找到安徽省委，不能介绍。"他给我从武汉到南京的路费，因为到南京以后我可以找到同乡或同学借到回霍邱的路费。

我大约在10月底回到霍邱县城，不久就找到了地下党。次年（1928年）春我以公开的职业高等小学校长为掩护，与王冶秋、王青士弟兄，还有东南大学和第三师范的同学刘介华、何香蔼、袁新民、阮仲肃、江化南等约二十多个知识分子党员，在县城和各大集镇展开工作。到七八月间，奉"皖北特委"指示"暴动"；"敌人给我们以白色恐怖，我们就还他以赤色恐怖，叫他们知道点厉害！"于是就在县城、几个大集镇贴标语散传单，举行所谓"文字暴动"，使反动派惊慌于一时，同时也暴露了自己。这是来自"左倾盲动主义路线"的典型行动。

以上是三河坝撤退以后我的简略经历，和三河坝以南叶挺、贺龙同志领导的主力失败以后，从海上坐小木船、历经艰险逃到香港的同志们，是另一种遭遇，我所见的回忆录中还没有写到的。大约这样的同志在解放后都不在人间了吧？我怀念他们！李陶同志就是我怀念的一个。1949年在纪念十月革命的北京饭店晚会上，我趁中间休息时间到朱总司令面前问道：

"我是八一南昌起义时二十五师政治部的工作人员，不知政治部主任李陶同志现在哪里？"朱总司令想了一想，低声地带着默哀似的表情说："他早在 1933 年在鄂西牺牲了！"没有再说别的话。为革命牺牲的同志们永垂不朽！

1980 年 6 月于北京

回忆天津点滴

我今年八十岁。从 1926 年参加北伐军算起，已工作五十八年了。这期间多半是在大中学教书，在天津就教了二十六年：1929 至 1931 年在河北省立女子师范学院（天纬路），1952 至 1976 年在南开大学中文系。我在故乡安徽生活、读书和工作的时间总共不到二十年，而在天津却有二十六年；所以说天津是我的第二故乡，毫不夸张。我的故乡霍邱县的亲友业已寥寥无几了，天津值得我怀念的地方、朋友、同事和同学则很多。

老年人每易"话旧"，现在就"点滴"地话一话天津的旧事。

记得当时（20 年代末）反动派的河北省府设在保定，而河北省立的唯一的女子师范学院却设立在天津；大约由于天津是全国第二大商埠的缘故。学院的管理是比较保守的，禁止男女青年来往。而院长齐璧亭在学术思想上则颇开明：他不干涉教师在讲课时的观点；无论封建的、资产阶级的、左翼的，都可以讲。比如中文系教师有宣传周作人思想和趣味的；有用资产阶级社会学观点讲文学史的；也有宣传当时左翼文艺运动和观点的。大有蔡元培掌北京大学时对各派思想"兼容并包"的样子。

人们常说：天津是工商业城市，文化教育都落后；但我想，在当时全国各省都还极少为女子设立高等学校时，天津在 20 年代末就有一所"河北女子师范学院"，终究是难得的！何况还有久已设立的北洋大学（后改北洋工学院，即现在的天津大学的前身）和 1919 年成立的南开大学等校。这不是说天津在文化教育科技方面就和北京、上海并驾齐驱了，它之不如京沪，是历史形成的，要改变，就要改变这历史和现状，天津人民也正在这样改变着。

1958 年，天津市创办了一所"广播大学"（当时不可能用电视），分几个系授课，报名来学习收听者逾千人，除"十年动乱"期间中断一个时期外，持续至今，闻已改为"广播电视大学"了。它是培养大专人才的最经济的形式。当时全国各大城市办这种大学的还极少，天津在这一工作上是开风气之先的。五六十年代各大城市成立各种学会的还很少，成立语言文学研究会的则更少，但天津成立了。集合大中学语文教师和研究工作者，举行报告会、讨论会，互相学习和提高，以促进教学和研究，也是开风气之先的。

二十四年的南开大学生活和工作，可写的东西很多；单是"十年动乱"就有很多可写的，但我现在不拟写它。我想起南开大学强调学生要"打好基本功"这一点：学好基本理论、基本知识、基本技能这"三基"是各系学生一生做学问的基础。以中国语言文学系为例，五年制的前六七学期学的都是"三基"课程，后三四学期才学"专门化"课。严格讲，五年在校期间都是打基础，不过前六七学期又是基础的基础。中文系的学生不学好马列主义、毛泽东思想的基本理论，用什么去研究分析文学和语言的现象呢？不学中国现代文学、古典文学和外国文学，不学好中国现代汉语、古代汉语，怎么去教学和研究语言文学呢？不学好"写作"和"学年论文"，怎么练习表现技能呢？（到学"专门化"课程时，还要写"毕业论文"。）所以这"三基"缺一不可；其他各系也是这样。"文革"后改为四年制，可以减去用半年写的毕业论文和半年专门化课，其他仍旧不变，但听说不少高等院校中文系（包括南开）把"写作"课和"学年论文"都取消了，其他有些课也减少了学时；且有一些学生对一部分课程不大重视，热衷于和急于写文章或创作。对于这两个问题，简单说说我的意见。

"学年论文"如有"毕业论文"代替，可以取消；但"写作"课是不应该取消的。"十年动乱"使高初中生的语文程度大大降低了，考进大学的也多半不过是"矮子里选将军"，大多数远远达不到"文革"前的语文水平；正需要进大学后的"写作"课来补救补救，尤其是中文系！而竟取消了！听说有的系倒加开了语文。取消"写作"课的原因，听说是教"写作"的老师认为教"写作"自己没前途，"写作"不是"学术"，无法写出论文，提级升等都很难。那么，教一二年级外语，就是"学术"了吗？为什么有很多人在教？另一理由是：中文系学的都是语文，长久了自然会写，不必另设"写作"课；但能读不一定会写，这是两码事。无论什么课教得好，都应该提级升等，学校和科研机关不同，提级升等应以教学效果为主，科研成果次之。过去只强调论文的偏向，应该纠正了！

在校四五年期间，是难得的学习机会；有图书馆，有老师，有同学，应该全力利用这些好条件（到工作岗位后难得的条件），学好每一门课。这每一门课，都是继承和参考中外院校几十年来的经验定下来的，是很多专家讨论决定的，不是随便定的。要创作和研究也必须先学好这些课，这是基础。自然，学了这些，不一定能成为作家，而世界上凡是伟大的作家，没有不是有学问的。解放初期丁玲等同志主持的"中央文学讲习所"和以后各省继续举办的现在又在办的文学讲习所，都是给已发表一些作品的作家补课的。在校的同学们为什么不先学好这些课呢？你们学的远远比"讲习所"学的多，时间也长。这是"基本"啊！自然，要创作还得有生活，那是毕业后的事。所以我说在校期间不好好学习课程，挤时间写诗、小说、戏剧，企图名利双收的同学，是近视眼；只图小名小利，不顾长远深造。至于偶然练习写一篇是可以的。

以上一些"点滴"，是我二十六年在天津生活的大海里的点滴，是微不足道的，看的也不一定正确；算是和第二故乡的同志们一次谈心吧。

（载于 1983 年 5 月 15 日《天津日报》）

黑色恐怖的昆明

——回忆李、闻被暗杀前后

中华民国最黑暗的日子

在帝国主义国家里面，镇压人民革命的行为，一般人称之为白色恐怖；这次昆明一二·一惨案的暴行，连白色恐怖的资格也不够，简直是黑色恐怖：因为白色在字面的意义上讲还是纯洁的，一二·一的暴行是太凶残丑恶、卑鄙无耻了！事前有周密的布置，当时是集体的行为，打上大学门来，向徒手学生掷弹，向毫无抵抗的女生连戳数刀，终必置之死地，事后并造谣诬蔑学生，弄出一个莫须有的什么姜凯田凯来，鲁迅先生说发生三一八惨案的民国十五年三月十八日是中华民国最黑暗的一天，他不知道还有更黑暗更凶残的日子是民国三十四年十二月一日！段祺瑞的卫兵是在执政府前向徒手学生开枪，十二月一日的昆明是大队官兵用手榴弹和刺刀来进攻学校！凶残的程度更进了一步，这是白色恐怖吗？这是黑色恐怖！

——闻一多先生在"一二·一"惨案座谈会上的演词

一多先生，您是亲眼看见还有比"一二·一"更黑暗更凶残的日子接连在昆明发生，这就是 1946 年 7 月 11 日和 15 日，它吞噬了李公朴先生，也吞噬了您。而且将扩大到全国民主人士和要求和平解放的人民。

"一二·一"惨案是公开向学校进攻，也公开承认是军官总队和学生的"冲突"，虽然弄出来一个替死鬼什么姜凯田凯来，但终于把关麟征、李宗黄调走了。这次李、闻惨案的发生，他们先用造谣诬蔑的壁报和铅印刊物，定下李、闻该杀的罪状，继用卑鄙无耻的暗杀手段，向仅有口讲手写的武器，要求和平民主的一位民众教育家和另一位中国文学系教授老先生袭击！事后则立刻散发油印传单，张贴标语布告，逮捕滇籍在野军人；说这是桃色事件、争风吃醋的仇杀，这是共产党杀共产党，这是云南人制造恐怖，形成不安，企图暴动，真是睁眼说谎，白日造谣！卑鄙下流，以至于此！但全昆明人的眼睛绝对多数是雪亮的，全云南全中国以至全世界人的眼睛也绝对多数是雪亮的；造谣诬蔑，嫁祸于人，都是白费！试问全昆明全云南全中国的人，现在有几个承认"一二·一"惨案的凶手是什么姜凯田凯？有几个不知道"一二·一"的真正凶手是谁？就是他们自己也不承认是姜凯田凯，也知道真正凶手是谁，因而把关麟征、李宗黄调走了。

截至现在为止，这是中华民国最黑暗最卑鄙无耻的日子！

暗杀前后的布置

在李、闻惨案发生的前一二月，昆明市上经常发现壁报及铅印刊物，污指民主人士为俄国人，为共产党，甚至代起一个一个俄国人名，如李公朴夫，楚图南夫，闻一多夫，罗隆斯基等等；说李公朴奉毛泽东之命，带领四十名特务及四万万现款，来昆活动，说"李公朴，云南不要你，中国也不要你"；说闻一多是暗杀团团长，凶狠已极！但同时市上也就透露着"悬赏五百万购买闻一多、楚图南二人头颅"的谣言。黑名单的人数（有说四百多，有说一千三百多的）和前十几名是哪些人，都到处传说着。这不是有意的恐吓，就是无意走漏了消息。现在从业已发生的事实看，那些谣言都已多半成为事实了。你李公朴既然是特务头子，而且"中国不要你"，你还不该被杀吗？你闻一多既然是暗杀团团长，凶狠已极，那你一旦被别人杀掉，还不是应该的吗？被杀的理由或理论根据是先制造出来了，同时还必须详细侦察民主人士的生活情形：民主同盟云南省支部办公处（亦即民主周刊社）的府甬道十四号门外，经常有口吸纸烟、无所事事的人物走来走去，附近饭馆、小铺子里，也经常坐着他们。从十四号出来的人，是经常感觉到长上尾巴了。这工作，到6月底和7月初，即民主同盟由潘光旦、闻一多、楚图南、李公朴、潘大逵、费孝通、冯素陶七人出面，三次招待昆明各界，解释民盟的政策和对时局的态度，以打击反动派的造谣诬蔑，并争取公开以后，是做得更加紧了。李公朴和潘大逵居住的北门街北门书屋门外，经常有形迹可疑的便衣人物一二人在巡逻着，保护着。并且就在李先生被刺的前四五天，他们有两个人，硬要会见李先生，一日之间逼见三次，最后一次李先生即在门外接见，他们面交一信，信上说，看见近日楼贴的壁报上讲，李先生正在召集干部，准备在云南起事，我们都是退伍军人，不满现状，特来投效，请求收留云云。李先生当即诚恳答复说，壁报上的话全是造谣，你们绝对不能相信，我现在开一个小书店，用口和手呼喊呼喊和平及民主，能起什么事呢，但他们仍然纠缠再三，终于悻悻然而去。其他楚图南、闻一多诸人，所住门外附近经常有人巡逻，出门时也经常长着尾巴。但他们并不以照例动员这类"特殊人物"为已足，还是用了一个四十岁左右，操外省口音的装疯女人，据说她到过闻一多、潘光旦、费孝通……诸人的家，她在云南大学门前当众演说，说："我是共产党，什么是共产党呢？就是一个女人弄几个男人，我有几个男人，所以我是共产党。我得了儒家大道，现在治中国非用儒家大道不可！……"等等。她给闻一多先生寄过一封欠资的信（表示疯人不知贴多少邮票），里面有几句说："你不久就要死了，可以多吃一点吧，免得做个饿死鬼。"她在闻先生被刺的当天上午向闻先生说："你的名字叫闻一多，多字是两个夕字，你是命在旦夕。"这是除了借此疯话以侦察对方的生活、行动以外，又是如何残酷地在用开玩笑的方法凌虐着行将受难者的灵魂（据云大一位同学说，疯妇所到之处，暗中均有特殊人物在附近保护，故无人敢惹她）！

李公朴先生是7月11日夜十点多被暗杀的，当夜知道的人并不多。次日也仅有一家报纸登出来，但是就在12日上午昆明市上很快发现了一种油印传单，上面说，李公朴的被暗杀，是由于桃色事件、争风吃醋的仇杀，李平日好色，家中已有姨太太七八人，尚感不足云云，这种鬼也不相信的谎话，居然能够散布出来；除了凶手或与凶手有关的集团以外，有谁愿意来管这种"闲事"？有谁能够这样消息灵通，很快动作起来呢？但在同时昆明市上也贴了许多标语，说"李公朴是共产党杀的"，"民主同盟应该起来替李公朴报仇"，"共产党暗杀是为着造成恐怖，扰乱社会秩序"，署名都是"中国反共大同盟"。到 15 日：青莲街出现了一张托名中国共产党驻滇支部的布告（别条街上或者也有），上面说：李公朴因为违反毛泽东的意志，故由艾思奇派人将彼暗杀；明日为葬，希望各界人士莫往参加，以免发生意外云云。布告的前半段是想用来证实标语上的造谣，但天下哪有自己杀了人，反自己出布告来承认的呢？布告的后半段就恰是他们平日的愿望，他们向来害怕群众集会，参加葬仪的群众势将发生最大的悲伤和愤恨，也有可能"发生意外"，是凶手和他的集团所不愿意的。

刺李先生的凶手，因被群众所追，至青云街中段警察第三分局被警士所捉（暗杀地点在该街东段，距分局约二三百米远），但也有人说他是自行跑进警局的。当天夜里李太太张曼筠女士曾到三分局要求看凶手，未看到，答云警备司令部业已提去了。闻依法律，此种杀人犯，警察局应直接送交法院，不该交给警备司令部，同时警备司令部这样迅速执行任务，也实在太好了！而次日在报上发表的这个凶手李成业，不过是"嫌疑犯"，身上当然"并无凶器"，他是航空委员会的机械士，因闻枪声（其实很小）就随人奔跑，至第三分局被捉云云。奇怪的是，截至笔者 7 月 22 日离开昆明为止，迄未看见报上公布过航空委员会承认有这个人，或者函警备司令部保释他。当然，"狸猫换太子"的戏是很快演过了。

在刊出闻先生被刺消息的同日（7 月 16 日）报上，也公布了警备司令部督察员某氏被人暗杀的新闻，他是真正桃色事件的情杀呢，还是政治暗杀？新闻上没有说，我们也不必去管他，最奇怪的是新闻上没有说明被暗杀的日期和时间（地点是说在西郊黄土坡，并未说明在黄土坡的什么地方），也没有把遗体陈列出来供人们瞻仰瞻仰，像李、闻二先生遗体在云大医院一样。这很可能使读者想到，即使真有这样一个人被暗杀，也必早在李、闻二先生被刺以前，消息也本可不在报上发表的，现在就拿它来与李、闻政治暗杀混同（真是"鱼目"混"珠"），告诉人说"你们民主人士被人暗杀了，我们的人也被人暗杀了，不是第三者干的是谁呢？"在次日（17 日）的报上就登出了昆明市党部的决议案，建议云南军政当局对这三次暗杀案，须迅缉凶犯，严加惩处，云云：相提并论，俨然唱"双簧"！

可惜的是，无论是全国舆论，无论是民间闲谈，都只谈李闻惨案，国防部秘书长和内政部警务署长以及顾祝同等人之去昆明，中央社也都只公布说是为着李闻惨案，未提那位督察员的事；现在更没有人提起了。这办法从开始到结束都是白费！

7月20日昆华女中的同学告诉我，说龙云院长以前的总务处长杨绰庵（立德）中将的住宅19日被搜查，杨本人被逮捕了。这消息在上海报上由外国通讯社发表时已是7月24日，并且说李闻惨案的凶手闻为龙院长的三公子龙纯会。而传说杨立德已受电刑，一切均已招认。哼，哼！招认他是杀李闻的凶手吗？即使他自己招认了，不但李闻二先生的妻子儿女不承认，民主同盟所有盟员不承认，就是全昆明学生，全云南各界人士，全中国人民，也是绝对大多数不承认的！他们的理智，他们的良心，都不允许他们承认！假使聪明一点还不如早日把杨立德释放的好，李闻二先生与云南在野的军政人士有何冤何仇？在昆明，是一些什么人最恨李闻二先生及民主同盟一般人呢？全昆明以至全云南的人民（连凶手及其有关集团在内）心里都是雪亮的！这出戏实在是太难导演了。

将全中国甚至全世界，千万人，万万人，都仅凭他们的常识就认为是这样的戏，导演者一定要把它导演成为相反的那样，虽用尽了像上面所叙述的暗杀前后的种种布置，除了益足证明"就是你们干的"以外，有什么用处呢！

李闻二先生被刺时情形、丧葬善后及遗族现状

昆明反动派早已声言，等到西南联大迁走以后，要大举向民主势力进攻。从今年春天起，反动派的壁报标语漫画，在近日楼，在各热闹地区的墙上，其势汹汹，极尽造谣诬蔑谩骂之能事，更利用地痞流氓及特殊人物混合组织的所谓"中国民主自由大同盟"开会游行示威（在一次反苏大游行时，因参加人多半为临时收买而来的挑夫车夫，文化水准极低，当领导人高喊"打倒新帝国主义"口号时，他们习惯高呼"打倒日本帝国主义"，街旁观者均觉好笑，当时参加的不过五六百人，次日中央社则曰七八千人，他们在各地集会的人数照例总要加到十倍以上），黑名单的威胁也早

在市上散布，尤其对于李闻楚三先生特别恨之入骨，悬赏购其生命之说，言之凿凿，但李闻诸先生已将生命置之度外。及至7月初，昆市各大中学放假，学生纷纷返里，反动逆流冲激愈急，李闻二先生早有被害预感，尝向家人和友朋说："我们这只脚今天早晨走出门去，下午能否走进门来，实是问题。"但仍为和平民主而奔走努力，并不因此稍稍退缩！

7月11日晚十时，李公朴先生偕夫人张曼筠女士乘公共汽车归至青云街大兴街口，下车后方上石坡数步，突闻一声音甚小之枪声（枪上或有灭音装置），而李先生当即应声倒地，呼曰"我中枪了"，李夫人当即高呼救命，路人应之，见有二三人向青云街西口奔跑，最先一人特快，此时附近居民亦外出，帮助救护，并有追赶凶手者，遂抬李先生入云大医院；经开刀检查，肠穿三孔，流血过多，一孔且有一寸大小，虽经注射血浆及施用盘尼西林，终于次晨五时二十分与世长辞：中国反动派称心，中国绝对大多数人悲愤！

遗体陈于云大医院，前往瞻仰遗容慰问遗族者络绎不绝。民主同盟当即会同昆明学联，各民众团体，各民主期刊及各界人士组织治丧委员会，于14日将遗体装入铁龛，定16日午举行火葬。

不意15日下午，闻一多先生在民主周刊社参加民主同盟招待记者、报告李先生死难经过以后，约夏令时间六时左右，偕长子立鹤返回西仓坡西南联大教职员宿舍，当过仓库门前时，突然跳出四名暴徒，呼叫"站住"，已将闻先生父子包围，当即由一人向闻先生头部及身上连开珠枪一排，如放鞭炮，闻先生应声倒地，立鹤立即倒扑父身，呼叫"你们不要打我的爸爸，打我好了"，暴徒又向立鹤身上连开数枪，立鹤因受阵痛，一跃而起，暴徒遂枪击其两腿数发，立鹤伏地不动，暴徒以为父子均已毙命，狠狠地说："看你以后还出风头不出风头！"说后遂从容逃去。闻先生家人因平日早有预感，李先生又方被刺数日，一闻枪声，遂出往视，果见父子已卧血泊中，身旁洼处所积之血，足可舀出两碗，惜当时未携盛器，不能舀出，以留给闻先生子孙及全中国要求和平民主的人民，作为无上珍贵的纪念！

家人见闻先生时，只口尚微在张动，但已不能言语，目已凝滞，立鹤因伤重，呻吟不已，当即用帆布床将闻先生抬往云大医院，因脑部中弹及全身弹穿之处过多，中途即已逝世：满身皆血，湿及垫被。立鹤则被用人力车拉往同一医院，沿途颠簸，历二十余分钟始到，流血之多及痛苦之甚，可想而知。幸年方二十左右，身体亦素健康，虽身中五弹，共穿九孔（上身三弹，均由后背入，前胸出，计左右肺部各一，离心窝一寸处一；左腿一弹，未穿，右腿一弹穿出，将腿骨击碎），终因经治诸医师及看护之努力，此一代民主战士爱子的生命得以保全。右腿经上石膏，闻大半亦可免于残废。中国人民感谢云大医院的所有人员，他们救治了"一二·一"惨案的受伤者，他们又为李公朴、闻立鹤尽了他们所有的能力！

闻先生的遗体于16日上午由云大医院派人清洗干净。（读者先生们，请闭目想想：身中十余弹，脑部击碎，血肉模糊，且满身血污的一位五十岁左右的中国文学系教授老先生的遗体，是一副如何的惨象啊！闻先生生前的朋友们，同志们，以及全国绝对大多数的人民，你们能忘记这种仇恨吗？你们将来不替这样一个善良的老人报仇吗？）未清洗之前即已与装李公朴先生遗体的铁龛，并排陈于云大医院的停尸间，虽在如此黑色恐怖之下，前往停尸间哀吊者仍众，目击两具遗体，伤心惨目！虽铁石心肠，也忍不住他们的眼泪了！这些哀吊者，大半都是昨天中午还在云南大学聆听闻先生为李先生惨案的演讲，声音容态，记忆犹新，而今已血肉模糊，为中国法西斯反动派的魔手所攫去！他们悲哀，低泣，痛哭；但同时也咬牙，切齿，忿恨！他们知道：李闻二先生不是死于病菌，而是死于敌人的枪弹！

李公朴先生遗体于16日中午在云大医院门前空场举行火葬，参加者约近万人，并不因凶手"希望各界人士莫往参加，以免发生意外"而吓退。闻先生遗体继亦装入铁龛中，本定18日上午十一时在同一地点火葬，由清华大学留昆教授组织之"闻一多先生治丧抚恤委员会"主持一切，届时该会提前于十时开始仪式，十时半举火，此时前来观礼者方络绎于途，故场内群众较少，然亦约有千人。当闻先生的二位小女孩伏地叩首痛哭呼叫"爸爸，爸爸"时，参加者无不哽咽掩泣，同时联想到近在咫尺的医院病床上，尚躺着心脏病加重的闻夫人及一个重伤的立鹤！这悲伤，这仇恨，这一笔血债，将作为中国和平民主及中国人民解放的动力，推动着在场的和不在场的千万人为死者复仇，为生者奋斗！

李公朴先生除最近在重庆与陶行知先生合办社会大学外，近几年居住昆明，在北门街开设北门书屋，于代售国内新书杂志之余，也出版新书杂志不少，如曹靖华先生译苏联名作家 A. 托尔斯泰作的二三十万字之巨著

《保卫察里津》及期刊《民主周刊》均为该书屋出版。李夫人张曼筠女士携一子一女，现仍居住昆明，女十六岁，子十四岁，均肄业于云南大学附中，他们今后生活当较过去益为艰困，子女继续教育亦需款。李先生的生前友好，民主同盟的朋友，全中国钦敬李先生的各界人士，对于这孤儿寡妇们，一定会随时伸出他们援助的手的！

闻夫人平日即患心脏病，身体一向衰弱，此次夫死子伤，打击过重，病立加剧，卧病云大医院，至今未愈；长子立鹤重伤，危险期尚未度过，所需医药费闻在五百万元以上；其余二子二女，均尚在中小学读书，今后十年全家生活及教育费用如何获得，前途实感渺茫！闻先生火葬之时，我们不准她勉强起床前往参加，以免过于伤痛，她说："过去闻先生在清华大学教书，我们是随他去北平的，现在闻先生不在了，我们母子还去北平干什么呢？我们今后到什么地方去呢？"是的，这一群孤儿寡妇今后到什么地方去呢？闻先生不是他姓闻的一家一姓的闻先生，他是属于中国人民的，他是全中国人民的闻先生，他是为着中国的和平民主、中国人民的解放而牺牲的，闻先生的遗族，也就是中国人民的遗族，中国人民将给这一群孤儿寡妇们找出一个去的地方，给他们以生长发展的活路！这"人民"里面当然包括着闻先生的生前友好，民主同盟的朋友，以及全国各党派各界钦敬闻先生的人士。

据清华大学的一位教授说："因为过去闻先生应该休假一年时，未曾休假，现在清华大学对于闻先生遗族的待遇，至少应该补给以休假一年的待遇，即照常发给一年薪金并享受居住学校宿舍等等权利。"闻先生为清华毕业，且在清华任教多年，现在清华校内当有许多人是闻先生的老同学、老朋友和老同事，无论在公事私情上，对于闻先生遗族的爱护，或均不只是这一年休假权利的补给，我希望最近由昆明传来的下面这一个消息不是真实的："清华大学原拟分配给闻先生去北平住的房子，现已另给他人了。"我也希望清华毕业同学为闻先生遗族的教养费，举行大规模的募捐。

1946 年 8 月 15 日纪念李闻二先生被刺逝世一月

"昆明的鲁迅"闻一多

（纪念闻一多同志被害四十周年）

抗战后期我在昆明工作，才和一多同志相识。但在 30 年代我教他的《洗衣歌》诗时，就不仅觉得他是一位爱国诗人，而且认为他诗中透露了为所谓"下贱"的劳动人民（洗衣华人）辩护抗议的思想：

> 你说洗衣的买卖太下贱，
> 肯下贱的只有唐人不成！
> 你们的牧师他告诉我说：
> 耶稣的爸爸做工匠出身，
> 你信不信？你信不信？

二三十年代的闻一多，一向是被我们看做仅只是一位爱国主义诗人的，实际上他的有些诗已经有了劳动人民的立场。这就为他在一生最后三年（1944~1946）成为一个英勇杰出的新民主主义革命战士埋下了思想种子，他的后期演变看似突然，也有轨迹可寻。而他晚年战斗的英勇和在人民群众中的威望，确实不愧为"昆明的鲁迅"的称号。

1944 和 1945 两年，是昆明民主运动浪潮高涨的年代。中国民主同盟配合西南联大、云南大学等大专院校的数千名进步师生，配合"中华全国文艺界抗敌协会昆明分会"、"民主青年同盟"和"云南省妇女联谊会"

等进步的群众团体，举行过多次的群众大会、演讲会、报告会、纪念会和文艺晚会。在这些会上借纪念和文艺活动之名，进行反内战、反倒退和宣传进步思想之实，而最后一位发言的往往是闻一多同志。他那目光炯炯、五绺长髯的严肃可敬的英姿，他那简劲有力带有情感的语言，表达了令人信服的内容，鼓舞了千万名群众行动起来！他的声望和地位，他的作用和影响，被人们称之为"昆明的鲁迅"，是很恰当的！

在李公朴同志于 1946 年 7 月 11 日晚被特务暗杀后，社会上已经散布出谣言：下一步要暗杀闻一多、楚图南等人了；一多同志也早已接到不少恐吓信。但他不仅毫不畏惧，还毅然地参加了 15 日上午在云南大学举行的公朴夫人报告公朴同志殉难经过的大会。在这个大会上他本可以不发言的，但他看到听众被李夫人的报告感动得泣不成声，会场中竟有几个歪戴帽、戴黑眼镜的特务在抽烟、说笑，他就拍案而起发言了：

这几天，大家晓得，在昆明发生了历史上最卑劣、最无耻的事情！李先生究竟犯了什么罪，要遭这样的毒手？他只不过用笔写写文章，用嘴说说话，他所说的、所写的，都无非是一个没有失掉良心的中国人的话！大家都有笔有嘴，有理由拿出来讲啊！为什么要打、要杀，而且偷偷摸摸地杀！（鼓掌）

今天，这里有没有特务？你站出来，是好汉的站出来！你出来讲，凭什么要杀死李先生？（厉声，热烈的鼓掌）杀死了人，又不敢承认，还要诬蔑人，说什么"桃色事件"，说什么共产党杀共产党，无耻啊！无耻啊！（热烈的鼓掌）这是某集团的无耻，是李先生的光荣！……

特务们，你们想想，你们还能有几天？……你们杀死一个李公朴，会有千百万个李公朴站起来！（鼓掌）你们将失去千百万人民！……反动派，你们看见一个倒下去，可看得见千百万个继起的！

争取民主和平，是要付代价的，我们决不怕牺牲！我们每个人都要像李先生一样的，跨出了门，就不准备跨回来！（长时间热烈地鼓掌）

就在这天下午二时，一多同志又到离家不远的民主周刊社接待新闻记者，宣传民盟的和平民主主张，驳斥反动派的谰言。约下午五时散会后，长子立鹤来陪同他回去，就在这光天化日之下，埋伏在路旁仓库门后的几个特务向他们父子开枪了。南京最高当局早已作了指示，特务们是按计划行动的；不是像有些好心人说的"如果闻先生上午不在云大会场上说那些刺激特务的话，像鲁迅反对的赤膊上阵，也许不会被杀"。暗杀李、闻这样大案，没有反动派最高领导早作决定，又经过云南各级党政军特务周密计划，不可能因上午受了"刺激"，下午就能行动的。李公朴同志不是没有"赤膊上阵"吗，为什么倒先被暗杀？

李、闻二烈士的牺牲，给反动派造成的不利影响或损失太大了！他们的血没有白流，千百万人起来参加了人民解放战争，诞生了一个社会主义的新中国！

40 年代中期的闻一多和昆明民主运动[*]

—— 纪念闻一多被暗杀三十三周年和诞辰八十周年

这里我们凭着老年人不大好的记忆力，回忆一下我们所认识的 1943 至 1946 年的闻一多和这四年的昆明民主运动；这二者是有关系的。我们觉得闻一多一生在政治上对中国人民的最大贡献是在这四年；这四年也是在地下党领导下的昆明反蒋、反法西斯、反内战、反卖国投降的民主运动由蓬勃发展到被反动派镇压暂时处于低潮的时期。但它培养和影响了云南和全国的千千万万知识分子和人民群众，使他们在解放战争时期在地下党的组织和领导下参加了斗争，尤其是在云南。所以虽然一时被镇压了，但烈士们的鲜血并没有白流，终于浇灌培养出繁茂的花果来。

在 1942 年夏我们到昆明以前，和闻一多并不相识；只是读过和教过他的《发现》、《洗衣歌》等诗。这些诗表现了他对旧中国不满的爱国主义思想和热情，表现了他歌颂旅美华侨中的劳动人民，憎恨那些有钱人的"罪恶"、"贪心"、"铜臭"和"血腥"。闻一多是爱国诗人，是具有反帝反封建思想的爱国民主主义诗人。

1942 年夏，何林应昆明一个化工厂朋友的邀请去作些文字工作。我们就带领两个孩子（小的一个还刚生下三个多月）来到昆明。当时西南联大中文系主任罗常培和云南大学文史系主任徐嘉瑞和被反动派罢免不久的前主任楚图南，我们都先后相识，而且他们都知道何林在大理的武昌华中大

---

* 本文系与王振华同志合写。

学中文系是教现代文学的，他们也需要这方面的教师；可能是因为何林刚出版两年的《近二十年中国文艺思潮论》在大后方被禁止的原因（解放后张静庐编印的《中国现代出版史料》丙编二〇六页《一九四一年国民党反动派查禁书刊目录》中列有这本书），终未能去任何一系教书。振华则经过一段时间才到了昆华女中。

在中国共产党领导下，全国人民反内战、要民主的呼声逐渐高涨；约从 1943 年起，重庆、昆明、桂林这三大城市就形成了大后方民主运动的中心。几个站在中国共产党方面的民主党派，在党的领导下积极展开了活动。中国民主同盟（1944 年前为中国民主政团同盟）在昆明利用龙云和蒋介石的矛盾，联合两个大学和中学的进步师生，以及沦陷区来的文艺界的进步人士（经常有几十位），从各方面用各种方式展开了民主运动。

昆明文艺界成立了"中华全国文艺界抗敌协会昆明分会"。我们通过这个会在抗战最后的二三年间，举办过多次千人左右参加的文艺讲演会、文艺晚会、世界著名作家纪念会、诗歌朗诵会、文艺讨论会，等等，利用文艺集会的形式，宣传进步思想，抨击落后和反动，反对法西斯主义，反对内战，要求民主。在这些集会上的最后发言人常常是闻一多！他的发言像鲁迅的杂文一样，深刻有力，一针见血，有思想的说服力，又有感情的感染力；用他的宏亮的声音和饱含着战斗的思想感情的力量，激励和鼓舞着千万群众！他的威信和他的作用，当时有人称他是"昆明的鲁迅，继承了鲁迅的战斗精神"。他的不怕牺牲、顽强战斗的精神，永远激励我们前进。

在昆明其他政治性的（反内战、要民主）群众大会上，闻一多和吴晗是发言最大胆、最有力、最富于鼓动性的两个。他们何尝不知道那样讲会有生命危险?! 他们为了什么呢？

昆明文协响应重庆全国文协老舍先生经办的"募捐救济全国贫困作家"的号召，用举办音乐会等等方式进行募捐。闻一多本人已是个贫穷作家和拿了教授工资也难维持他的八口之家的生活，须在昆华中学兼课，并在百忙中再挤出时间刻图章以糊口的人，也竟捐出了他几天刻图章的钱，去救助抗战后流离失所、贫病交加、被反动派弃置不顾的进步作家。

由于云南地方当局和伪中央有矛盾，地方报纸《云南日报》和《云南晚报》的负责人和几个进步编辑对民主运动和文艺工作都很支持。对"募捐救济贫病作家",两报免费登广告,代收捐款,发布消息和宣传文章。又约请我们用振华作编辑的名义编辑晚报的杂文副刊,何林编辑日报的文艺副刊,在当时都起了一定的作用,可惜时间都不长。对于这两个副刊,闻一多给予了很多帮助。

由于以上这些情况,闻一多曾向何林说:"你在民盟外面干,虽然也可以发挥作用,但进来一齐干,可以配合得更好一些。"他那时已经加入民盟了。大约是同时,周新民、李文宜二同志托朋友邀我们见面,谈加入民盟问题;我们早听说他二人是地下党员,遂即加入了。不久,振华被选为民盟云南省执行委员会的执行委员兼妇女运动委员会主任委员;闻一多也是执委,因为工作忙,原由他担任的文艺工作委员会主任委员,他建议由何林担任了(民盟云南省执委会主委是楚图南)。这样,我们经常在民盟的例会上和闻一多见面,对他有较多的了解。

1945年9月,抗战胜利后,龙云的大部分军队被调到东北和越南"接收"去了,10月3日蒋介石就解决了龙云,完全控制了云南,开始了对昆明的民主运动的镇压。当年12月1日的大惨案发生了!次年3月17日为惨案牺牲的四烈士举行葬礼的示威大游行时,全昆明市真是万人空巷!而闻一多和其他进步人士,不顾任何危险,走在几万人队伍的前面。1946年夏,抗战后组织成国立西南联合大学的北京大学、清华大学和南开大学的三校师生,陆续复员去北京和天津。昆明的民主力量大为减弱,反动派要进一步开刀了。他们像二三十年代造谣诬蔑鲁迅和其他革命者一样,给闻一多等都起了一个苏联人的名字:闻一多夫、李公朴夫、吴晗诺夫。他们说李公朴从重庆拿了共产党的一大笔钱,到云南来组织武装暴动。他们贴了些大字报和标语,造谣诬蔑,制造舆论和紧张局势,制造镇压的借口,大有山雨欲来风满楼之势。

7月初,振华因急性阑尾炎住院开刀,有民盟同志自越南回来到医院看望,说他听说特务准备搞暗杀了。7月4、5日闻一多、楚图南二同志来医院看望,振华就转告他们这个消息,何林却批评说:"你总喜欢信这些谣言!"振华说:"国民党什么坏事干不出来?宁可信其有,不可信其无!"哪知这竟是和闻先生最后的一面!

果然，7 月 11 日夜十时多，李公朴被暗杀在离家不远的青云街口之石坡上。第二天特务却造谣说是"桃色事件"，是"共产党杀共产党"。同时传说在暗杀的黑名单上，第二、三名就是闻一多、楚图南！但在地下党的领导下，民盟省执委会并没有被吓倒，楚图南、闻一多也依然出席省执委会议，讨论筹备李公朴追悼会和编印纪念刊等。但是大家决定：每次开会须在天黑以前结束，以免被"暗杀"。谁能料到法西斯特务竟又在光天化日之下行凶了。7 月 15 日下午，何林同闻一多出席民主周刊社记者招待会后才分手。次日清晨，突然噩耗传来："闻一多被暗杀了！"何林先还肯定说："不会！是谣言！昨天下午我还和他在一块开会。"但却急忙跑去打听，不幸竟是真事！我们先后赶到云南大学附属医院，面对着闻李两位血淋淋的遗体和重病住院的闻夫人、重伤的闻立鹤，心痛如焚！但瞬即把眼泪化为了仇恨。我们要为闻李二烈士报仇！一生要战斗下去，否则对不住他们！

事后听说：15 日下午会散后，闻立鹤来接他爸爸回西仓坡西南联大教员宿舍，步行也只有十来分钟的距离。闻一多拿着一份当天刚出版的《云南晚报》边走边看。当走过右手一个仓库大门以后，忽然跳出几个凶手，先向闻一多开枪，倒地后，立鹤立即扑在爸爸身上掩护，凶手又向立鹤开了几枪，等到闻夫人跑出来时，闻一多业已断气了！父子的血流在一起。立鹤的重伤以后虽然治愈，但至今还留下残疾。

闻一多被暗杀后，有人说："在云南大学至公堂开的李公朴追悼大会上，闻一多不应该刺激特务太狠了，这是赤膊上阵，使特务不能不杀他。"但种种迹象和事实证明，暗杀闻一多早已在反动派的计划之中，是早已经蒋介石批准的，不是在追悼会后的短短时间内所能准备。在民盟省执委会的对面，大约一个月以前就出现了一个形迹可疑的摊贩，闻李被暗杀后就不见了。如果英勇的斗争和愤怒的控诉也算"赤膊上阵"，则抗战后期两三年的闻一多早已这样做了，为什么早不暗杀他呢？你刺激他要杀你，你不刺激他也要杀你，他们不过要选择时机。

李闻二人被暗杀，中间只隔三天，照中国法西斯既卑鄙又残酷的本性，谁也不能料到它还要杀多少人！黑名单上的民盟负责同志就不得不躲避一下。闻一多被暗杀后，美国副领事（传说是当时华莱士派，同情中国民主运动。）亲自开车来把两校的几位教授和民盟工作人员接进领事馆避难。在我们 7 月 23 日离开昆明前，何林曾两次进领事馆向同志们汇报外面情况和闻李火葬等善后事宜。他们听完汇报说："反动派向领事馆要人，副领事答复说：'他们出去有生命危险，我允许他们来避难。'反动派无可如何。"看来，当时这位副领事的表现还是不错的。反动派因受全国进步舆论的谴责，不得不在避难十日左右允许他们离开昆明去上海、北平。

我们参加了李闻二烈士的火葬后，才于 23 日离开昆明到上海，停一天即转南京，到梅园新村十八集团军办事处见了邓颖超同志，汇报了李闻被暗杀前后的情况。不久，周恩来要我们出席了"南京各界李闻追悼会筹备会议"，因为我们是李闻被暗杀后从昆明最早到南京的。参加这次会议的是各党派和各界代表，我方出席的有周恩来、邓颖超同志等，国民党方面出席的有邵力子和雷震等。我们在会上当着国民党代表的面揭发了李闻二烈士被特务暗杀前后的种种诬蔑和造谣，以及有组织有计划谋杀的各种迹象。他们才知道经过的真相和闻立鹤并没有死。因吴晗已发表了《哭一多父子》，大家原以为立鹤也牺牲了。散会后，周恩来和我们热烈地握手，国民党代表则不理我们。

"闻一多拍案而起，横眉怒对国民党的手枪，宁可倒下去，不愿屈服。"他"表现了我们民族的英雄气概"（《别了，司徒雷登》）。我们纪念闻一多，就应该学习他这种英雄气概！经过解放后三十年的学习和改造的党团员和革命干部（包括我自己在内），如果现在还不顾大局，斤斤计较个人名利，处处为个人利害打算，我们能对得起闻一多和一切为革命牺牲的烈士吗?!

（载于 1980 年 8 月三联书店版《闻一多纪念文集》）

回忆从台湾到华北解放区

一九四八年四月十五日我从台北市台湾大学逃出，经过上海、天津、北平，于五月十三日由天津进入华北解放区。本文中除有些人名暂用××代替外，其余情节全是真实的，不少人都还在。

因鲁迅老友许寿裳先生任"台湾省编译馆"馆长，我由李霁野同志介绍于一九四六年十二月底到该馆当编审，翻译俄国小说（用英文本）。该馆的主要任务是编辑给中小学用的教科书，以代替日本占据五十年的日文教科书；翻译世界名著，只有极少的几个人。编译馆设在省会台北市，约有工作人员六七十人。许寿裳因和当时"台湾行政长官公署"的行政长官（当时还不叫省政府主席）陈仪是绍兴同乡，又是青年时期同时留日的同学，所以被请去做馆长；C.C.（陈立夫、陈果夫）是不高兴的。因鲁迅去世后，许先生写了一些文章歌颂鲁迅一生的战斗，尤其是最后在上海十年反国民党反动派的战斗。但陈仪在蒋帮的三大派（政学系、C.C.、蓝衣社）中属政学系大官僚集团，C.C. 干涉不了，但恨许寿裳。

许寿裳是个开明的教育家，对 C.C. 当时推行的法西斯教育很不满，不免有时流露一些在对全馆人员的讲话中；在六七十名人员里自然要混进至少一两个文教特务，C.C. 对编译馆的情况估计是随时了解的。何况许先生还在台北市进行了一些进步的文教活动，如组织"五四以来新文化运动讲座"，反复古倒退，都是 C.C. 不高兴的。因此，在一九四七年"二二八"台湾人民反蒋帮统治全省大起义失败、陈仪下台，换了魏道明任台湾省政府主席后，魏在到台北的次日省政府会议上通过的几个决议案中就有取消编译馆一案，可见是从南京 C. C. 那里带来的决定，否则小小编译馆何必这样快地来取消呢？

取消编译馆是一九四七年五月间的事，许先生因熟人关系到了台湾大学任国文系主任（他在三十年代任过北平女子文理学院院长和西北联大的文学院长，是被 C. C. 解聘的十大教授之一），并介绍李霁野和我分别到该校外文系和国文系任教。

一九四六年底，我来台湾路过南京民盟中央时，当时民盟中央负责组织工作的周新民同志要我到台湾后负责民盟地下工作，并说："到台后看情况是否成立盟组织。如果特务活动猖獗，即不成立组织，只和你个人联系。盟员去台见你的，都有我亲笔写的介绍信为据。"

到台北市不久即逢"二二八"起义。起义失败后，特务活动猖獗；民主党派成员一般无地下工作经验，在教书、谈话、社交、写信中，会被特务侦察出把柄或证据来，如果被捕一人，可能牵连一片。何况蒋帮特务又是集德日法西斯和留苏回国叛徒、特务的大成；台湾又四面环水，临时无处可逃；于是我决定就和我个人联系，不成立组织，使盟员不发生横的关系。如有一人发生问题，至多牵连到我一人。这样，先后有十几人来台，我都未使他们见面，只和我一人谈谈工作和时局，未开展什么活动。

到一九四八年初，蒋帮在大陆各战场上节节失利，大有全面崩溃之势。在台北市我们看见他们在加紧修理被美军炸毁的"总督府"的一角；于是纷纷猜测：这是准备为在大陆上失败后逃到台湾的蒋介石和伪中央办公用的。特务活动也更加猖獗。文教特务把许寿裳作为台湾文教界进步势力的带首人，遂先从他开刀：在暗杀了闻一多、李公朴不过一年半左右，又在一九四八年二月十八日夜把一个须发皆白的善良学者用柴刀砍死在床上，老老实实地躺在床上的血泊中，一点也没有反抗！小偷偷东西为什么要杀人呢？他并未发觉小偷而反抗啊！这显然是借小偷偷东西作掩护而搞的政治性暗杀！细节经过我已另有文叙述（见一九五〇年二月十六七日的《光明日报》和同年三月号的《新华月报》的《纪念许寿裳先生被暗杀两周年》），这里从略。

到暗杀许寿裳不到两个月的四月八日，农工民主党的一位在台南市民众教育馆工作的成员被捕了，立即牵连到它的负责人××于两日内也被捕。

××的夫人立即来告诉我，因××也是盟员，他的夫人不是，在特务的威胁利诱之下，可能供出我来，我不得不迅速离开台湾。正值四月是学期中间，我和妻儿四人均在教书和读书，有什么理由需要全家离台呢？结果，只有采取因我母亲病重我一人请假一月先离台的办法，我到上海等她们母子，过半月再由安徽家中打电报给她们，说祖母病危想看看两个孙子，也请假一月回家探亲，就可在上海会齐，一起去华北解放区。因那时范文澜同志在邯郸一带的北方大学，曾由北平的王冶秋同志转口信通知我们到解放区去。

我教的课由系里找其他教师代授，允许我请假一月回乡。当时台北市警察局业已规定：凡离台人员必须到该局登记，批准后方能购船票去上海或香港，但大学教授可以不登记。我就托友人×××买了一张比较高级的"房舱"票（在特务眼中：共产党或革命者大多是穷人），以遮蔽特务的眼目或减少他们的麻烦；哪知以后在由上海去天津的船上还是碰上了他们（见下）。

一九四八年四月十五日，家人和李霁野夫妇到基隆港送我上船，气氛是严肃的，他们衷心祝愿我"一路平安"！和平常随便说的应酬话"一路平安"不同，因为可能"不平安"。

船行三天三夜到了上海。我不敢用身份证（当时每个人都随身带着这玩艺儿，上贴相片，写明姓名、年龄、性别、籍贯、工作单位等等，以便随时随地供检查）去登记住旅馆，就住在友人孔另境家里。当时楚图南也在上海，我去看他。他说他的住所附近，时有可疑之人在徘徊，可能是特务。在上海住了十来天，一天正在孔家吃午饭，孔太太接到一封她看不懂的信，正在诧异，我说"可能是我的"；拿过来一看，信上说："你为什么不赶紧回家，还在上海和一些坏女人鬼混！你太太已经因病重住医院了，她若知道会难过的，你赶快离开上海！"笔迹是李霁野夫人刘文贞的，署的是假名字。我一看就明白：这是说我妻王振华已被捕或被特务监视不自由了，叫我赶快离开上海的原住处，不要等她们了。我向孔氏夫妇说："我应该立刻离开你们这，把行李先搬走。"于是将行李（一个不大的衣箱）暂存楚图南家，立刻到"上海旅行社"去登记船票。去天津的船，登记后照例要一星期后才轮到。哪知正在我填登记表时，来一人要退当晚开天津的房舱票，售票员问我要不要。我当然欢迎之极，但是手中钱不够，我立刻想起上海银行的工作人员也是在昆明时的民盟同志时宜新，该行就在旅行社的楼上。我上楼找到了他，把一只金戒指兑换成了现钱，立即买了那张票，赶快又去取了行李，然后上船，离开船只有一小时了。

上船后我还担心：我用身份证登记买的票，台湾特务如果工作抓得紧，电告上海特务，则在轮船检票处即可把我抓住。但一直到船开出老远也无事，可见台湾特务抓得不紧，走了也就算了。一直到五个多月以后，王振华带领孩子们进入华北解放区见面时，才向我诉说了我走后他们的遭遇：我教的班上一个姓黄的学生是个职业特务，这是进步学生早告诉我的："李先生，你讲课时要注意，我们班的黄瑜是个特务。"教师请假和由何人代课，教务处照例出布告通知学生。黄某看见布告就慌张地到我家里去了，我已走了几天；他向振华说："李先生到上海住什么旅馆？我想请他在上海给我买几本书。我姓黄，是李先生的学生。"一听说姓黄的学生，振华说："上海旅馆很多，他未说住什么旅馆；你可写信到他家乡去，托他买书。"就把家乡地址告诉了他，因为我们约好不回家，告诉他也无妨。这个特务学生来后的次日，教育厅的、警备司令部的、警察局的特务，都先后来找王振华盘问：他们大约还不知道她也是盟员，只掌握我一人的材料。他们有时甚至吹牛说："我们早知道他的情况，因为觉得他是教授，是个人才，才让他跑了。"但有时也说得对："你什么时候到某电影院带孩子去看什么电影，什么时候接到什么人的信，我们都知道。""今后你不能到处去了，只准去学校上课，上完课回家。"她在台北市女师教语文，几个女教师在来回的路上陪伴保护她。但晚上也常有特务跳进矮墙内的院子里伏在窗外侦查，屋里是否有人在开会。这是多余的愚蠢行动！已经暴露给你们了，还能在家中开会么？

特务一直监视了几个月，看见我不会回去了，对她的监视盘问也渐渐松下来。她当时患鼻窦炎，开了刀；哮喘病则非离开潮湿的台湾，到干燥的北方大陆不可，她曾把医生的这个意见向特务说了，特务不说能离台，也不说不能离台。她觉得到暑假是可以走了。于是提前考试，托人买了一位神父运货去上海的货船票，带领一个六岁儿子上了船，藏在货舱里，另一个十五岁的儿子则交魏建功夫妇带到北平，怕带两个孩子显眼。她和我一样，到上海后坐船去天津，然后到北平，由地下党派人送进华北解放区；艰险是有的，但总算平安到达了。这是三十五年以前的事。

在开往天津的船我住的"房舱"里，还有一对中年夫妇，行装全是新的，男的西装革履，女的也一身时髦打扮，带些俗气，不像知识分子妇女。同船同室几天，不免要搭起话来：我照实说我是大学教授，抗战时留些书在北平亲戚家里，现在回去取书。他看我是教授，就不隐瞒地说："我在军委会第二厅工作，这次是去南朝鲜（他不称'大韩民国'）李承晚那里做情报工作的，到天津换船去。"我一听，真糟糕！怎么碰上和特务住在一起？要小心！因为我早听说反动派的党政军机关凡是"二"字号的都是特务机关，二科、二处、二室、二厅都是。特务自己是不说是特务的，说"做情报工作"。他还向我讲了一些南朝鲜的情况，业已忘记。我讲话小心，没引起他的怀疑，平安度过。

船行约需六七天（那时的速度），旅客们不能一天到晚待在舱里，不免到船面上看看海景，呼吸点新鲜空气，彼此虽不认识，有时也会说起话来。一次，我正在和一个人说话，背后有人搭上腔了："听你先生口音，像是安徽人吧？"我说"是的"；他说他是安徽巢县人。看他穿一身黄色军装，就知道是一个军官，遂提高警惕。这样彼此敷衍几句，也就算了。哪知第二天他到我房里来了，先亮出他的身份，说："我是天津警备司令部第二处的，方才在大餐间赌钱，输完了，想捞回点来，请你先生借些钱给我。"我想，船到天津，是警备司令部或警察局的人检查旅客，他若向他们歪歪嘴，我就走不了，还是借给他罢。我说："我只有一百万了，从天津去北平还要买火车票和零用，借你七十万吧。"哪知他把脸色一变，说："你先生真不干脆，还不都借给我，到天津我还你！"我才领会到这是特务惯用的"敲诈勒索"！我只好全给他。对敌人不能说实话，我那时不是只剩一百万（合"关金券"一百元）。对于当时还有一点社会地位的大学教授，特务竟敢"勒索"（比"抢劫"文明点），对于老百姓呢？岂非更无法无天了！我用这一次亲身的经历来证实蒋帮特务的横行霸道！为非作恶！

船将到天津前，特务到我房里说："天津警备司令部二处在河北区宇纬路，你去找我（并告诉我他的姓名，现已忘），我还你钱。"我说："我下船就转火车去北平，不停留，请由邮局汇去吧。"我把当时在清华大学读书的李霁野的弟弟李昭野的地址开给他，不告诉我自己的地址，然后叫昭野也不告诉他，只代收汇款。到一九四九年三月我随解放区华北大学迁北平后，见李昭野，他说至今也没有收到一百万元。我那时如果去"二处"取钱，还不知道会是什么结果呢！

我到北平后，住在矿冶研究所工作的弟弟李延年家。我立即到清华大学去找吴晗同志，民盟同志去解放区都是他和地下党联系的。他遂介绍我见到以在中苏文协工作为掩护，实际做输送去解放区工作的陈鼎文同志，陈替我办了一切手续，又介绍我去天津找一路陪送我进入解放区的孙大中同志，一个自行车修理工人。据说闻一多、李公朴的家属等，都是他护送进解放区的，他做这样颇有一定危险的工作，直到解放后，又是一个非党员，实在难得！他已去世，愿他安息吧！在北平，陈鼎文同志告诉我：到天津杨柳青过封锁线不要带任何行李，只用一个小布口袋，内装牙刷、牙膏、洗脸手巾等极简单的日用品，以便很快检查通过；如果要你留下什么值钱的东西（手表、水笔），你就留下，不要吝惜。我那时既无手表，也无水笔，但也须化装为一个失业的小知识分子模样，布鞋、蓝布大褂，手提蓝布口袋。李延年又向矿冶研究所给我要一张去济南的"护照"，上盖机关的一颗大红印，写明"是本所人员李延年之兄李竹年因失业去济南谋事"之类，这样就更比较容易通过检查了。

我从天津进入华北解放区是一九四八年五月十三日，这日子我永远不会忘记。

当时从天津开的津浦铁路火车只通到杨柳青，其余都被我们游击队破坏了，只有坐胶轮大车或步行。车开到杨柳青，大家都抢先下车，希望快点通过封锁线的检查进入解放区，而又很少人敢说是到解放区去的。我自然说我到济南，因为当时济南还未解放，还是他们的天下。这个检查站驻的是杂牌军（不是蒋介石嫡系所谓"中央军"），他们一样在检查中没收或扣留老百姓的财物。知识分子如有手表、水笔的，他们就说："留下，你回来还你，带到匪区，会被共匪没收的。"我亲眼看见一个年青学生不愿留下他的一支笔，被喝住不准走了，说："我看你就不是好东西！看最近共匪打了一些小胜仗，就都向匪区跑，去吃苦去吧！站在旁边，不准走！"就这样被扣留了下来。这个青年可能没有组织教导过他，因小失大。

由于我有"护照"和所带东西简单，很快被检查通过了。我向前走了十几分钟，是第二道检查站，他们看了一下口袋里的东西就放行了。再过一道小河沟，就是两不管的所谓"真空地带"：反动派和解放区都不设防的约五里宽的地带。但是，组织上告诉我：即使到了解放区，对沿途旅客也不要说自己是来解放区的，仍然说"去济南"，因为旅客中杂有反动派或特务，他们看见来解放区的人多，就加紧防范和检查，给后来者造成困难。走完了大约五里路，就看见戴白布头巾的我们的检查站民兵。我觉得是到了自己的家了，异常地欢欣和轻松，告慰台湾的家人和朋友们：我"一路平安"地到了！我向一位民兵同志低声说："我是去沧县南边泊镇接待站的。"他一笑，挥手放行。我坐上马拉的胶皮轮大车向南奔去，过了沧县，天将黑时才到泊镇接待站。我向接待的同志拿出北平组织上给我的一张"关金券"，他看了一下上面印的号码，就同我热情地握手，说："欢迎你来解放区工作！"原来，为避免反动派检查、出问题，进解放区不带介绍信，用一百张一叠的"关金券"上印的号码代替，北平的地下党把号码告诉泊镇组织就可以了，依号码次序送人，依号码次序接待。组织还交代说："不要把这张关金券和其他关金券放在一块，以免路上用掉。"这是很保险的介绍信。

当晚即请我看正在演出的新歌剧《王秀鸾》。新的题材，新的人物；歌颂劳动，歌颂劳动人民，歌颂大生产。一股清新健康的气息扑鼻，不但看见，而且闻见了！这样的气息，在国统区的文艺中是找不到的。两个世界，两种文艺。我的耳目为之一新。

第二天就送我去石家庄。坐的是运货大卡车，这在当时的解放区算是最好的也是很少的交通工具了，一般是牛拉铁边木轮大车，好一点的是马拉胶皮轮大车，这两样我都坐过几次。（牛车还没有人走得快）想想三十五年的过去，看看现在，新中国在各方面的进步还是很大的。

到了石家庄，住在一个特为接待国统区来人的招待所里。第二天即用牛车送我到二三十里远的在石家庄西北方向的一个村子里（已忘其名）。到后不一会儿，齐燕铭同志就来看我；我们一九三六年和"七七"抗战前在北平搞"北平文化界救国会"时就认识。他说："晋冀鲁豫和晋察冀两个边区合并为华北解放区，我们行军到这里，正在作总结；你休息几天罢，旅途也够累了。"北方农村睡的都是炕，大约怕我这个南方人睡不惯吧，在那样艰苦的条件下，不知从哪里给我弄来一张小铁床，对我太优待了！我很过意不去。这样住了几天，他才来说："何林同志到解放区来，不知打算参加什么工作？"我说："我一辈子基本上是教书的，想到范文澜同志所在的北方大学去。"他说："好，明天送你去邢台北方大学。"我才知道北方大学已不在邯郸了。

到了邢台北方大学，首先见到范文澜老夫妇（当时同志们都称二位为"范老""戴老"），又见了很多熟人：高贞（闻一多夫人）一家，张曼筠（李公朴夫人）一家，还有王冶秋、叶丁易、尚钺和久仰的艾思奇同志。范老说："两个解放区合并为华北解放区了，不久两个区的大学，北方大学和华北联大也要合并为华北大学；等合并后才安排你的工作。"我自然无意见，先学习学习也好。

大约在邢台过了一个多月，我随北方大学全校师生向北行军，到石家庄东北三十里的正定县与华北联大合并为华北大学。校长为吴玉章，范文澜、成仿吾为副校长，钱俊瑞为秘书长。分设四个部（相当于国统区大学的"学院"）：第一部是短期政治训练班性质，收国统区来的大中学生，学几个月即分派到各新解放区工作；当时新区扩大得很快，很需要他们。这一部经常有一二千人在学习。第二部是师范院校性质，分社会科学、国文、史地、教育、外语五个系，分别由何干之、李何林、尚钺、丁浩川、杨化飞任系主任，培养中学师资等。第三部为研究院所性质，范文澜兼主任。第四部为文艺部，培养文艺工作人员，丁玲、艾青、光未然、陈企霞等在此部任教。

一九四八年七月，我和尚钺、叶丁易代表民盟参加了在石家庄召开的"华北人民代表会议"。

北平解放后，华北大学于一九四九年三月由正定迁北平。中华人民共和国成立后即计划改为"中国人民大学"，初无中文系，组织上遂把我调到新成立的教育部工作。

我所了解的未名社

鲁迅先生领导的文艺社团未名社，成立于 1925 年夏天，1931 年 5 月停止活动，总共存在约六年；在"五四"以来成立的几百个大小文艺社团中，寿命不算太长，也不算太短。它的成员除鲁迅外，有曹靖华、韦素园、台静农、李霁野、韦丛芜，共六人。其中后四人都是安徽省霍邱县叶家集人。我是霍邱县人，并且和霁野、丛芜是阜阳安徽省立第三师范学校的同学，在未名社出版部工作过约一年，对未名社有点了解。

鲁迅在成立未名社约一年前，即 1924 年 4 月 24 日，在北京《京报》上编印了《莽原》附刊，每星期五出版。他说《莽原》的内容是"思想及文艺之类"，文字风格是"率性而言，平心而论，忠于现世，望彼将来"。鲁迅曾说："我早就希望中国的青年站起来，对于中国的社会、文明，都毫无忌惮地加以批评，因此曾编印《莽原》周刊，作为发言之地。"又说："中国现今文坛的状况，实在不佳，但究竟作诗及小说者尚有人，最缺少的是'文明批评'和'社会批评'，我这以《莽原》起哄，大半也就为了想由此引些新的这一种批评者来，虽在割去舌头之后，也还有人说话，继续撕去旧社会的假面。"关于《莽原》的名称，鲁迅说："那'莽原'二字，是一个八岁的孩子写的，名目也并无意义，与《语丝》相同，可是又仿佛近于'旷野'。"这个《莽原》周刊由鲁迅编辑，其成员或投稿人还有高长虹、向培良等。李霁野等也以个人名义投过稿。鲁迅在这个刊物上发表过著名杂文《春末闲谈》、《灯下漫笔》、《答 KS 君》等。到1925 年 11 月 27 日停刊，共出三十二期。

　　在未名社成立数月后，即 1926 年 1 月，鲁迅又编辑了三十二开的《莽原》半月刊单行本（不是报纸附刊），由未名社出版，共出了四十八期，改为《未名》半月刊，又共出了二十四期。《莽原》"周刊"和"半月刊"虽然都是鲁迅编辑，但周刊不是未名社出版的。因此，李霁野在《记未名社》中说："1926 年 1 月，我们出版了《莽原》半月刊。此前鲁迅先生编过一种《莽原》周刊，在《京报》上附出，我们只以个人名义投过稿，和其他投稿人高长虹等并没有什么社团关系。所以莽原社是未名社前身的说法是不正确的。……以后长虹莫名其妙的把我们卷入'狂飙'，又闹纠纷，……才由鲁迅先生提议，把《莽原》半月刊改成了《未名》半月刊。"

　　未名社除先后出版《莽原》《未名》两个半月刊共七十二期外，还先后出版了鲁迅的译著《出了象牙之塔》、《坟》、《小约翰》和《朝花夕拾》；韦素园的《黄花集》和《外套》；曹靖华译的《白茶》、《蠢货》、《烟袋》和《第四十一》；韦丛芜译著的《穷人》、《君山》和《冰块》；李霁野译的《往星中》、《黑假面人》和《不幸的一群》；台静农著的《地之子》和《建塔者》等，约共二十多种书。在"五四"以来成立的文学社团中，成绩不算太大，也不算太小。

　　那么，为什么叫"未名社"呢？鲁迅在 1934 年 10 月的《文学》月刊第三卷第四期上发表的《忆韦素园君》中说：

　　　　怕是十多年之前了罢，我在北京大学做讲师，……那时我正在编印两种小丛书，一种是《乌合丛书》，专收创作，一种是《未名丛刊》，专收翻译，都由北新书局出版。出版者和读者的不喜欢翻译书，那时和现在也并不两样，所以《未名丛刊》是特别冷落的。恰巧，素园他们愿意介绍外国文学到中国来，便和李小峰商量，要将《未名丛刊》移出，由几个同人自办。小峰一口答应了，于是这一种丛书便和北新书局脱离。稿子是我们自己的，另筹了一笔印费，就算开始。因这丛书的名目，连社名也就叫了"未名"——但并非"没有名目"的意思，是"还没有名目"的意思，恰如孩子的"还未成丁"似的。

　　　　　　　　　　　　　　　　　　　——《且介亭杂文》

未名社初成立时的"办公室",是设在北京沙滩"北京大学图书馆"(红楼)对面路南"新开路五号"(穷学生住的公寓)韦素园住的一间约十来平方米的小房子里。约半年后,韦素园因患肺结核病住西山疗养病,未名社才搬到附近景山东街西老胡同一号。大约到 1928 年秋又搬到景山东街四十号,是未名社兴盛的时期:不但有了出版部,而且设了门市部。

我是 1928 年 7 月 27 日在霍邱县参加暴动,被反动派安徽伪省府通缉,遂即逃到未名社避难的,经过蚌埠、徐州、郑州到达北平,时间约在 7 月底。在我到未名社一个多月以后,和我一同暴动后逃到上海的王青士、王冶秋弟兄,也因生活工作无着,来到未名社避难。在我 7 月底到未名社的大约两个月以前,即 5 月 27 日左右,未名社因译当时的禁书《文学与革命》,李霁野等二人被北平军阀逮捕刚刚释放出狱(4 月 7 日逮捕,共坐牢五十天,见李霁野著《鲁迅先生和未名社》中的《践踏未名社的屠伯——北洋军阀》),现在又要"窝藏"三个被通缉的共产党,在政治上实在担当了很大的风险,维持我们生活的经济上的困难还在其次(韦素园病住西山毫无收入,霁野、丛芜还在燕京大学没有毕业,静农教几点钟书,他们主要靠微薄的稿费维持生活)。幸而冶秋不久找到了工作,青士和我就帮助他们分担出版发行工作,使他们做我们不能做的工作。我们到后不久,未名社就由西老胡同搬到比原址多一两倍房屋的景山东街四十号,有东西两个院子,在东院三间北房里成立了门市部,除出售本社书刊外,还和上海等地进步出版社和书店交换代售书刊。我们卖的是"五四"以来出版的进步的和左翼的书刊,实行"开架售书",并备有几个凳子,顾客可以坐下来看;这个门市部实际上变成了新书刊阅览室,在当时的北平可以说是"只此一家,别无分号"的。开架售书在北平也不多见。记得清华大学的朱自清先生就曾几次来门市部买过书。我和青士主要是做这个门市部的工作,收进、寄出和售卖书刊都是我们做,我们似乎是发行部主任,又像售货员或服务员。

青士会画画(他进过美术专科学校),他所画的曹靖华译的《烟袋》的封面和鲁迅的《坟》、《朝花夕拾》以及丛芜、素园译的《穷人》等书的广告画,挂在街门外的墙上,很吸引了一些读者进来买书或看书。他终日乐哈哈的笑容令我至今不忘。可惜他在 1931 年 1 月代表青岛市委到上海参加中共六届四次会议时，和"左联"五位青年作家（李伟森、柔石、胡也频、冯铿、殷夫）及林育南、何孟雄等十七位共产党员（连他共二十三人），因被叛徒出卖被捕，于2月7日都被反动派杀害于上海龙华警备司令部了。我之所以写下这一段，也是为着在五十多年以后的今天，回忆往事，不得不引起我的怀念和哀悼。

1928年，正是"革命文学"问题论战的时候，未名社门市部既然和上海等地出版社和书店交换代售新文艺书刊，我就不费一文钱并且很方便地阅读了各派的论辩文章。又由于从"五四"以来我就对于"文言白话"、"新旧文学"之争，"为人生而艺术"和"为艺术而艺术"之争，很感兴趣；对"革命文学"之争也很感兴趣。又觉得这一次论争的问题很重要，表现了中国文艺界的思想理论水平提高了不少，提出的问题多是"五四"以来没有提过的。我想：能有像我这样方便的机会大致地阅读了这些论辩文章（自然还有我未看到的）的人，恐怕不多，何不编辑起来印给愿看的人们看一看，也给中国现代文艺思想史留下一点资料呢？于是就剪贴抄录，分类编排，仿照当时已译成中文的《苏俄文艺论战》书名，名为《中国文艺论战》，很快由上海北新书局出版了。接着我又在未名社搜集资料，编了《鲁迅论》，于1930年也相继出版了（北新书局）。这两本资料性的书给我在十年后编写《近二十年中国文艺思潮论》（1940年邹韬奋先生领导的上海生活书店出版）打下了初步基础，也培养了我以后教学"中国现代文学"、"文学理论"和"鲁迅研究"的兴趣；不到一年的未名社生活对我是有影响的。

未名社不是党的外围组织，但在鲁迅精神领导下，做的有些事情又很像党的外围组织：前面已经说过李霁野等二人因出版当时禁书被捕。在"四一二"后全国白色恐怖情况下，1928年未名社又敢于印行了曹靖华在苏联翻译的新俄小说《烟袋》和《第四十一》小说集。《建塔者》中也有一些是写革命者的。未名社中的三人都曾不止一次地被捕；还常和一些地下党员来往；有时还接待相识的路过北平的党员住十天半月（在1928年4月7日李霁野等二人被捕前几天还接待两个地下党员住十多天）。未名社成立门市部后，有了做"铺保"保释"犯人"的资格；出版部的"经理"是李霁野，据他在《鲁迅先生和未名社》的《别具风格的未名社售书处》

中所说："那么保证随传随到的责任，自然也就落在我一个人的肩上了，与未名社其他成员完全无关。这倒没有什么发感慨的余地，因为未名社由我个人负责所保释的十来名共产党人或进步青年，并没有引起什么直接麻烦。这些人中我只还记得四个共产党员的名字，因为他们是同我关系较近的。"不是党的同情者或具有党外布尔什维克的感情，是不会做这样的铺保的。

事隔五六十年，"我所了解的未名社"也只能回忆起以上这些了。

1984 年 11 月于北京

我所了解的李霁野同志

李霁野同志生于 1904 年 4 月 6 日，到现在已经八十岁了。他在《自传》中说："1923 年春……到北京后就常编译点短文换取稿费，利用 1924 年的暑假，我译完了俄国安特列夫的《往星中》，小学同学张目寒送请鲁迅先生指教，我得以结识先生。1925 年夏，先生建议成立未名社，印行我们六位社员的译作；在它存在的六七年时间内，一共印了二十多本书和两种期刊：《莽原》半月刊和《未名》半月刊。"从 1924 年到 1984 年的今天，他的创作翻译生活恰恰是六十年。未名社成立后六七年间的编辑、印刷、出版、发行等大量工作，在鲁迅先生领导下，除开始半年由韦素园主持，最后一年左右由韦丛芜负责外，其余全由他无偿地负责并担当一切风险，出版了二十几种书和坚持编印了六年左右的半月刊（《莽原》共四十八期，《未名》共二十四期），这是很不容易的，而且始终维持着鲁迅先生定下的进步方向，更不容易。

在这六十年期间，他创作了短篇小说集《影》，新诗《海河集》，并写了许多格律诗，近集为《乡愁与国瑞》，在印制中。《给少男少女》是抗战期间在白沙女师学院的讲演，近已重印出版。《回忆鲁迅先生》和《鲁迅先生和未名社》则为了解鲁迅先生与未名社的少有的书。他为纪念鲁迅先生百年诞辰，写了二十多篇文章，编为《华诞集》，已交给一个出版社。他 1956 年访问意大利、法国和瑞士，回国后写了《意大利访问记》。他的散文集为《温暖集》，即将印行。

霁野同志一生文学活动的主要劳绩在翻译方面；他是照着鲁迅先生的

"拿来主义"做的。他翻译的有《往星中》、《黑假面人》、《不幸的一群》、《被侮辱与损害的》、《简·爱》、《我的家庭》、《战争与和平》、《四季随笔》、《虎皮武士》、《杰基尔大夫和海德先生》、《鲁拜集》、《在斯大林格勒战壕中》、《卫国英雄故事集》、《难忘的一九一九》、《山灵湖》等；有散文、诗歌、戏剧、长短篇小说各种体裁。所有这些都是业余时间翻译的，用力甚勤！其中一百二十万字的《战争与和平》，在日军侵占香港时被毁了。用五七言绝句翻译的《鲁拜集》，在十年动乱中损失了。在动乱稍定时，他从记忆中重写了一些格律诗；用原有素材又重写了一些首失去的语体诗；并利用开会及旅游的闲暇时间，将旧译的抒情诗加以修改补充，成为《妙意曲》，在印制中。

人生七十古来稀，但在新中国的 80 年代，活到八十岁以上的人也不少了，就是八十岁也不算稀；而在人之一生中八十年究竟不是很小的岁数，是一个难得的整数。在这八十年的岁月中，我和他约有三分之一的时间生活在一起，他是我的老朋友中相处时间最长的一个。因此，我了解他有值得我学习的几方面长处。

第一，解放前有坚定进步的政治方向和文学方向。他在主持未名社的五六年期间，虽曾因出版禁书被捕，也不畏惧，依然敢于接待地下共产党人。在 1928 年白色恐怖嚣张的时候，他敢于出版曹靖华从苏联寄来的反映十月革命斗争的小说《烟袋》和《第四十一》（前者原名为《共产党的烟袋》），始终执行着鲁迅先生定下的进步方向。

第二，工作认真负责、细心细致。他在主持未名社工作的五六年和作天津河北女子师范学院英语系主任七年，以至解放后任南开大学外语系主任三十多年期间，都是细致地考虑到各方面的问题，认真负责地对待工作。他认为他的建议对于工作有利，有关同志因受"左"倾路线影响不能接受他的建议时，他就据理力争，成败与否，在所不计。他也能耐心细致地对待同志，说话很有分寸。他这种细心的长处，也表现在他的作品中：鲁迅先生在 1935 年写的《〈中国新文学大系〉小说二集序》里说："在小说方面……又有李霁野，以锐敏的感觉创作，有时深而细，真如数着每一片叶的叶脉……"

第三，关心读者，开架售书，门市部变成了阅览室。在霁野同志主持未名社出版部期间，出版部成立了门市部，除出售本社出版的书刊外，同时也出售用这些书刊换来的上海各地进步的和左翼的书刊，这样卖新书刊的书店，在当时的北平可以说是"只此一家，别无分号"。开架售书在北平也不多见。门市部还为顾客（多半为北大的学生和其他大中学师生）准备了凳子，可以坐下来看，这种为读者着想的精神，是值得学习的。

第四，面对逆流，横眉冷对。霁野和我都因为家中贫穷，于 1919 和 1920 年先后考入了当时不收任何费用而且管吃管住的完全公费的阜阳安徽省立第三师范学校。当时韦素园在上海准备去苏联学习，给我们寄来了《新青年》等刊物和《共产党宣言》，我们又订阅了《新潮》、上海《民国日报》的副刊《觉悟》、《时事新报》的副刊《学灯》，使我们受到了"科学"与"民主"，马克思主义的唯物史观、阶级斗争、剩余价值、社会主义，以至安那其主义（无政府主义、虚无主义）、实验主义等等的影响，但我们比较倾向于社会主义和共产主义。当时三师同学中封建复古势力远远大于我们几个喜欢五四时代新文化、新思想、新文学和白话文的人。

他们认为李霁野是新派的头头，有一天鸣钟开会了，把霁野叫去，讲了一些复古派的话，都是五四新文化运动批驳了的，并且给新思潮戴上是"洪水猛兽、共产共妻"的大帽子。霁野置之不理，像鲁迅说的"最大的轻蔑是无言，连眼珠也不转过去"！会后，我们仍旧阅读新书刊，他们也未敢干涉。

第五，不是共产党员，又像共产党员。全国解放前，李霁野同志不是党员（他 1956 年入党），但却几次因"共党嫌疑"被捕。1928 年 4 月 7 日被捕之前，他还接待路过北平去绥远工作的两个党员在未名社住了十几天。这在"四一二"后的白色恐怖中，是很冒风险的！他在 4 月被捕释放后不到两个月（1928 年 7 月），我和王冶秋、王青士弟兄即因家乡霍邱县暴动被通缉先后逃到未名社，他知道我们是来避难的，却为我们安排了工作和生活。自己刚坐牢释放不久，接着又"窝藏"了三个被通缉的"共党"，没有"党外布尔什维克"的立场和感情，是不可能做到的！因为要冒很大的风险。

在庆祝霁野同志八十诞辰和从事文艺活动六十周年的时候，祝他健康长寿，更长时间地发挥余热，为建设精神文明作出更多的贡献！

（载于《翻译通讯》1984 年 7 期）

回忆抗战后期的"昆明文协"
和募捐救济贫病作家

　　"昆明文协"即"中华全国文艺界抗敌协会昆明分会"的简称。"文协"总会1938年3月27日在武汉成立,后迁重庆。半年后昆明分会成立,选出张克诚、刘惠之、杨季生等为常务理事,冯素陶、唐登岷、彭慧、李剑秋、宋昉等为理事,主持一切日常工作。

　　我于1942年7月方从大理的华中大学到昆明;因找不到书教,除做利滇化工厂的秘书工作以维持生活外,业余编过《云南日报》文艺周刊《南风》和《云南晚报》的杂文副刊《夜莺》。当时重庆文协总会的总务部主任是老舍,我1940年去华中大学教书就是他介绍的,从那以后我们就认识了。1944年我曾请他在我编的副刊上写过稿。不久文协总会于当年7月发起募捐救济贫病作家运动;老舍来信说:

　　　　何林兄:

　　　　大示及稿酬俱已接到,甚感!此间(重庆北碚)秋老虎厉害非常,日夕不能安睡者已近旬日;前日微雨施凉,即肆意昏睡,夜凉侵袭,头痛腰酸者已三日矣!昨夜出汗,烧退;今晨头仍昏昏,而友好赐函未便久置不复;文人命中,想系五行缺墨,虽拘疾苦,仍以写字为快!

　　　　关于援救贫病文人筹募基金的事,已在重庆和成都作起来。文艺界的朋友们和社会上对此事都很注意。由七月十五日起到今日，我们已收到了十来万元，将五万元汇到桂林去。圣陶先生由蓉（成都）来渝（重庆），他说：成都或许得到五十万元。昨天，以群兄由渝来此（北碚），告诉我：重庆或许也能得到二三十万元。在我们发动这个运动的时候，我们的期望就不十分大。我们只希望得到一些钱，教一位因没有一两万元的手术费而不敢入医院治病的朋友能够去及早的调治；能够教另一位非休息两个月不可而又因为没有三四万元不能休息这么两个月的朋友去得到休息。这样一两万元或三四万元，便也许不但救活一个朋友，而且或者救活一家子人。

（以上是九月二日写的，今天是六日了。原来我不是感冒，而是打摆子（疟疾）！我最怕它，它却偏偏又来了！秋天闹摆子，入冬必患头晕；我本贫血，摆子使血更贫也！）

除非我们真能得到很大的一笔款，我们暂不预备举办什么有益作家的福利事业，因为不论作点什么事业都需要有经验的有办事才能的人，而这样的人在文艺界是不易找到的；因此，我们并不大吹大擂地干，也不去和阔人们打躬作揖。我们只凭一些文字的宣传去打动社会上真正爱好文艺的人——他们未必有钱，但是他们所能给我们的那一元五角的才真有价值！

昆明本来有文协分会，不知今日还有人负责没有；假若你愿意，可否邀约闻一多、沈从文、罗膺中、游泽丞、章泯、凌鹤、光未然、魏猛克、王了一，诸先生谈一谈，有没有把分会重新调整一番的必要。假若你太忙，无暇及此，那么就在便中遇到章泯和凌鹤两先生的时候，告诉他们一声，看他们有工夫出来跑跑没有。假若我不打摆子，我必会给他们写信的。

尊处为贫病病友募捐，好不好就近提出一万或两万元送给包鹭宾师母，包教授是文协会员，而且我想他的身后必定萧条。

还有许多话，因头昏，不往下写了，祈恕草草！此函倘蒙发表，稿酬祈拨入"贫病捐款"为感！

莘田（罗常培）已到渝，日内来碚。祝吉！

弟舍　上九、六。

老舍带病写信，要昆明分会响应总会号召募捐救济贫病作家，令人感动！要想动得快，最好用发表这封信来号召。遂在 9 月 13 日的《夜莺》上发表了。17 日下午就召开了分会的"第四届全体会员大会"，"连各界来宾共到百余人，讨论响应筹募援助贫病作家基金等议案后，改选出理事闻一多、高寒（楚图南）、常任侠、李何林、徐梦麟（徐嘉瑞）、凌鹤、光未然、白澄、吕剑、赵沨、马子华、杨东明、范启新、罗铁鹰、杨亚宁等十五人；候补理事尚钺、李广田、魏荒弩、欧根四人；监事包白痕、林慧、冯素陶、张宗海、花新人五人，候补监事彭桂蕊、虞慕陶二人。并于下午七时召开新理监事联席会议，推选常务理监事七人（高寒、徐梦麟、李何林、吕剑、杨东明、马子华、罗铁鹰）……各界如有给文协函件，可暂由《云南日报》副刊《南风》、《扫荡报》副刊、《正义报》副刊《大千》转交。收捐款具体负责人李何林、杨东明。"（见 1944 年 9 月 18 日《云南日报》所载）记得还推选徐梦麟（当时云南大学文史系主任）为分会的理事长，我负责总务部工作。

接着，《云南日报》9 月 26 日刊出"文协昆明分会于十七日开会，改选理监事及讨论各种提案极为热烈；文协总会昨特来函祝贺"，原函如下：

> 昆明分会理监事转全体会友：顷接李何林先生十八日航函，得悉贵分会于九月十七日举行第四届全体会员大会，改选下届理监事，并具体决定文艺运动方案，总会同人无不欣慰！际此抗战进入最艰苦时期，"荒淫无耻"与"庄严工作"之分，界限更形明显，贵分会于此时召开全体会员大会，必可发展西南新文艺运动，振奋人民大众精神，更坚强"庄严工作"阵线，促使抗战胜利民族解放之时加速到来，为此特致函祝贺！
>
> 中华全国文艺界抗敌协会总会
三十三年九月二十二日

这样，昆明文协在抗战最后两年的工作就开展起来了，显得颇为活跃。这自然和全国的抗日救亡、反倒退、反内战的蓬勃发展的民主运动有关。在大约两年内，昆明文协和西南联大及云南大学等校的进步学生文艺团体和广大进步群众相配合，和中国民主同盟云南省盟所开展的民主运动相配合（闻一多、楚图南、常任侠、吕剑、赵沨、光未然等理事多是盟员或领导人，我是省盟的文艺工作委员会的主任委员，先是闻一多），举办过多次的文艺报告会、讲演会、纪念会和文艺晚会。表面上是文艺性质的集会，实际上是借文艺宣传达到了反蒋、反内战、反投降倒退、要求民主的目的。晚会尤其开得热烈、严肃、紧张、活泼。有学术报告、时事讨论，也有讽刺性的朗诵诗（光未然常朗诵自作）和进步的诗歌演唱（赵沨的男高音颇受欢迎）。而每次最后一个发言人往往是闻一多，他用带着感情的富于鼓动性的有力的语言，理直气壮地、有理有据地对各种不合理的社会、政治、文艺现象提出批评和控诉。他的英勇战斗的雄姿，可以称为40年代昆明的鲁迅，在昆明进步群众的心目中，他也和鲁迅的精神一样。

那些会的具体内容，因时隔近四十年，我回忆不起来了。现在引《云南日报》1944年10月20日刊登的昆明各界举行鲁迅逝世八周年纪念会的通讯，以见一斑。

（本报讯）昨天是鲁迅先生逝世八周年纪念日，云大学生自治会和西南联大五文艺壁报联合主办文艺晚会。下午五点钟左右，云大至公堂里就有很多参加的人，到六点半钟，连外面走廊上也站满了人，有的甚至爬到至公堂前的树枝上。整个至公堂都被赶来参加晚会的人挤得满满的，这中间最多的是联大、云大、中法大学和各中学男女学生及文化界、公务员、银行职员等，一共有四五千人。七点钟晚会开始，首由徐梦麟代表昆明文协分会致辞，继由尚钺、楚图南、姜亮夫、李何林、朱自清、闻一多诸氏讲演，对鲁迅生平、作品及精神等，均有精到的阐述，尤其对认识鲁迅的战斗精神，大家一致指出纪念鲁迅必须学习鲁迅。演讲在热烈的情绪和掌声中进行了足足三个半钟头。最后由联大五文艺壁报社代表朗诵纪念鲁迅的诗和《华盖集·忽然想到》中的几节及田汉改编的《阿Q正传》剧本第五幕，非常生动。直到十一点二十五分时，这个晚会才在异常圆满的气氛中高唱《义勇军进行曲》后散会。

至于募捐救济贫病作家一事，我现在借助云南大学马列主义教研室教师吴从发同志给我从当时昆明各报上抄来的资料，可以回忆得具体一些；这是些很难得的资料！它不仅反映了昆明一地的广大群众衷心爱护我们的"灵魂工程师"的热烈情形，也是向不顾贫病作家死活的蒋帮统治的抗议！

募捐迅速得到社会上各方面的响应和支持，首先自然是知识界，但不久云南省主席也将二十万元交西南联大中文系国文学会转交作协分会。云南各报（《云南日报》和《晚报》、《扫荡报》昆明版、《正义报》）内因有进步的编辑、记者，对募捐都热情支持：发消息、写短评以至社论，作了非常及时的宣传报道。尤其难得的是：《云南日报》和《扫荡报》不但经收捐款，还拿出相当大的篇幅无偿公布捐款人名单和捐款数目，随时起到鼓励捐款的作用，并以昭信实。分会在致总会的信中说："各报的广大读者群，献出了对贫病作家的崇敬和心愿；联大同学也是贫困的一群，也迅速而热烈地响应了文协的号召，并获得了这样惊人的成绩，实在没有恰当的语言道出我们心中的感激！我们想请总会来信一一致谢。"

（载于10月15日《云南日报》）

闻一多生活负担极重（待遇低，人口多），在用刻图章以补助生活的情况下，也自备刻石，刻图章十颗捐献。9月29日《云南日报》讯："该校教授闻一多响应此项运动，特愿为人刻章十只，每只二千元，全部收入捐助贫病作家。石自备，并送刻边款，以志纪念，收件处在青云街自由论坛社。"

该报同日刊出："西南联大中文系国文学会首先响应募捐救济贫病作家，参加募捐者有外文学会、新诗社、神曲社、熔炉社、现实文学、学习、生活、潮汐等壁报社及个别同学；一周内已募集四十五万元，其中新诗社即独力募集十五万元。"到1945年2月4日文协分会在《云南日报》上用一整版篇幅刊出了"国文学会经募援助贫病作家基金总公布"，捐款已达一百六十二万余元，占分会全部捐款二百余万元的过半数，显示了西南联大不愧为当时的昆明（以至全云南）进步力量的民主堡垒。

云南大学的文史学会、昆华男女中、峨岷中学等中学，北门出版社、北门书屋等单位，也募得了不同数目的捐款。"曾昭抡、伍启元、楚图南、李公朴、光未然、赵沨、白澄、常任侠、叶以群等，各由版税或稿费项下捐出一千元。出版家援助作家，作家同情作家，足使各界人士闻风感奋。又石屏师范学生自治会来函云：我们中国新文学运动还在拓荒时期，现有的这些作家是不知用了多少斗争、牺牲、失败才培养出来的。鲁彦先生的死，已使我们遭受了无可补偿的损失了，我们再不能因贫病而失去其他的作家！作家是我们的！如果我们不去关心他们，那还会有谁呢？这里的一万八千二百元，是我们每个同学五元十元的凑起的，现在麻烦你们代转给文协总会，虽然杯水车薪，不能有什么作用，但是我们要借此大声地告诉社会，告诉关心我们国家的盟邦友人：我们青年学生是爱护作家、敬仰作家的！"这是所有捐款人的共同心声。

昆明分会还于 10 月 19 日至 24 日举行了音乐演奏会，邀请了马思聪、王慕理、赵沨、李廷松诸先生及昆明市各歌咏团体联合组成的"昆明联合合唱团"参加演唱。当时美国驻昆空军牧师黑石先生（著名低音歌唱家）也自动携妻子儿女全家参加演出，妻子伴奏，儿女也歌唱。由于他曾在湘桂等地与政治部演剧第四、五队合作多次演出，颇受赞扬，此次参加演出，自然轰动了昆市，也"表示了美国人士对中国作家之同情与敬意"。据《云南日报》10 月 25 日讯："昆明文协分会为募集援助贫病作家基金主办的音乐演奏会成绩极佳，预料除开支外，约可得六十万元。"

文协总会从 1944 年 7 月中旬发起募捐运动，到 12 月底宣布结束，共进行了将近六个月。总会于 12 月 31 日向全国发布了《为宣布结束募集援助贫病作家基金运动的公启》。这是一篇具有中国现代文学运动史意义的文件，是许多资料书上都未收集的，也不容易找到，就保存在这里吧，全文如下：

本会所发起的募集援助贫病作家基金运动，自本年七月开始，到本年十二月底正式截止，除消息隔绝的边远地区，或者间有自动延长，以及自动的热心人士或者偶有自动的寄赠不计外，本会正式宣布结束了这一运动。赠款人士的姓名、赠款的数目，以及已经发出的数目和用途，另由本会和各分会分别登报公告外，在宣布结束的今天，谨提出简单的声明和诚挚的感谢如后：

一、发起这个运动的动机，当然由于看到了若干作家病不能医，贫无所告，死不能葬的悲惨事实；但到正式决定发起的时候，本会确定地认为这个运动是为了测量而且加强文艺工作和社会人士的联系。发起以来，各界各地先后响应热烈的情况远远超过预期。参加者有尽忠民族解放斗争的耆宿，有盟国的友人，有热情的儿童，有勤苦的教师，有先进的工人，有舆论灵魂的新闻记者，有将赴战场的忠勇将士、空军人员，有清贫的公务员、从业者，有广大的青年文艺爱好者，有与作家同声同气的美术家、音乐家、科学家、戏剧工作者。发动的方式，有的写专论，有的出壁报，有的出特刊，有的举行演讲会、座谈会、音乐会、展览会、义卖、戏剧公演，有的分寄连锁书信，……我们不但看到了响应者这样的广泛，同时还看到了响应者的真诚。捐款者有的是从节约得来的，有的是从变卖用品得来的，有的是从减食得来的，甚至有的是绝食得来的。有的热心人士寄来了赠款和热诚的信，但仍不肯写下他的姓名。对于这样伟大的同情，本会认为，从文艺运动以及民主运动的立场说，是一个令人感奋的胜利的表记；但从本会以及一个一个作家的立场说，所感到的不仅仅是安慰和鼓舞，而且更是沉重的鞭策和深刻的警惕。

二、在这次运动的进行当中，不少的热心人士提出了对于新文艺运动的检讨，赞扬的虽不必重复，责难的却应该紧记；虽然在主观态度上有的是恳切的建议，有的是冷酷的责备，但论点本身却大半是金玉之言。本会愿意诚恳地承认：新文艺运动本身还包藏着一些严重的不良倾向，新文艺和人民之间还存在着相当距离，新文艺作家在艰苦的抗战过程和复杂的社会条件下面有不少经验了而且经验着逆水行舟的境地。争取新文艺的更广大的发展和更健康的成长，原是作家们的责任；本会相信，一切对民族对人民具有责任感的作家，一定会努力随着时代前进，在这次所表现出来的巨大的支持力量之下，战胜热心的人士们所指出的阻力。

三、不少的人士指出：贫病无助只是一个结果，对于贫病的援助只是一时救济之计，根本的努力应该放在文艺事业的推动上面，使文艺工作能够更有力地为民族服务，使文艺作家更快地在自由、平等、幸福的新中国里面充分受到应有的待遇。本会认为，这是中肯之见，因而决定尽最大的谨慎支配这一笔虽然数目不大，但却凝聚着广大的同情的赠金。到现在为止，除了桂柳一带紧急疏散的作家和若干境况确系窘迫的贫病作家以及逝世者的遗族，发出了总数大约三分之一以外，余款本会另组保管委员会妥为保管，作为援助情况确系较为窘迫的贫病作家的基金；也作为对于本会的职权可及、能力可到的若干文艺事业的推动之资。我们希望在广大社会的支持和监督之下，在一切作家的努力和合作之下，这次运动的成果使新文艺得到大大的营养，争取得到进一步的发扬。

最后，本会愿意再一度指出：广大社会对于这一运动的同情和响应，是因为对于文艺工作的期待，因为对于文艺工作争取中华民族的解放和进步的神圣的使命。向着寄托着这样的同情和期待的人士，本会愿代表一切对民族对人民具有责任感的作家，用最大的诚意致

民主胜利、抗战成功的敬礼！

（载于 1945 年 5 月 5 日昆明《扫荡报》副刊）

同日昆明《扫荡报》副刊还发表同年 4 月 14 日老舍写的《文协七岁》，其中最后说："以昆明分会来说，它曾有一个时期也打了盹，可是在近两年来，它又复兴起来，去年为贫病作家募集基金，它的成绩就比重庆总会还好。至此，我不能不喊一声'文协万岁'了！"

这一次运动是老舍先生具体领导的，老舍精神不死！

1983 年 9 月 1 日于北京

第三辑

序跋与评论

《近二十年中国文艺思潮论》序

中国的新文学思想，自 1917 年 1、2 月胡适和陈独秀在《新青年》上发表《文学改良刍议》和《文学革命论》，到 1937 年的"八一三"抗战发生，共有二十年的历史了（当然它的萌芽还早）。在这短短的二十年期间，一方面受了世界各国近二三百年文艺思潮的影响，一方面因为国内外的政治经济社会文化的变迁，使中国的文艺思想，或多或少的反映了欧洲各国从 18 世纪以来所有的各文艺思想流派的内容，即浪漫主义、自然主义、写实主义（现实主义）、颓废派、唯美派、象征派、表现派……以及新写实主义（亦称社会主义的现实主义，动的现实主义或新现实主义）。但是，人家以二三百年的时间发展了的这些思想流派，我们缩短到了"二十年"来反映它，所以各种"主义"或"流派"的发生与存在的先后和久暂，不像欧洲各种文艺思潮的界限较为鲜明和久长；或同时存在，或昙花一现的消灭。

同时，也因为近二十年中国半封建半殖民地性社会的急遽发展的复杂性，使中国的文艺思想，不能完全重复欧洲二三百年来文艺思潮的过程；而要在中国的政治经济社会文化的基础上，尽它的历史的任务。所以《近二十年中国文艺思潮论》底内容大纲，就不会象是《欧洲近代文艺思潮论》底古典主义、浪漫主义、自然主义、写实主义、世纪末文艺思潮及新写实主义等等节目的顺序排列，而有它自己的形态。

近二十年的中国社会、文化、思想以及文学的大变化，有三个划时代的日子作为界标，就是"五四"、"五卅"和"九一八"（至于"七七"或

"八一三"则是这二十年范围以外的划时代的日子）。这三个划时代的日子，把 1919~1937 年差不多二十年期间划分了三大段落，而每一段落都差不多平均占有六七年的时间：

由 1919 年的"五四"，到 1925 年的"五卅"，差不多是六七年。

由 1925 年的"五卅"，到 1931 年的"九一八"，差不多是六七年。

由 1931 年的"九一八"，到 1937 年的"八一三"，差不多是六七年。

这样整齐相同的年数，当然是历史的偶合，然而这几个划时代的日子或事件的产生，倒并不是出于意外的毫无原因的历史的偶然，是都有它一定的社会背景的。

近二十年的文艺思想，也随着这三大段落不同的社会背景，表现着显著的转变或差异；所以本书的内容划分也就依着这三大段落而分为三编：

第一编——"'五四'前后的文学革命运动"：由 1917 年胡适发表《文学改良刍议》起，到"文学研究会"和"创造社"的对立及"革命文学"思想的萌芽止（即"五卅"发生前）。

第二编——"'大革命时代'前后的革命文学问题"：由 1926 年郭沫若发表《革命与文学》一文提倡文学革命起（但革命文学思想萌芽于"五卅"前一二年），中经 1928 年对此问题的论争，到 1930 和 1931 年进步的文艺理论及文学团体的建立止（即"九一八"发生前）。

第三编——"从'九一八'到'八一三'的文艺思潮"：由 1932 年文艺创作自由论辩和文艺大众化问题的提出讨论起，中经 1934 年的语文改革运动，到 1936 年的"国防文学"和"民族革命战争的大众文学"的论争及鲁迅逝世前后的文艺界的团结止（即"八一三"发生前）。

每编开始均有"绪论"一章，略述该段落文艺思潮的社会背景。其次第一章都是"概论"，乃该段落文艺思潮的缩写或简史，即：

第一编　第一章　概论——从 1917 年到"五卅"的中国文艺思想界

第二编　第一章　概论——从"五卅"前后到"九一八"的中国文艺思想界

第三编　第一章　概论——从"九一八"到"八一三"的中国文艺思想界

这三章"概论"可以说是"近二十年中国文艺思想略史"；不过它们

着重在文艺思想变迁的"经过"或"略述",至于较详细的理论内容则在各该编其他各章内阐述。而各"概论"的内容取材,虽间有与各该编内其他各章相同之处,不过不多。

然而,如以这二十年文艺思想发展的"阶级性"来讲,实在只有二种思想作为主要的潮流支配着这二十年的文艺界。即由 1917 到 1927 年是资产阶级文艺思想较多和无产阶级文艺思想萌芽的时代;由 1928 到 1937 年是无产阶级文艺思想发展的时代。每一时代又恰恰平均占有十年的时间。兹分别述其梗概如下:

前十年可以分为初、中、末三期:

初期(1917~1920 年),即"五四"前后的各一二年,是反封建文学的斗争时期,奠定了资产者的白话文和"新文学"的基础。

中期(1921~1924 年),为"文学研究会"与"创造社"的对立时期。这时资产者社会的文艺思想或创作方法论:写实主义与浪漫主义,"为人生而艺术"和"为艺术而艺术",取着对立的形势而同时存在,反映了欧洲 18 和 19 世纪的资产阶级文学的意识形态。

末期(1924~1927 年),为浪漫主义的"创造社"渐渐转变,由"唯美"、"为艺术"而"为人生"、"为社会"、"为革命"、"为无产阶级"。这转变开始于"五卅"的前一二年(即 1923 和 1924 年,也就是革命文学思想萌芽的时候)。"五卅"后一年才正式提出了"革命文学"的问题。到 1927 年以后这问题才引起了一次大的无产阶级文艺思想的运动,但那已属于后十年了。

后十年也可以分成初、中、末三期:

初期(1928~1931 年),由 1928 年"革命文学"或"无产阶级文学"问题的论争,使文艺思想有进一步的发展起,至 1930 年"左联"的成立,及由此到 1931 年"九一八"发生前反动的"民族主义"文艺思想的昙花一现止。

中期(1932~1934 年),为"左联"领导着文艺思想界,向实际问题上求解决求发展的时期。如 1932 年的文艺自由论辩和大众文艺问题的讨论,1934 年语文论战时的反封建文言文的复古运动,反欧化的白话文的论争,"大众语"的讨论和"拉丁化"运动。

末期（1935~1937年），为左翼文艺思想作为主要的势力支配着"新文学"的领域，反对派（封建的、资产阶级的）的文艺思想虽尚有其社会的影响与势力，但他们的理论已不足与左翼对敌。这时左翼方面（并非仅只"左联"）为着文艺与现实社会政治联系的口号问题，遂自行论争起来；就是1936年的"国防文学"和"民族革命战争的大众文学"的论战。因为双方的文艺思想原没有什么根本的不同，不过为着"宗派主义"从中作祟，才做了这一次的"口号之争"（但这次论争并未浪费）；所以正闹得不可开交的时候，鲁迅的《答徐懋庸并关于抗日统一战线问题》一发表，也就阴霾消散，告一结束。在鲁迅逝世前，有感于国难日急，新旧各派作家已有团结御侮的表示了。

本书为着显示文艺思想与其时代社会转变的密切关联，故以"五四"、"五卅"、"九一八"为分期的界标，未采用上述的阶级性的分法；不过论述的观点则仍然一样。

此外，倘以"五四"新文化运动为中国的"文艺复兴"；则林琴南、梅光迪、胡先骕、章士钊等为"古典文学"的维护者；"创造社"诸人为"浪漫主义"作家；"文学研究会"则是"自然主义"、"写实主义"的代表；郁达夫的一部分小说和徐志摩的后期诗作是"颓废派"、"唯美派"的作品；李金发、戴望舒等神秘的诗是"象征主义"的代表作；那么，"五卅"以后革命文学或无产阶级文学的兴起，到1930年"左联"的成立及其以后，也就可以说是中国的"新写实主义"或"新现实主义"的时代了。本书的内容若依此编排论述，岂非较合于"欧洲近代文艺思潮"的发展顺序，且较为世界化？

无奈中国"五四"的"文艺复兴"和欧洲的文艺复兴，不但有程度上的差别，而且有性质上的不同。只不过在思想界的情形上，两者稍有相似之处而已。在欧洲文艺复兴时代，所要打破者是冷酷黑暗的宗教思想；在我们五四时代，所要打破者是差不多等于那样冷酷黑暗的旧礼教观念。这是相似的。但是作为欧洲文艺复兴运动之社会的基础是渐具势力的手工业和小商业，反之，作为"五四"之社会的基础是近代的机器工业和银行资本了。这是两者很不相似的。同时中国的"文艺复兴"以后，并无欧洲似的"古典主义"的时代，林、梅、胡、章诸人算不得"古典主义"文学的人物，他们不过是二千年来封建文学的送丧者而已。而且，动摇妥协和前途暗淡的中国资产阶级当然不会像法国资产阶级那样产生绚烂的 19 世纪 30 年代的浪漫主义文学（像嚣俄一派），发育得不完全的中国资产阶级不会产生壮健的资产阶级文学，是自然不过的事。在中国浪漫主义的作品中，很少发扬蹈厉的新兴阶级的气概，很少乐观，多是苦闷，彷徨和颓废。况中国的"浪漫"、"自然写实"、"颓废"、"唯美"、"象征"等等，又差不多同时纷然杂陈，不似在欧洲的时序较有先后，反映着各自时代社会的特质（中国的这些派别，当然也都有它的时代背景和社会基础）。兼之上述第二段的理由，故本书的编制成为现在的形态。

我们略观近二十年中国文学思想的变迁发展，也反映了二十年来中国社会各时期的特质。文艺思想固时时受着现实的政治经济社会和其他文化的影响，而文艺的浪潮也在激荡着、推动着或影响着政治社会和其他文化，在中国的现代史上做了很好的工作，占着很光荣的一页。但是文艺的思想浪潮，在大的方面固然时时向前不停的奔流，而小的方面也常常不免有逆流、有回旋；兼之中国社会的复杂性，所以每每一种文艺思想问题已经论争过一番，解决过一次了，往往不免以后又要重说一遍，以致许多的精力浪费在反复申述的理由上。如 1934 年汪懋祖等重新提出的文言白话优劣的论争，和近些年文化方面的复古倾向（这固然都有它的社会基础），就都是五四时代所已经解决的。有许多话，过去的复古运动者都已经说得那么透彻，那么明白过；倘能查查旧案，也免得重说一遍或把中国社会向后拉。又如 1932 年的"文艺创作自由问题"，在 1928 年革命文学问题论争时，本已讨论到了，就是文艺的阶级性问题；虽然没有像在 1932 年作为专题的详细地阐发，并得到更深入更进步的论究，然而有许多话也是重说了的。本书现在把这二十年来在中国文艺思想界所有已经论争过的主要问题，加以论述；除编者依个人见解所下的论评外，为着上述的缘由，就多多引用原文：一以保存各时期作者的文艺思想的本来面目，以免复述失真；一以供人们查查旧案，有免得多说一遍的用处。

有人说"孔夫子是封建社会的圣人，鲁迅则是新中国的圣人"。那么，我们可以说：埋葬鲁迅的地方是中国新文学界的"耶路撒冷"，《鲁迅全集》中的文艺论文也就是中国新文学的《圣经》。因此，本书引"经"甚多，以见我们的"新中国的圣人"在近二十年内各时期里面中国文艺思潮的浪涛中，怎样尽他的"领港"和"舵工"的职务；并供研究鲁迅者关于这一方面的参考。

在近二十年中国文艺思想界中，除鲁迅以外，瞿秋白也占着很重要的地位。他所作的《中国革命运动史》和《赤都心史》虽然未曾广泛的与读者相见；但他译述的《海上述林》则早给中国文艺思想界以很大的影响（此书由鲁迅集印，于1936年出版，但里面各篇文章的发表则为期较早）。此外，他的论文集《乱弹》闻已在上海出版了。本书中的"何凝"、"易嘉"、"宋阳"、"史铁儿"闻都是他的笔名，我们从这些笔名的文章中，可以看见他的风格底清新、俊逸、漂亮、通俗、深刻、锐利而且有力！这当然不仅仅由于他的文字的形式，而是由于他的博大精深的哲学、社会科学和文学的知识，而是由于他的政治社会文化斗争的实践。他在现代中国的文化批评、社会批评和文艺批评上，和鲁迅占着同等的地位。他的文章风格虽有一部分和鲁迅不同，但他二人的学识、思想、文章，在现代的中国实在可称"双璧"！假使说鲁迅是中国的高尔基，那么，他可以算是中国的蒲列汉诺夫了（但他还批判了弗里契和蒲列汉诺夫诸人的错误或缺点；这里是比拟他在中国新兴文艺理论建设上的地位）。可惜，他不幸早于1935年去世（当时他仅三十五岁上下），不能为中国文艺界译著更多的宝贵的东西；这损失，和1936年之损失了鲁迅是一样的重大。

编者僻处小镇，参考书籍甚感困难；取材不周，论述未免失当。尚乞读者原谅并赐指正，为幸！

1939年7月李何林于四川江津白沙镇

《近二十年中国文艺思潮论》
1982 年版重版说明

　　这是我 1939 年编写的一本书，到现在恰恰四十年了。我那时是三十五周岁多，今年已满七十五周岁，正向七十六岁迈进。陕西人民出版社愿重印这本书，向国内外读者提供一些这二十年间中国文艺思想斗争史的资料，我是同意的，因为在我也可作为一种纪念。

　　去年 10 月，我因"鲁迅展览"去瑞典，到过斯德哥尔摩大学的汉语系，有几位研究生拿出从香港买来的新印的这本书；可见在国外还有需要，里面所保存的资料还有用，但在国内是早已买不到了。

　　严格点讲，这不能算是近二十年中国文艺思想斗争史，因为我没有总结出它的"史"的发展脉络或规律，我只稍稍提到每次斗争的社会政治背景和原因，以原始资料为主。因此，只能叫做文艺思想斗争史资料"长编"，不是"史"。所以就仿照《欧洲近代文艺思潮论》这书名，名为《近二十年中国文艺思潮论》，是我在"论述"这二十年间文艺思想潮流的状况，以潮流的本身表现为主。

　　我在什么情况下和为什么有兴趣编写这本书的呢？1937 年 8 月我从刚沦陷的北平逃出，一年后辗转流亡到了四川。一时找不到教学工作，我就利用路经武汉、重庆等地搜购到的有关资料编写起这本书来了。更远的原因，则由于五四时代当我还在师范学校读书时，就对当时报刊上发表的文言白话和新旧文学之争，文学研究会和创造社的"为人生而艺术"和"为艺术而艺术"的论争感兴趣；以后又注意过 1928 年鲁迅和创造社、太阳社关于革命文学问题的论争，编印过一本《中国文艺论战》（仿《苏俄文艺论战》书名）。对 30 年代的几次文艺界的斗争，我也随时留心过，有自己的看法；但因教学忙碌，又每一年或至多两年换一个地方，到处为生活奔波，未能写出自己的意见。1938 年 9 月，我妻王振华经她北京师大的四川同学介绍，到隆昌县立中学教语文，我随往，又无工作，遂开始编写这本书。1939 年 1 月我们迁居江津县白沙镇，和未名社的曹靖华、台静农同住一处，继续编写，全力以赴，到 7 月份全书完成，共约三十万字，总共用了大约一年的时间。我在当时为本书写的《序》的末尾说：

> 编者僻处小镇，参考书籍甚感困难；取材不周，论述未免失当。尚乞读者原谅并赐指正，为幸！

这倒不是照例的谦虚："取材不周"，固然是在当时的条件下很难避免的缺点；"论述未免失当"，则完全由于我学习马克思列宁主义很少，尤其未能和中国的社会实际和革命实际相结合来看中国的新文化运动。我在青年时期虽然参加过反帝爱国运动，也反封建，参加过北伐军和八一南昌起义，但直到编写这本书的当时，并没有明确中国的革命性质是马克思主义或无产阶级思想领导的反帝反封建的新民主主义革命。在 1930 年前后，中国文化界不是还讨论过"中国社会性质问题"和进行过"中国社会史论战"吗？1939 年我编完这本书时，毛主席的《新民主主义论》还没有发表；30 年代国统区的文化界还普遍认为"五四"新文化运动是资产阶级性质的启蒙运动，是资产阶级思想领导和以资产阶级思想为主的运动，看不出无产阶级思想的领导。因此，我在本书中认为"五四"新文化（包括新文学）是资产阶级文化，它的经济基础是第一次世界大战期间发展起来的中国的软弱的资本主义。而看不见五四运动后一个多月（"六三"以后）工人阶级就显示了力量，马克思主义的传播也越来越多了；这就出现了马克思主义思想和工人阶级的领导，到 1921 年中国共产党成立以后，就更不用说了。因此，我在全国解放初期的 1950 年 5 月 4 日的《光明日报》上发表了一篇《〈近二十年中国文艺思潮论〉自评》，批评了本书的这个主要缺点，现仍附印在这里。三十年前的自评，自然是很不够的，然亦可见我当时的思想认识水平的低下。

用现在思想理论界的水平看，"论述未免失当"的地方自然还多，但现在一般现代文学研究者，是不难看出的，这里就不一一去说明了。好在重印本书的主要目的，是在提供一些现在不易找到的资料；至于"论述"部分不过表现我个人的看法，是无足轻重的，只供参考。

任何文学史，或文学运动、文学思想斗争史的编著者，表现在他的"论述"部分中都有倾向性，这本书自然也不例外，只要看过一遍就会知道的。所谓倾向性，就是倾向于赞成一方的思想，反对另一方的思想；而在引用双方的文章时又似乎很客观，但"论述"起来就表现出并不客观了。世界上有真正客观的文学史、思想斗争史吗？因此，这本书得罪了我所反对的具有某一方思想的人们，我还曾经得到过报复，也算是像现在有人说的"报应"吧？没什么了不起！倾向性如果不符合实际，无理无据，那是应该被淘汰的。

这本书的倾向性，首先表现在前面的两幅铜版像：鲁迅和瞿秋白的像，而且标明他们是"现代中国两大文艺思想家"，这是当时一切反动派所不允许的。对瞿秋白，我标明的是他的笔名"宋阳"，因他刚被杀害不过三四年，在反动派统治的四川怎么能允许称赞他呢？（对鲁迅的通缉令也始终未取消）但我在《序》里又指出"本书中的'何凝'、'易嘉'、'宋阳'、'史铁儿'闻都是他的笔名"。读者一看《序》就知道宋阳是瞿秋白。

鲁迅的相片是不难找到的，瞿秋白的则简直无处可寻。我没有看见过任何公开的书报刊物上刊登过他的相片，怎么办呢？为着纪念他，能找到才好。当时曹靖华同志常去重庆见周总理，我们就请他托邓颖超同志向在延安的杨之华同志说明了用途，不久她就把珍藏多年的这一张遗照带到了重庆，由靖华转交给我。1953 年编印的四卷本《瞿秋白文集》共收了他的大小相片八幅，就缺少这一张，这在当时和以后都是多么难得啊！到现在我们还应该谢谢她，可惜她已被"四人帮"迫害致死了！

除铜版像外，我在《序》的最后两段又用我当时的思想水平所能提出的最高赞词歌颂了他们在中国现代文艺思想界的地位和贡献，也是当时一切反动派所不允许的。自然因为这是一本讲文艺思想斗争的书，我只能从文艺思想方面歌颂他们；没有而且不可能从政治和革命方面来给予评价，像毛主席说鲁迅"不但是伟大的文学家，而且是伟大的思想家和伟大的革命家"。对于鲁迅，我还引了一句当时传说是毛主席在延安说的话："孔夫子是封建社会的圣人，鲁迅则是新中国的圣人。"传说自然是不一定可靠的，但在反动派掀起第一次全国反共高潮（1939年冬～1940年春）的前夕，在法西斯统治的四川，我没有说是毛主席说的，用了"有人说"三个字。

书编完了以后，在国民党反动派的"溶共"、"防共"、"限共"、"反共"业已开始的西南大后方，能找得到出版的地方吗？当时想到的只有邹韬奋先生领导的生活书店，他当时也恰在重庆。于是就请曹靖华同志介绍给他，他很快就接受了，但听说他把稿件弄到上海去印了第一版：印刷、纸张、装订和铜版像都相当好。以后我又见过大后方印的淡黄色的土纸本，未能印铜版像。不过不久就被反动派禁止了，这在全国解放后张静庐编印的《中国现代出版史料（丙编）》206页《一九四一年国民党反动派查禁书刊目录》中列有这本书。1949年春我从华北解放区到北平（北京），不久就在王府井大街的三联书店买到一本东北解放后重印的白色的土纸本；在刚解放的困难条件下，自然不可能印铜版像，但在目录的第一行仍有"现代中国两大文艺思想家——鲁迅先生和宋阳先生（相片）"，以保留原来的样子。

这次重印，除了改正极少数的错字和词语以外，基本上未动；所引论争双方的原文更未增未减，保持原状。我的"论述"部分，也一仍其旧，虽然我对有些问题现在已有不同的看法，那要等我将来有可能重写这本书时再说了；如果我的眼内"白内障"能够治好的话。

本书由原来的竖排改为横排，篇名、书名号、引号等均须变动；全部繁体字改为简体字，更是一大工程。我因"老年性白内障"，视觉模糊，承王德厚、颜雄以及陕西出版社校对组同志，分别担任三十万字的三次校改工作，盛夏溽暑，用力甚勤，特此致谢！

李何林

1979 年 8 月于北京

《近二十年中国文艺思潮论》自评

　　《近二十年中国文艺思潮论》（以下简称《思潮论》）是我自 1938 年夏天到 1939 年夏天，在四川江津白沙镇编写的；我在《序》的末了说："编者僻处小镇，参考书籍甚感困难；取材不周，论述未免失当。尚乞读者原谅并赐指正，为幸！"这并不是照例的客套，当时我确是感觉到"论述未免失当"的；但限于当时蒋管区的环境，和自己的学识修养太差，也只能搞出那样一本东西。由于中国出版界从那时到现在这十一年期间，还没有一本《中国新文学史》或《中国新文艺思潮史》，系统地给一般读者一个中国新文学发展的概况；这本书自从 1940 年春由上海生活书店出版以来，遂即填上了这一个空白：上海版、香港版、桂林版、重庆版、东北版，大约印售了已经不少了。"未免失当"的"论述"，也该影响了不少的读者。1948 年秋我在正定华北大学国文系工作，草拟了一个《近三十年中国新文学运动大纲》，前二十年即大致依照《思潮论》的纲目，加上抗战以后的十年；我的意思其实仍是新文学思想发展大纲，不是新文学运动大纲，当时匆忙间没有把它区别开来。钱俊瑞、何干之二同志看过后，对于中国新文学的性质和五四时代新文学的领导思想问题，向我提出了不同的意见（见下），我当时虽然觉得他们说的也有理由，但并未能使我心服。以后经过了一年期间在华北大学的熏陶和学习，以及同志们的帮助，尤其是和范文澜同志的商谈，才认识到他们的见解的正确。所以在 1949 年 9 月我就向华北大学国文系全体同学批评了《思潮论》的一些缺点，尤其是五四时代的领导思想问题。我是早该根据我现有的思想水平和诸同志的意见，批评一下《思潮论》的错误或缺点，以告罪于读者的了，也想把全书重写并补写最近的十余年，但总没有这样的机会和可能。昨见报载北京各大学同学正在热烈地展开讨论"五四"的领导问题；光明日报社的纪念"五四"笔谈征稿，也以《五四运动中的领导思想问题》为题；难道同学们中也有人以为五四运动是资产阶级领导，五四时代的领导思想是资产阶级思想吗？那就和十一年前编写的《思潮论》犯同一错误了。李广田先生要我在"五四"纪念日前去清华大学向同学们作一次关于中国新文学问题的报告；一举两得，我就粗略地写下这篇文章来：敬请大家指教！

一　中国新文学的性质问题

我在《思潮论》的《序》里面说：

> 如以这二十年文艺思想发展的"阶级性"来说，实在只有二种思想作为主要的潮流支配着这二十年的文艺界。即由 1917 到 1927 年是资产阶级文艺思想较多和无产阶级文艺思想萌芽的时代；由 1928 到 1937 年是无产阶级文艺思想发展的时代。

问题就在于资产阶级文艺思想的"发展"，和它在五四时代是不是领导思想？以及中国新文学的基本性质是什么？虽然在我的全书中，到处说"中国新文学是反帝反封建的文学"，"文学研究会和创造社的作者是小资产阶级作家"，"1928 年鲁迅和创造社、太阳社的论争，是革命的小资产阶级的内讧"，但我对于"五四"前后一二年反古文、文言文的斗争和提倡白话文的运动，认为是资产阶级的文学运动；对其后的文学研究会的写实主义运动及其作品，和创造社的浪漫主义运动及其作品，也认为是资产阶级的文学运动和资产阶级的文学样式，并没有说："这是在无产阶级及其思想领导下的资产阶级知识分子和革命的小资产阶级知识分子的反帝反封建反买办资产阶级（1927 年以后的官僚资产阶级）的新民主主义的文学运动。"虽然毛主席的《新民主主义论》那时（1939 年）还没有发表，蒋管区的学术界还没有应用"新民主主义"这一个名词，但我把五四时代（即

"五四"前后一二年到 1925 年的"五卅")的新文学运动，当做是资产阶级的文学运动（虽然我也说过无产阶级文学思想在 1923 年的"二七"以后也就产生），没有看出从"五四"开始，无产阶级思想就在起着领导作用，资产阶级思想只支配着极少数的作家。所以还是钱俊瑞、何干之二同志说的对：

> 从"五四"到现在，中国的新文学乃是以无产阶级文学思想为领导的人民大众的反帝反封建的文学，亦即新民主主义的文学。它不是帝国主义文学和封建文学，这是很显然的，因为这二者恰是新文学的敌人。它也决不是一般的资产阶级文学；只是当作它的构成部分，它包含着一部分具有民族独立思想和反封建思想的资产阶级文学（如五四时代胡适的作品等），而这个中国的资产阶级文学（不是翻译），在新文学阵地上所占的比重和地位是每况愈下了。它也不是无产阶级的社会主义文学，因为它并不一般地反映社会主义的政治经济生活（当然，苏联作品介绍对中国新文学发展的方向和继续前进，起了极其巨大的作用）。我们的新文学就其内容和作者所代表的社会阶层来说，那是一个统一战线的（即包含有无产阶级的、小资产阶级的和资产阶级的思想及其作家）反帝反封建的人民民主主义的文学。这就是我们的新文学的基本性质。
>
> ——1948 年 12 月 8 日钱俊瑞致何干之、
>
> 陈唯实、李何林、尚钺的信

近二十年文学运动，第一个十年，你用"资产阶级的文学运动"来表示。第一个十年中著名的作家有鲁迅、郭沫若、郁达夫等，鲁迅的作品如《阿 Q 正传》、《狂人日记》等，显然是急进民主主义者的作品。鲁迅曾说他的小说是遵奉"革命前驱者"的命令而写的，这指的是当时的陈独秀；而其思想本质则是共产主义的。郭沫若的诗如《女神》、《星空》，剧作如《三个叛逆的女性》等，显然也是革命的小资产阶级的反抗的作品；至于他的创作方法，不是一般的浪漫主义，而是革命的浪漫主义。成仿吾的批评也属于这一类。郁达夫的颓废作品，则代表小资产阶级的另一派，但也可以算是反抗的——消极的反抗。并且鲁迅自 1918 年后即走上马克思主义的道路，而郭、成等在五四后期即受了马列主义的影响而逐渐转变（《思潮论》对此没有看错——何林）。这是急进民主主义者发展的道路，否则把他们都列入资产阶级的范畴，新文学史就不可解了。

——1948 年 10 月何干之致李何林信

我当时的看法是：五四运动是在第一次世界大战期间乘机发展起来的中国民族资本主义的资产阶级的反帝反封建运动；五四时代的新文化运动也是以资产阶级思想占优势的反帝反封建的新文化运动（在蒋管区的进步文化界有这种看法的人很多。1937 年左右出版的何干之同志的《近代中国启蒙运动史》也是这种看法）。所有在《新青年》、《新潮》、《每周评论》、《学灯》、《觉悟》、《晨报副刊》、《改造》、《少年中国》等等杂志和副刊上发表反帝反封建文章的人，十分之九运用的是资产阶级的"科学"和"民主"两大思想武器，只有李大钊、陈独秀、毛泽东、恽代英等极少数的人，才具有初步的马列主义的观点，当然其中尤以李大钊先生的文章最为显著。因此对于五四时代的新文学运动，我也就顺理成章地认为："'五四'前后一二年反古文、文言文的斗争和白话文的提倡，是资产阶级的文学运动；五四时代后期的文学研究会的为社会为人生而艺术的写实主义运动，和创造社为艺术而艺术的浪漫主义运动，也是欧美十八九世纪资产阶级的文艺思潮和文学样式在中国的重演。这两个团体的作家虽然多半是小资产阶级知识分子，但他们的政治社会思想和文艺思想，则是资产阶级的。"而没有看出来：五四时代的新文化运动，在思想的"量"上虽然好似资产阶级的"科学"和"民主"占着优势，但是作为一个新生事物的新兴无产阶级思想，在"质"一方面实在起着领导的作用。尤其是在十月革命影响之下发生的五四新文化运动，在半殖民地半封建的中国，在世界范围内业已日趋没落的资产阶级思想，是不能起领导作用的。也没有看出来"反古文、文言文的斗争和白话文的提倡"虽然是资产阶级"性"的文学运动，但是是在无形之中被无产阶级思想所引导或影响的小资产阶级和一小部分资产阶级的文学斗争，资产阶级的工作是其中最弱的一环。也没有看出文学研究会的写实主义和创造社的浪漫主义，从形式上看来虽然是欧美资产阶级文学运动的重演，但他们的思想和作品基本上并不同于欧美资产阶级的作家。五四时代（及其以后）的中国新文学，是在无产阶级思想领导下的半殖民地半封建国家的人民大众反帝反封建反买办资产阶级的新民主主义的文学，不是资本主义国家内受资产阶级思想支配的资产阶级的单纯反封建的文学。

二　中国新文学的领导思想问题

《思潮论》对于"五四"以来无产阶级文艺思想的发生和发展，以至1928年以后在中国文艺思想界占着绝对的优势，作为指导思想战胜了一切，支配了一切的情形，是论述了的。

> 不过郭沫若的《我们的文艺新运动》和郁达夫的《文学上的阶级斗争》之所以均发表于1923年5月，很显然的在说明文学上的劳动阶级意识的反映，是以其在前三个月就爆发了的"二七运动"为背景的。"二七运动"是中国工人第一次轰轰烈烈的大运动，在反封建军阀斗争上显示了他们的社会的力量。以后在"五卅"，在北伐，他们的力量就愈益强大起来了。因而劳动阶级的文学意识，（即无产阶级的文学思想）也就由萌芽而生长、成熟，终于在1928年以后作为中国文艺思想界的主导势力而发展下去。（原《思潮论》第114页）

所以，《思潮论》的错误，并不是它没有看出自五四以来无产阶级文艺思想的发生和发展，而在它把这种思想延迟到1928年以后才认为是中国文艺思想界的"主导力量"，没有指出来从"五四"起就是领导思想了。

钱俊瑞同志说：

> 关于谁是新文学的领导者问题，毛主席在其《新民主主义论》中就明确的指出：在"五四"以前，中国的新文化运动（包括新文学运动在内——钱），中国的文化革命，是资产阶级领导的，它们还有领

导作用。在"五四"以后，这个阶级的文化思想，却比它的政治上的东西还要落后，就绝无领导作用；至多在革命时期在一定程度上，充当一个盟员，至于盟长的资格，就不得不落在无产阶级文化思想的肩上。这是铁一般的规律，谁也否认不了的。这主要是由于：一，世界已进到帝国主义时期，特别是十月革命的胜利；二，中国资产阶级的软弱和无产阶级的兴起，这些基本条件所决定的。"五四运动，在其开始，是共产主义的知识分子，革命的小资产阶级知识分子与资产阶级知识分子（他们是当时的右翼）三部分人的统一战线运动。"同时，这个"五四运动是在当时世界革命的号召之下，是在俄国革命号召之下，是在列宁号召之下发生的"。因此，我们应该肯定：五四运动这一统一战线的革命运动的主要领导思想是无产阶级的共产主义思想。从1921年中国共产党成立到北伐战争，这个包括三个阶级，即无产阶级，小资产阶级和资产阶级的统一战线，在政治上达到了国共合作，在军事上进行了北伐战争，在文化上则共同进行了反帝反封建（反对尊孔、读经，反对旧文学，文言文，反迷信）的宣传教育。在这一时期，无产阶级思想之作为革命运动的主要领导思想，就更加明显与确定了。以后，从1927~1936年的内战时期，从1937~1945年的抗战时期，以及从1946年到现在的解放战争时期，无产阶级思想对整个文化领域的领导，则是一个时期比一个时期地更加突出，巩固，扩大（指被领导的对象和领域而言），并走向日益健全和完备的地步。现在中国文化的领域内，只剩下一大部分自然科学的阵地，我们还没有来得及和还没有足够的力量去占领它；其它的阵地，则不仅已被我们占领，而且早已被我们利用了作为进攻敌人的强大阵地了。这在文学和社会科学部门表现得最为明显。这就是我们对于无产阶级思想在新文学运动中的领导地位的看法。（前引之信）

何干之同志说：

　　资产阶级的文学思想，只是"五四"文学思想的一种，并且不是重要的一种；而李大钊、陈独秀等早年就有共产主义思想，而这种思想才是那时代的领导思想。你看这看法如何？第二个和第三个十年，你用"无产阶级文学思想"来表示，这作为一种文学方法或创作方法来讲，是不错的；但文学运动的性质，则是反帝反封建的，即是属于新民主主义的文学范畴（最初十年也是如此），这一点不能够含糊，只是反对谁联合谁等问题有所不同而已。（前引致李何林信）

范文澜同志说：

> 何林同志：
>
> 今天谈得很畅快，兹得关于五四运动的领导思想问题，简单的叙述鄙见如下，供你参考，并希指正。
>
> 一、五四运动是在十月革命以后才发生，《新民主主义论》第十三章讲得很清楚。所以，从五四运动作为世界革命的一部分来看，它是世界无产阶级革命运动所影响的，也可以说是世界无产阶级所领导的。
>
> 二、五四运动是三部分人的统一战线（《新民主主义论》第十三节）的革命运动，当然不容否认小资产阶级与资产阶级的作用。共产主义的知识分子——无产阶级思想，在这个运动中虽然数量比较少，质量却比较高，是最先进的，最能动员广大革命群众的一种思想。所以，这种思想在这个统一战线中是处于主导地位的。这是从发展的一方面着眼所得的结论。
>
> 眼劣，不能细写，请指正。

1949 年 1 月 20 日

范信中末了一段"无产阶级思想，在这个运动中虽然数量比较少，质量却比较高，……这是从发展的一方面着眼所得的结论"对于我的说服力最大。我在蒋管区虽然也看过一点辩证唯物论的书，记了一些书本上的法则或教条，但不能运用于实际，遂把一个衰老没落的似乎强大的事物（资产阶级思想）遮盖了新生的发展着的量虽小而质高的事物（无产阶级思想）的领导作用。

我说"似乎量大"，意思就是"其实量也并不大"；因为我"现在"认为：李大钊先生固不用说，其他如鲁迅、陈独秀、沈雁冰、郑振铎、郭沫若，甚至初期的钱玄同、周作人等等，他们在五四时代假使所接受的仅仅是在世界范围内日趋没落反动的资产阶级思想的影响，而没有在无形之中（他们不自觉的）被无产阶级思想所感染、所引导，那么，他们就不可能在"五四"前后所发表的文章里面，那样激烈地向封建文化思想和文学进行斗争。以先天不足、后天又不良的软弱的中国资产阶级作为社会基础的代言人，是不可能在 20 世纪二三十年代向封建势力进行那样的斗争的。文章俱在，大家翻出来看一看就可以了。

《思潮论》对于抗战前二十年中国新文学的性质，没有明确的指出从开始到末了都是统一战线的反帝反封建的新民主主义的文学。对于五四时代的领导思想问题，又认为是资产阶级思想占优势，没有看见无产阶级思想从开始就在领导着了。以上二者不过是《思潮论》在两个大的方面的缺点或错误，其他大的小的错误或缺点还很多，以我现在的能力和时间都不可能一一的把它们写出来。我只希望能有机会把那本书全部重写一下，并加上最近的十余年；或者请"全国文联"来做这个工作，这是极需要做的工作！

1950 年 5 月 2 日于中央教育部

《中国文艺论战》序言

虽然不能像苏联，对于文艺问题曾经党之最高机关召集全国大会讨论过，而且确定了党之一贯的文艺政策；但一九二八年的中国文艺界也曾起了一场颇剧烈的论争。

自创造社一般人嚷出了"革命文学"的口号以后，代表中国几个文艺集团的刊物如《语丝》、《小说月报》、《新月》等都先后有文字发表。虽然各个的立场不同，其对创造社一般人表示反对的态度这一层则完全一致，同时创造社一般人对于他们也都一一的反攻——批评，尤以对"语丝派"一般人为尤甚。

这论争从一九二八年春天起，足足的继续了有一年之久——现在似乎是渐渐消沉下去了——，在这个时期各方所发表的论战的文字，统计不下百余篇。其中《小说月报》和《新月》的文字只在表明自己的文艺态度或稍露其对于创造社的"革命文学"的不满而已。至于以鲁迅为中心的"语丝派"则和创造社一般人立于针锋相对的地位——也就是它们两方作成了这一次论战的两个敌对阵营的主力。

中国自新文化运动发生以来，文艺界所起的波涛，除了第一次的"文言白话"、"新旧文学"之争而外，这一回可以说是第二次了。这两次论争的情调虽然有些不同，但是这一次的论争在中国文艺的进程上占一个很重要的地位，这是大概可以被承认的。

我用了两个多月的时间，总算把这一次论争的文字统统收集在一堆了。起初不过是想看一看这掀动现在中国文艺的波涛的究竟是怎么一回事，因为要看它的全面，所以就多方面的去找它：过去一年的《语丝》，《北新》，《小说月报》，《新月》，《创造月刊》，《文化批判》，《太阳月刊》，《流沙》，《无轨列车》，《现代文化》，《民间文化》等等，得朋友们的帮助，都统统很全的找到了。关于这一次论战的文字也都一一的看了过去。这些文字虽不能像苏联的文艺论战的文字有系统，大家都本着那一个系统辩论下去，但以"语丝派"的冷嘲热讽，创造社一般人的宣传文字的笔调，《小说月报》的旁敲侧击，已呈论战文字的大观。我觉得这些文字一方面可以显示中国文艺进程上一个重要时期，另一方面对于留心文艺的人也可以从这些文字里面知道一点中国文艺界的现形——了解这代表中国文艺界的几个主要文艺集团对于文艺究竟是怎样的态度。所以在自己一一的看过了以后，就有想"叫大家都能看看"的意思。几个爱好文艺的朋友，也都有这个意见，并且叫我赶快把它们编印成书。于是就剪裁编排，成功了这一本。

不过这里所收集的也不是这一次的所谓"革命文学"和"非革命文学"文献的全数。这里收集的是与这一次论战有关的各方的"论"而且"战"的文字。凡是泛泛的一般论文艺的而不对着或影射着有对方的"战"的文字，都统统割了爱——虽然是同在一个时代发表，看起来也好像是这次论战范围以内的东西。

在编排的时候，我觉得画室的《革命与知识阶级》，对于这一次中国文艺界所起的波动以及知识阶级在中国革命的现阶段上所处的地位，都下一个持平而中肯的论判，实在是一篇这一次论战的很公正的结语，现在就把这一篇不分派别的排在前面，作为这个论战的导言或者结论，以介绍给读者——虽然有人说画室是与"语丝派"一般人颇接近的。

对于秦实、易林以及间接的这一次替我搜集材料并供给我编辑意见的朋友，谨致谢意！

李何林

一九二九，四，五。北大学院图书馆

（《中国文艺论战》，上海北新书局一九三〇年初版）

《鲁迅论》序

　　鲁迅和鲁迅的著作之惹起近年来国内文艺界和思想界的广大的注意，是不可讳言的事；同时因注意而发表的对于鲁迅及其著作的意见或称为批评的文字，是也颇不在少数的。关于这些文字的收集成书，以供一般读者的参考，虽然已有台静农的《关于鲁迅及其著作》和钟敬文的《鲁迅在广东》；但后者限于一时一地，前者所搜集的又仅到一九二六年为止（即使一九二六年以前的也不完全），里面也都不全是理论的批评的文字，而夹杂些记游式的访问篇章。并且自从近两年来所谓"革命文学"喊出来以后，对于鲁迅及其著作似乎已经又有新的评价，又有很多站在另一观点上而作的批评的文字发表了。

　　得几位朋友的帮助，现在总算把我所想搜集而能搜集的二十多篇文字搜集在一块了。这二十多篇都是理论方面的批评的文字；时间，从一九二三年到一九二九年的最近，一共有七年；代表的文艺集团，有"语丝派"，"新月派"，"创造社"和"文学研究会"，……代表刊物如以前的《文学周报》，《语丝》，《学灯》，《创造季刊》和《现代评论》，以及最近的《小说月报》，《北新》，《当代》和《太阳月刊》等。——在质量和时间性上讲，这或者是现时比较可供参考的一本，虽然不能说是应有尽有。

　　末了，谨将此书献给一般留心中国文艺界和思想界的朋友们！

编者

一九三〇，五，四于北大图书馆

《李何林选集》编选说明

一、鲁迅在《"题未定"草（七）》里说："不过我总以为倘要论文，最好是顾及全篇，并且顾及作者的全人，以及他所处的社会状态，这才较为确凿。"又在同题（八）里说："集子里面，有兼收'少作'的，然而偏去修改一下，在孩子的脸上，种上一撮白胡须……"

二、我今年八十岁，从1926年参加北伐算起，总计工作五十八年了。这五十八年中我主要是在大中学教书和从事社会、政治、文艺活动及行政工作。写文章的时间不多。而且所写的文章，既没有自己认为特别卖力的得意之作，也没有敷衍了事之文；由自己来区别好坏是较难的，也就很难"选"了。而且一选，也就很难看出我这个"全人"。何况限于我的知识思想水平，只能写出这样的文章。但既然叫"选集"，就不能把五十多年所发表的东西都拿出来；实际上有一些也找不到了。编著成书的，如《近二十年中国文艺思潮论》、《关于中国现代文学》、《鲁迅的生平和杂文》、《鲁迅〈野草〉注解》等，也不能全部选进去，就择其中一小部分作代表吧。

三、无论是"少作"、"壮作"或"老作"，都不作修改（尤其是思想观点立场的修改），以免显示我若干年前就有若干年后的思想的高明。但对错漏的字词，因时代的局限给别人错戴的帽子，或限于当时环境不得不那样说错了的，自然都要改正。

四、几篇"回忆文"，反映了我的社会政治观点和活动；其中《回忆我的长寿之道》，实际是表明我一生对待如何生活的态度和方式。有的对别人适用，有的也许不适用。

五、几篇关于中国现代文学的论文，是我对从五四时代到 1949 年新中国成立以前，"社会主义现实主义"文学的萌芽、成长和发展的看法，不一定准确和正确；但至今谈论这个问题的人还不多。

六、关于鲁迅的生平、思想和作品的介绍、论述的文章是较多的，因为我在南开大学中文系（1952~1976）1959 年以后就不教"中国现代文学史"课，改教"鲁迅研究"了。1976 年 2 月调北京鲁迅博物馆工作后，接触到的更多是关于鲁迅研究的各方面的问题，自然有些想法和意见，就随时用文字或演讲表现了出来，至今遂有几十篇。现在选了二三十篇在这里。

七、这本选集几乎全是发表过的文章。发表的报刊因限于篇幅，有几篇曾作过删减，如：《回忆二次北伐和八一南昌起义前后》、《鲁迅和宋庆龄》、《回忆我的长寿之道》、《清除鲁迅研究中普及与提高的思想障碍》、《鲁迅著译在国内外的影响》等，现在都恢复了原文。《揭露"四人帮"破坏鲁迅著作的注释、出版和研究工作的罪行》，则是 1976 年 12 月在国家文物局召开的批判"四人帮"罪行大会上的发言的铅印稿，未发表过。

八、承北京广播学院新闻系田本相同志，南开大学中文系苏振鹭、张学植、刘家鸣、张菊香等同志，替我搜集、复印、校阅、剪贴、编排；北京鲁迅博物馆陈漱渝同志也替我找到了几篇并复印；费去了他们的不少时间精力，特此致谢！又承我的故乡安徽的文艺出版社愿印此书，也一并致谢！

1983 年 3 月于北京东城区

《王冶秋选集》序

　　这六七十篇各种不同体裁和题材的作品，反映了解放前后（从二三十年代到六七十年代）的反动与革命、进步与落后的斗争；反映了革命者的艰苦卓绝的战斗精神和对革命必将胜利的坚强信心；反映了新社会的新气象和新建设。这一切都具有作者的个人特点，和作者一生经历密不可分。

　　作者虽然生于小官僚地主家庭，但他的母亲却出身于穷苦破产的农民，被卖作婢女，又纳为妾。因此，他是"庶出"，母子都低人一等。而也因此，在他幼小的心灵里就萌发了憎恨旧社会的思想。这一点点思想幼芽，遇见了适当的气候和土壤就会生根开花。当作者十岁时，五四新文化新思想运动勃发了，反帝反封建的浪潮席卷全国；作者在小学三年级时就接受了它的影响，参加了反帝反封建的"闹学潮"的斗争。1922年后在南京、北京读中学，就更有机会更多接受了新思想的影响。何况在北京又先后认识了韦素园等"未名社"的霍邱同乡、几位进步的文学青年和鲁迅以及瞿秋白之弟瞿云白，使他的进步思想迅速地成长了起来；1925至1926年北伐大革命期间，他在北京加入了共青团，1927年春天又在霍邱加入了中国共产党，奠定了他终生为共产主义奋斗的人生观和世界观。

　　作者从1925年参加革命工作起，在解放前的大约二十四年时间里，公开职业主要是教中学语文；为革命奔波，为革命两次被捕，为革命两次失业。其中1930至1940年的十年期间换了十个地方的学校，每校最长教一年半、一年，多数教半年，就因思想问题不续聘了。在旧社会，失业是极苦的，不失业时的工资（薪金）只够维持生活；一旦失业，不可能得到什么救济，除朋友点滴帮助外，很难有办法；偶或有点稿费，也是杯水车薪，无济于事。失业的滋味，现在抱"铁饭碗"的人，是极难体会的。但失业对革命者倒算不了什么考验，真正的考验是被捕后在敌人的皮鞭和辣椒水、杠子和枪毙之前，欺骗、威胁和利诱之前的不屈不挠的坚定立场，和根据这立场的对待敌人这些阴险毒辣手段的坚忍不拔的机智的斗争。这些都反映在他的短篇小说和革命回忆录里了。我相信这些都是他的亲身经历；单凭想像和虚构，是不能那样真实的。在组织材料、结构情节和如何表现上，作者自然要加工和想像，但生活的本质和真实地反映这本质的作者的思想感情，是不能加工和虚构的。

作者在 1943 年 9 月写的《青城山上》短篇小说集的《后记》中说：

> 从十四五年前开始试写的时候起，到写这几篇东西止，这长长的时间里，我一直固执着我的偏见：以为要"真实"；真实到为着记忆当时的一句话而反复地回想着；为着一只眼睛，一绺头发，忘记了颜色，而苦恼着。

不是"自然主义"地所谓"客观"地反映生活的表面现象，而是真实地表现生活的本质，是古今中外现实主义作品的宝贵传统。它除了表现"典型环境中的典型性格"外，还要求生活细节描写的真实。生活的本质真实是通过生活细节的真实来表现的。只有抽象的叙写，不可能达到有血有肉的形象化的表现。自然，细节描写如果毫无普遍性，不加选择地描写"真实到了记帐的程度"（鲁迅的评语），是不好的。但我看作者的小说似乎还不是那样。他的革命回忆录就更不用说了。

例如《没有演过的戏》是小说，也可以说是如实地反映了现实的一篇报告文学：故事发生的背景，汉奸"陆某人"的思想言论和其他人物（几个抗日反汉奸的青年、区长、县长、专员，几个土豪劣绅）；在当时都有一定的典型性或代表性，而又确实是发生在霍邱县西乡和城内的一个真实的故事，一篇捉汉奸和放汉奸的始末记。其中"老田"就是作者，我是参加者之一。我现在还记得其他人物的真姓名叫什么，不说了吧。他们已经成为以上各类人物的典型。这个故事情节的发展，始终是真实的，思想言论行动的细节也是真实的；在当时都具有代表性，到现在也具有帮助我们认识当时现实的普遍性。

但我不是说，文学塑造典型，只须"如实地"描写现实就可以了；它需要寻找或选取具有代表性的故事情节和生活细节，塑造出"典型环境中的典型性格"来。就像鲁迅所说的：

艺术的真实非即历史上的真实，我们是听到过的，因为后者须有其事，而创作则可以缀合，抒写，只要逼真，不必实有其事也。然而他所据以缀合，抒写者，何一非社会上的存在，从这些目前的人，的事，加以推断，使之发展下去，这便好像豫言，因为后来此人，此事，确也正如所写。

——1933 年 12 月 20 日《致徐懋庸》

不过人物也可以"是一个拼凑起来的脚色"，可以"嘴在浙江，脸在北京，衣服在山西"，不专用一个实有的人；"只是采取一端，加以改造，或生发开去，到足以几乎完全发表我的意思为止。"

——1933 年 3 月《我怎么做起小说来》

希望有更多的普及鲁迅著作的读物

——《鲁迅小说艺术欣赏》序

听说，现在有些院校图书馆的鲁迅著作，借阅人不多，大半原因由于鲁迅作品难懂，欣赏不了。这种情况给我们鲁迅研究工作提出了普及鲁迅著作这一艰巨任务。

目前，我们的鲁迅研究队伍不算小。我在北京的一次会议上听人说：全国研究鲁迅的人（包括高等学校、研究院所和社会上业余研究者）总共约有两千人。比起"十年动乱"以前，研究队伍显然是壮大了。现在的问题是，我们这两千人大半是搞提高工作的，做普及工作的人不多。如果我们不改变这种情况，不向广大群众宣传鲁迅和普及鲁迅作品，则今后写出来的学术论著只有两千人能看懂，或只有四五十岁以上的人愿意看，二三十岁的人看不懂，那么，鲁迅这份宝贵的思想文化遗产就无法交给广大群众和子孙后代了。这是一个大问题。可是我们有些同志不正视这个问题。埋头做"锦上添花"的工作是需要的，不过没有"雪中送炭"的工作，你的"锦上添花"工作将失去基础。

古远清同志注意帮助一般读者了解欣赏鲁迅作品，本书就是为广大文学青年、大学中文系学生和中学语文教师学习鲁迅，欣赏或讲解鲁迅小说而作。1983 年，我在《文学报》上推荐过邵伯周同志写的《〈呐喊〉、〈彷徨〉艺术特色探索》一书，因为那本书把思想性和艺术性结合起来分析，比较具体易懂，适合研究或讲授鲁迅小说的人参考。古远清同志这本书，在分析艺术技巧时也注意了思想性的评价，且分析力求深入、细致、生动，因而我也乐意向读者推荐。

我和作者过去向不认识，只在 1982 年海南岛现代文学学术讨论会上见过一面，以后他寄来了给湖北财经学院高年级财经、政法等专业学生讲授"鲁迅小说专题课"的打印讲义。我由于患老年白内障，视觉模糊，无法仔细阅读，只翻了翻大概，感到像这样比较详细地论述鲁迅小说写作艺术的专著，我还未见到过。我当时就回了信，鼓励他修改加工，就成了现在这个样子。

鲁迅专题的开设，大半限于大专院校中文系，在财经学院给学财经管理的学生开鲁迅专题课，在国内似乎还未听说过。本来，鲁迅不但是伟大的文学家，而且是伟大的思想家和伟大的革命家，其他各系也有开鲁迅专题课的必要。自然，在别的专业讲鲁迅，应与中文系有所区别，有些问题不应讲得太专门，可以以介绍鲁迅思想或讲析欣赏鲁迅作品为主。古远清同志正是这样做的。他这本书，带有欣赏的特点，写得角度新，分析具体，文字也生动。像鲁迅小说写作上一些容易为教现代文学的某些同志忽略的某些技术问题，他注意到了，并且有自己的见解。作者从事写作教学已二十年，他从写作学的角度去探讨鲁迅小说，这就使他的书具有普及性和实用性的特点。作者也注意吸收前人研究的成果，并对有争议的问题提出自己的看法。比如鲁迅塑造典型，有没有"专用一个模特儿"的方法，以及《狂人日记》的创作方法问题，作者都说了自己的看法。这些看法虽然还可以进一步讨论，但他注意到普及性著作的学术性，是值得肯定的。

对鲁迅小说的写作艺术，有些地方从《呐喊》、《彷徨》本身概括归纳似乎做得不够；有些观点也还可以商榷。但他不是从现代文学史角度立论，而是以鲁迅小说做范本谈短篇小说（两万五千字的《阿Q正传》可以看做短篇小说）的写作艺术的。在强调鲁迅研究也要普及，也要面向广大群众的时候，提出过高的要求，是不适当的。

在过去相当长的一段时间里，由于"左"倾思潮的影响，许多人怕讲艺术技巧，怕被扣上"不突出政治"的帽子。现在这种状况已有根本改变：谈艺术技巧和探讨鲁迅小说的创作艺术的论著日益增多，但还不能满足读者的需要。古远清同志这本书的出版，将会补充同类书过去出版的不足；尤其是最近有人认为鲁迅的写作方法业已过时，只有"意识流"一类现代派技巧才吃香的情况下（甚至拉扯说《狂人日记》是"意识流"创作方法，《野草》是象征主义作品等），读读这本书是会有好处的。

我衷心希望今后能有更多的鲁迅研究工作者来帮助广大群众阅读鲁迅著作，了解鲁迅的生平和思想，而且不要以为写普及著作可以不费力气，要写好它，要做到深入浅出，明白易懂，并不比写其他方面学术著作容易。我虽然年过八十，仍愿为普及鲁迅著作呐喊，这就是我为什么愿为这本书作序的原因。

1984 年 6 月于北京

王富仁著《中国反封建思想革命的一面镜子——〈呐喊〉、〈彷徨〉综论》序

　　这是王富仁同志博士研究生的毕业论文，大家觉得有出版的必要，要我写篇序，略为介绍。我开始感到有些为难，作为他的导师，较难说话。继而又想到：何不采用在他的"论文答辩会"上几位专家、教授对他的论文的"评语"和"答辩委员会"建议授予他博士学位的"决议"来写序呢？这比我个人的评价要全面和客观一些，同时也把我的"评语"写在最后，供读者参考。我就这样写下了这篇不像"序"的序。

　　不过我要说明的是：他的论文共有四章，全文很长，按论文答辩规定，可以取其中具有代表性的一部分进行答辩；我们选取的是全文第一章"中国反封建思想革命的一面镜子——论《呐喊》、《彷徨》的思想意义"，包括全书"内容概述"在内，一共约有四万七千字，可以由一斑而窥全豹。

　　以下是"评语"和"决议"：

　　　　《中国反封建思想革命的一面镜子》，是一篇很有深度的学术论文。它从宏观的角度准确地考察了《呐喊》、《彷徨》的历史内容和思想特质，科学地论证了鲁迅前期小说的重大价值首先在于它是中国思想革命的镜子。史料翔实，论述充分，角度新颖，分析精到，包含着很多深刻的独创性的见解，基本论断，令人信服。鲁迅小说研究原是中国现代文学研究中一个水平较高的领域，本文在前人已有成果的基

础上又有可喜的重要进展，澄清了过去一些论著从政治角度考察两本小说集所得到的与作品实际不尽相符的结论，从而带来了鲁迅小说研究上的某种新突破。不足之处在于：有些段落文字稍嫌粗糙，个别具体论断或提法尚可斟酌修改。

这篇论文的写作目的，是要在几十年来《呐喊》和《彷徨》研究已经取得的成就的上面，再进一步从"作者的主观意图与作品的客观效果、思想和艺术、内容和形式的内在有机联系中，对《呐喊》和《彷徨》的特征做一以贯之的有系统、有整体感的统一把握"。这是论文作者对论文写作提出的一个相当高的标准，是个难度较大的课题。

论文首先对于过去研究的"最高成果"进行了认真的分析，肯定了这个"研究系统帮助我们开掘了前此未经开掘的意义"，指出这一点是很必要的；但更为重要的，是指出了"这个研究系统"的"不足"，诸如"鲁迅小说研究与鲁迅前期思想研究的不协和性"。"思想分析和艺术分析的彼此分离的二元观"等，都是这些年鲁迅研究中存在的问题。为此，作者想要"以一个更完备的系统来代替我们现有的研究系统"。作者说这是个"初步的尝试"，并且说"这个尝试可能是失败的，但这个尝试本身将会是有意义的"。我以为这个尝试是相当成功的。

这篇论文写得成功，主要在于作者实事求是地分析了鲁迅前期思想的实际情况和《呐喊》、《彷徨》的实际内容，从而提出了自己的系统的见解。其中很重要的一点是作者对于鲁迅前期思想，诸如进化论、个性主义、人道主义，等等，进行了具体的分析，突出地指出了"鲁迅前期思想与西方各个历史时期的资产阶级学说的本质差别"，指出了鲁迅前期思想的"深度"和"民族特色"。这些论证，是有分析的，有说服力的，是避免了片面性的。再一点很重要的是作者从"思想革命"这一角度分析《呐喊》、《彷徨》的思想内容，完全符合鲁迅前期思想的实际和小说创作的实际。作者说："《呐喊》和《彷徨》的整个布局，体现着中国'五四'思想革命的特定对象和任务——没有反帝题材的作品，对不觉悟群众的重点描绘，重视社会舆论的描写。"这样的看法是对的。鲁迅前期确实非常重视"思想革命"，而且是从思想革命出发从事小说创作的。鲁迅对中国的传统思想了解极深，对中国社会各阶层所受封建思想的影响的了解也特别深；他对于中国的封建势力，尤其是封建思想的势力，比一般"五四"青年有更高的认识，所以，在他的笔下，劳动人民之不觉悟，封建势力之根深蒂固，都写得十分深刻，思想革命的艰巨性也写得非常充分。《呐喊》和《彷徨》的深刻性正在这里。作者说鲁迅"确实认真地思考了中国封建传统思想的性质和特性，并且对它的现实表现有深切的感受"。这看法是很对的。

此外，这篇论文对于鲁迅两部小说集的创作方法和艺术手法的阐释，也都言之成理；对于几十年来在这方面的研究中存在的问题，诸如关于浪漫主义、象征主义，等等，也都提出了自己的系统看法。

由于作者从鲁迅前期的思想实际和两部小说集的内容实际出发而进行了认真的研究，也阐明了鲁迅创作思想的特点和作品的艺术特点，可以说，这篇论文基本上达到了预期的写作目的。

当然，在一系列的具体论证中，有的地方也还可以商榷。例如讲到"现实概括"和"历史概括"的"艺术手法"的时候说："少量文言古语插入大量的白话语言中造成读者思路的轻微语言阻隔，把读者的思路从对现实具体事件的关注中暂时弹射出来，以建立与封建传统和封建历史一贯本质的联系，是鲁迅加强读者古今联想艺术手段之一"，云云，就不一定准确。鲁迅在大量的白话语言中插入少量的文言古语，其原意是否想要"造成读者思路的轻微语言阻隔……"尚可进一步研究。

论文"答辩委员会""关于建议授予王富仁中国现代文学鲁迅研究博士学位的决议"（六票一致通过）：

> 王富仁的《中国反封建思想革命的一面镜子——〈呐喊〉、〈彷徨〉综论》一文，运用马克思主义的观点和方法，对《呐喊》和《彷徨》进行了深入的、富有独创性的研究，取得了为学术界许多人所承认的突破性成果。他的研究工作表明，他已经达到了获得本学科博士学位的水平。因此，建议授予他中国现代文学鲁迅研究博士学位。

以下是我的"评语"：

　　从该生所写的《中国反封建思想革命的一面镜子——〈呐喊〉、〈彷徨〉综论》的第一章和全文的"内容概述"看，他能运用辩证唯物主义、历史唯物主义和毛泽东思想（尤其是《新民主主义论》和它的文艺思想），并用比较文学的方法涉及从文艺复兴到 19 世纪外国资产阶级的著名作家作品所表现的思想，论述了《呐喊》、《彷徨》所表现的"五四"时代思想革命的意义；表现了作者能运用马列主义的立场、观点、方法和中国"五四"实际相结合；能运用比较广博的中外历史、文学史和有关哲学的知识，从思想革命这个角度阐发了《呐喊》、《彷徨》的革命意义。并且说明了这个思想革命是政治革命的折射，是政治革命的先决问题；没有进行好这个"反封建的思想革命"，所以辛亥革命失败了。

　　着重从"中国反封建思想革命的镜子"这个角度来评论《呐喊》、《彷徨》，而不只是从社会政治意义上来评价它们；又从多方面细致深入地分析了两部小说集的所有作品，有了充足的论证，在鲁迅研究界开辟了一片新天地，是颇有创见的。而这是主要由于作者多年独立钻研业务和学习马列主义毛泽东思想的结果，导师的作用是很小的：这是实情，不是谦虚。

这篇论文是 1984 年 10 月 31 日在"答辩委员会"上通过的。一年来，作者又依照大家的意见进行了修改和加工，成为现在这个样子。缺点和错误也依然难免，尚待学术界继续研究、指正，以便这一研究课题得到更好的解决。

　　　　　　　　　　　　1985 年 9 月于北京党的全国代表会议召开之日

金宏达著《鲁迅文化思想探索》序

　　这是金宏达同志作为博士研究生的毕业论文，大家觉得有出版的必要，要我写一篇序，略为介绍。开始我觉得很为难：作为他的导师，我较难说话；继而又想到：何不采用在他的毕业论文答辩会上几位专家教授对他的论文的评语和答辩委员会建议授予他博士学位的决议等写序呢？这比我个人的评介要全面和客观一些，同时也把我个人的评语写在最后，供读者参考。我就这样写下了这篇不像"序"的序。

　　以下是专家、教授的评语：

　　"鲁迅思想研究"，这是一个普通的课题，研究者们在这一课题之下曾写下了大量的论文和专著，因此要想超过前人，又是一个难度很大的课题。论文作者从"文化问题"这一个角度出发，不仅较有系统地较为深刻地论述了鲁迅思想发展的过程，从革命民主主义者发展成为共产主义者，从资产阶级的唯心史观对于历史、思想、文化以及和历史、思想、文化有关的诸问题的革命民主主义的观点，发展到马克思主义的辩证唯物主义和历史唯物主义的观点，并得出了较为正确的结论。作者坚持并运用了马克思列宁主义的反映论，对于所涉及的各个问题作了细致的分析。因此，这种分析不流于主观的推论或臆断。作者详细地占有了丰富的资料，并恰当地运用这些资料说明自己的观点，因此不论在论点上或材料上都是有说服力的。较之同类著作都前进了一大步，达到了一个新的水平。其不足之处，在于有的地方阐述得还不够明确，在文字上有不够精练和重复之处。这些地方都是可以改进的，不影响这篇论文的基本质量。

这篇论文从"文化问题"出发，对鲁迅思想进行研究。这个出发点很重要。虽然是"从一特定角度探讨鲁迅思想"，其实乃是关系到今天对鲁迅研究、评价的一个极重要的问题，即：鲁迅究竟还是不是伟大的文学家、思想家和革命家的问题，是不是"中国文化革命的主将"、"新文化运动的导师"的问题。

这篇论文于"引论"之后分列四个部分。从第一部分"面对世界和本国的文化潮流"看，作者比较详细地论证了鲁迅早期的思想特征、思想的阶级性质，以及鲁迅所受清末思想界的影响，等等。其中对于鲁迅所独具的思想特征论证得相当充分。这对于阐明鲁迅在文化战线上之所以作出伟大的贡献，是很有说服力的。这一部分还特别着重论证了鲁迅作为思想家的特征，这些见解也是言之有据的。

这篇论文对于所涉及的社会思想和人物，作了较多的评述，费了一定的功力，有些是必要的，有的尚可精简（如严复的生卒时间等，似可从略），以省篇幅。总的看来，文章是有广度、有深度、有见解的。

论文答辩委员会"关于建议授予金宏达同志中国现代文学鲁迅研究博士学位的决议"（六票一致通过）：

金宏达同志的《鲁迅文化思想探索》一文，以清末到30年代的思想文化斗争为历史背景，用许多前人未曾引证过的史料，综合论证了鲁迅文化思想的各个方面，突出了鲁迅作为思想家和文化革命伟人的历史地位，解决了过去鲁迅研究中没有透彻解决的一些问题。论文有气魄、有深度，并具有开拓性和创造性。鉴于他在鲁迅研究领域取得的成果和已经具备的专业水平，建议授予他博士学位。

以下是我的评语：

文化问题与鲁迅一生的道路和事业极有关系。本文根据毛泽东同志的文化理论，从文化问题这一侧面论述鲁迅思想及其发展道路，又多引用马克思、恩格斯、普列汉诺夫等经典作家的有关理论论证了有关问题，使论文更有说服力。这是本文的一大特点，即运用马克思列宁主义毛泽东思想作为指导思想，来论述鲁迅的文化思想（宇宙观和社会革命论）。

本文论述鲁迅一生的文化思想（从19世纪末维新运动到20世纪30年代），不只时间范围很长，文化思想的面也很宽；涉及精神文化的各个方面（哲学、宗教、伦理、道德、历史、文学等），这是过去鲁迅研究界没有这样全面接触到的，人们往往只论述其中的一个方面。这样综合论述鲁迅文化的各个方面，可以看见它们之间的关联和影响，使其中的任何一方面更全面，就为研究鲁迅开辟了一个新途径，解决了过去鲁迅研究中没有透彻解决的问题。是创见。

本文在引论中，约用两万字介绍了全文（约三十万字）的主要论点，使我们了解到全文的轮廓。

在第一部分——面对世界和本国的文化潮流（共四章），约用八万字详细论述了清末鲁迅的文化思想。作者熟练地掌握了鲁迅这一时期写的《中国地质略论》、《人之历史》、《科学史教篇》、《文化偏至论》、《摩罗诗力说》、《破恶声论》等文的内容，尤其是后三篇据以论述的特多，这就给种种论点找到了立论的原始根据。此外作者又广泛地阅读掌握了当时对鲁迅有影响的一些人的文章著作；研究了并熟悉了清末的政治社会斗争和文化思想斗争的历史。这种分析比较也是鲁迅研究界过去没有做过的，不是既熟悉严复、梁启超、章太炎当时的思想，又熟悉鲁迅当时的思想，并有马列主义毛泽东思想作为指导的人是做不到的。这就不但深入了鲁迅早期思想研究，而且开辟了一个鲁迅思想"比较研究"的新天地。

六十多年来，还没有人这样全面地论述过鲁迅的文化思想，论述过中国近现代文化思想史中的一个重要方面。而这主要是由于作者多年独立钻研业务和学习马列主义毛泽东思想的结果，导师的作用是很小的：这是实情，不是谦虚。

　　这篇论文是 1985 年 4 月 11 日在论文答辩会上通过的，将近半年来，作者又依照大家的意见进行了修改和加工，成为现在这个样子。缺点和错误也依然难免，尚待学术界继续深入研究，提出批评和指正，以使这一研究课题得到更好的解决。

　　　　　　　　1985 年 9 月于北京党的全国代表会议召开之日

胡炳光著《鲁迅诗歌略论》序

鲁迅是伟大的文学家、思想家和革命家，同时也是伟大的诗人。鲁迅的诗歌创作不算很多，根据一般研究者的统计，现在收集到的鲁迅的旧体诗共有四十九题六十七首，新体诗七首，民歌体诗四首，另有散文诗三十一篇（收入《自言自语》和《野草》中；杂文中也有可以算作散文诗的）。

鲁迅的诗歌，和他的小说、杂文、散文一样，思想战斗性都很强，艺术上的造诣也很深。他的自由体新诗，大众化的民歌体诗，以及《自言自语》中的散文诗，在我国现代诗歌的发展史上，都带有开拓性的作用；《野草》中的散文诗，具有里程碑的意义。至于他的旧体诗，更是"前无古人，后启来者"之作。对鲁迅诗歌进行全面的深入的研究，无疑是有很大意义的。但据我所知，目前对鲁迅旧体诗的研究，单篇注解或分析较多，综合性的全面研究相对来说就较少。胡炳光同志的《鲁迅诗歌略论》（以下简称《略论》）共收论文十篇，都是作者对鲁迅各种诗歌进行综合性的全面研究的成果，这是值得珍视的。

《略论》收集的虽是作者所写有关鲁迅诗歌的十篇论文，但在内容上是具有系统性的，因为作者对鲁迅创作的每一种诗歌，一般都围绕思想与艺术两个方面，进行综合性的全面研究。同时，作者对鲁迅诗歌的创作方法和鲁迅的诗歌理论，还进行了探讨。可以说，《略论》的每一篇论文，既可独立成章，而合起来又称得上是一部系统地论述鲁迅诗歌及其理论的专著。

由于鲁迅的诗歌以旧体诗为多，从 1900 年 3 月的《别诸弟三首》开始，到 1935 年 12 月最后写的《辛亥残秋偶作》，说明旧体诗的创作，几乎贯串着鲁迅整个的创作生涯。因此，作者对它花费了很大的力量。除从革命史与思想史的角度，进行综合性的探讨以外，还从写作艺术、继承与革新等不同方面，对它进行综合性的研究。这是很有必要的，因为只有从多方面对一种优秀的文艺作品进行探讨和研究，才能使读者认识它的思想和艺术价值，从中汲取养料。

现在社会上流行的一般研究鲁迅诗歌的专著，论述范围大都只限于鲁迅旧体诗、新体诗和民歌体诗，散文诗似乎不算在内。《略论》把作者有关散文诗的论文都收进来，其用意自然是认为鲁迅诗歌应包括散文诗。这样处理是可以的，因为散文诗虽兼有散文与诗歌的特点，但从根本上说，它是诗，是诗歌的一种。所以论到鲁迅的诗歌，不应撇开他的散文诗。《略论》收集作者 1962 年写的《鲁迅散文诗集〈野草〉的思想倾向》和作者同年发表于《文艺报》十期的《关于〈呐喊〉、〈彷徨〉和〈野草〉》一文，观点是一致的：都在阐明《野草》的基本思想是积极的、战斗的，同时也有彷徨、悲观、消极情绪。这对批评当时《野草》思想研究中的强调后者的片面性的观点，曾经起过一定的作用。直到现在，这些论文仍有一定的价值。《略论》除论述《野草》的思想和艺术外，还注意到《野草》以外的鲁迅散文诗的研究，这在现在还是少有的。

听说作者曾将《略论》所收论文的观点和材料，作为选修课"鲁迅诗歌研究"的基本内容，在天津师范大学中文系高年级学生中讲授过；现在作者出版这本书，也带有总结成果继续学习和研究鲁迅的意思。这意思是好的，是值得鼓励的，因以为序。并希望作者以后更加努力，在鲁迅研究方面，有更多的新作问世；从这本书的成就看，作者是可以做到的。

1984 年 10 月 18 日于北京东城

《鲁迅小说的艺术》序

刘家鸣同志于一九五六年在大学中文系毕业后就做了研究生，学的是"中国现代文学史"专业。但是，毕业后的相当长的一段时间里，却因工作需要而教文学理论，这对于他深入研究现代文学是有好处的；同时，间或也教现代文学，两者就结合起来了。他专搞鲁迅小说研究，是近五六年的事；这部《鲁迅小说的艺术》，就是他近几年研究的结集。

在鲁迅研究领域中，关于鲁迅小说的研究成果可以说是不算少的，研究水平也较高，要想深化一步是比较难的；但是家鸣同志的这部书还是有它的特点的。他专心于鲁迅小说的艺术研究，角度较好，也是过去研究中相对薄弱的部分；这样，就使他在一些人忽视的方面提出了他的看法，我看是有新意的。

全书共分五个部分：第一部分包括《鲁迅小说艺术的产生》、《鲁迅小说艺术特色初探》、《鲁迅小说讽刺艺术》、《鲁迅小说心理描写艺术》共四篇，都带有综论的性质。如论鲁迅小说艺术产生的社会历史条件和鲁迅个人方面的原因，似乎还是少为人接触到的题目，他的研究给人以新的启示。它如论述鲁迅小说讽刺和心理描写艺术等方面，都既有新的概括，并能紧密结合小说进行具体的艺术分析。

第二部分，是关于四篇小说的艺术性分析，颇能显示家鸣同志做学问的特点：扎实细腻。

第三部分，更是研究了人们没有深入的方面：关于反面人物的研究是很有说服力的；其中论及鲁迅笔下反面人物的时代性和写意性，抓住了鲁迅塑造反面人物的特点，特别是关于"写意性"的论述是有创见的。关于鲁迅笔下的"闲人"形象，过去虽然有人涉及，但缺乏全面研究，家鸣同志分析了"闲人"在鲁迅小说中所起的作用、"闲人"形象刻画的特点以及"闲人"形象与鲁迅改造国民性主张的关系，论述得颇为透辟，有独到见解，也能引起人们的兴趣。

第四部分，是唯一的一篇论及《故事新编》的。它紧紧抓住喜剧性，探索为什么会引起人们的笑声，探究其喜剧色彩何在，分析得比较细致。其中也可以使同行们看到作者的看法是不苟同于时尚的。

最后，第五部分，是研究鲁迅关于古典小说艺术和文艺的民族形式的论述的。这两篇论文的好处，在于以鲁迅的理论来印证鲁迅的小说艺术创造。当读完这两篇论文，再来回顾以上四部分时，就给人一个完整的印象，说明论者显然是从整体来研究鲁迅小说的艺术的。所以说，这部论文集仍可作为一部有系统的、具有自己整体性的专门研究论著。作者这种努力和企图是收到预期效果的。

从这些论文中，还可以看出他治学的勤奋、认真和严谨。用这种精神研究出的《鲁迅小说的艺术》，对读者是会有帮助的。特为之序以介绍给读者。

1985 年 5 月于北京

《中国现代作家评传》序言

　　按照通行的说法，我们把发轫于五四运动前夕，至 1949 年人民共和国的建立而告一段落的文学，称为现代文学。在短短的三十年的时间内，中国文学，无论是创作面貌，还是文学观念，都发生了显著的变化，文学在社会生活中的地位提高了。五四时代文学革命是中国文学现代化的起点，中国的旧时代的传统文学，由此逐步走向世界潮流。一大批才华横溢、风格不同的作家，适应现实的需要，呼应时代的美学要求，崛起于中国文坛。鲁迅、郭沫若、茅盾、巴金等各以自己脍炙人口的作品及其创造性活动，赢得了国内外广大读者的赞誉。这是一个罕见的群星灿烂的时代！

　　对于这一段文学，人们已经从好些角度作过历史的透视和叙述。已经有按文体编年的文学大系，有清理文艺思潮来龙去脉的著述，有包括作品选和史料选的文学史参考资料，有若干种在结构形式上略有区别的现代文学通史、断代史和文体史，有正在陆续出版的大型的现代文学史资料汇编等等。现在即将问世的这种大型的综合性的多卷本的《中国现代作家评传》，实际上是从一个新的角度，以知人论世因而也就是从整体上分析作家的方法，对现代文学所作的一次研究和评述。这种大型的评传，是现代作家研究的一次汇集、深入和拓宽，是一项开创性的工作。对于研究中国现代文学，不仅是一个重要的必不可少的补充，还将是一个有力的推动。对于从事现代文学学习的学生和研究生，对于从事中等教育的教师和文学爱好者，是一本很有价值的参考书。

　　这本作家评传列入八十六位现代作家，按照每个作家创作高潮期所在的时代的顺序，分四卷出版，约二百万字。每篇评传的评述内容包括：作家的创作概况，创作道路，思想和艺术特色，代表作品分析，文学成就以及对当世、后代的影响等，尤其致力于概括作家创作的特色。每篇评传附有作家创作目录和有关研究资料索引，方便了希望进一步研究的读者。四卷评传包涵了现代文学史上不同历史时期、思想倾向、风格流派和文学样式的作家，并且，鉴于从总体上评述的方法，因而在评传的脉络深处触及了现代文学评价的诸多问题。四卷评传集中评述了在诗歌、小说、戏剧和散文各个领域取得了相当的成就或很有特色的作家。从文学社团流派看，这四卷书囊括了文学研究会、创造社、太阳社、语丝、沉钟、新月派、现代派、新感觉派、论语派、京派、七月派等文学社团或流派的重要作家。读者可以通过这些作家，对文学流派的特征有所了解。这几卷现代作家评传力求知识密度大，研究信息多，内容充实而不烦琐，有重要的资料价值。

尤其可贵的是，评传的作者们力求以辩证唯物主义为指导，以实事求是为准绳，按照历史的本来面貌评述历史，注意表述的客观性，防止从某种需要或偏见出发的拔高或贬低。有一些现代作家，是争议较多的，列入评传的有周作人、林语堂、徐志摩、沈从文等，评传对这一类作家都尽可能从实际出发，历史唯物主义地进行研究，既不受所谓"徐志摩热"之类倾向的干扰和国外评论的左右，也不重蹈"左"的批评的覆辙，而是在马克思主义指导下，进行历史的客观的评价。有一些现代作家，由于种种原因，过去没有得到足够重视，但他们有较大的创作成就，或者很有特色，如李劼人、师陀、王统照、张恨水、路翎、李金发等，评传对他们的评述，可以认为是一种发掘，但都以充分的史料为根据。对于相当一些相对说来已有定评或研究得较多的作家，从鲁迅到闻一多，评传尽量采用公认的结论，避免科学根据不足的标新立异，评传作者在阐述自己的见解时，首先充分考虑了学术界的看法——虽然他们不一定引证那些看法。革命文学作家和左翼作家，对现代文学的发展，有过宝贵的贡献，评传挑选其中成就较大者蒋光慈、柔石、张天翼、叶紫、丘（邱）东平等，进行评述。评传对他们的生活与文学道路的联系，对他们的创作成就和得失，力求作出符合历史实际的评价，公允地评述他们的文学史地位。总而言之，这几卷评传对一大群有影响的现代作家的评价和叙述，力求有新意，有新的面貌，既不因循守旧，也不趋赶时髦，力求具有较大的客观性与稳定性。

作为这多卷本的《中国现代作家评传》的倡议者和出版者，山东教育出版社是有魄力和有眼光的。他们深知这套书的重要性而毅然承担起繁重的责任，并将该书列入重点项目，优先发稿。出版社委托三位在京的现代文学研究者徐乃翔（主编）、陆荣椿、蓝棣之同志组成编辑小组，负责拟订全书的整体规划、组稿并审阅全书，聘请北京大学教授、中国现代文学研究会会长王瑶同志为顾问。王瑶同志和编辑小组默默地作了大量工作。编辑小组在全国范围聘请撰稿人。撰稿同志都以极大的热忱，为此付出了艰苦劳动。这一切都保证了本书在经历两年的辛勤耕耘之后顺利出版。我热烈祝贺本书的问世，并由衷地欣喜。当然，由于评传作者众多，知识思想修养不可能一样，有的评论可能还有待于我国现代文学研究水准的普遍提高。但就整体而论，这四大卷评传反映了 80 年代我国现代文学研究的水准，我想它一定会引起国内外读者的广泛关注。

1985 年 1 月于北京

《中国现代文学史》序

　　解放前的旧中国没有出版过中国现代文学史，只有"运动史""思潮论"一类；各大学也不设"中国现代文学史"这门课，没有培养这方面的人才，也编不成这方面的书。解放后好了，各院校中文系开设了这门课，到"十年动乱"以前出版了好几种"中国现代文学史"一类的书。1978年后，由于十一届三中全会"解放思想"的号召，大家在新的精神鼓舞下，各院校中文系和各研究院所的现代文学研究室又修订和新编了不少这类的书，其中还有各院校合作编写的；这一本《中国现代文学史》就是"二十三省市教育学院协编"的。

　　这部"协编"的《中国现代文学史》共约八十万字，在1984年曾以"试用教材"印行过；经过一些学校的试用，现在又加工修订，公开发行。因为是比较晚出的一部书，在过去出版的同类书的基础上，又参考和汲取了有关专家和学者的最新研究成果，以及运用了新发现的资料，因此，我看这本书有以下一些特点。

一　内容体系和已出版的"中国现代文学史"不同

　　过去出版的现代文学史，多把全书分为三大部分：1. "五四"和第一次国内革命战争时期；2. 第二次国内革命战争时期；3. 抗日战争和解放战争时期。然后论述每一段的社会政治背景和文学运动与文学思想斗争，评介本时期的作家和作品。对于跨时期的作家，则难以一次加以全面地系统介绍，只能分段评述他们的作品。本书则采用不分时期而分文体的编写法，即把约三十年的文学史分为五章来论述：1. 中国现代文学发展概述；2. 中国现代小说；3. 中国现代戏剧和电影文学；4. 中国现代诗歌；5. 中国现代散文。重点在评述作家作品，"发展概述"部分只占全书八十万字的约三万五千字，我觉得这是很恰当的。这样分文体综论三十年间的文学，有利于看见小说、戏剧、诗歌、散文等随社会背景的变迁发展而变迁发展，有利于进行作家作品的比较。

二 比已出版的文学史增加了一些新的内容

在第一章"中国现代文学发展概述"中，首先加了第一节"近代文学改良运动与辛亥革命前的资产阶级文学"，这就使"现代文学"和"近代文学"衔接起来，不是从五四时代突然开始。在"小说"部分介绍了多年来不大讲的张资平、沈从文、张恨水、钱锺书、黄谷柳等作家。在"戏剧"部分加了"电影文学"。在"诗歌"部分详细介绍了胡适、徐志摩等。在"散文"部分把周作人、林语堂作为专节来介绍；加了瞿秋白、方志敏、丘（邱）东平等。也都是过去现代文学史不大讲或不着重讲的。

三 注意汲取前人和近期的科研成果

这在每章每节都有，是本书最可贵的一点。现只举几个例子：

1. 在评介了 1936 年文艺界"两个口号之争"的最后，引用了刘少奇同志用"莫文华"笔名，在《作家》二卷一号上发表的《我观这次文艺论战的意义》中的若干话，作为这次论争的"总结性的评论"。这篇文章是粉碎"四人帮"以后才发现公布出来的新材料，有人作了研究介绍，本书就采用了，这是已出版的"中国现代文学史"中缺少的。

2. 对沈从文、张恨水小说的优缺点评介得很恰当，尤其对近几年有些人过分吹捧沈从文，形成所谓"沈从文热"的时候，实事求是地全面地评介沈从文，就很有必要了。本文对最近"有些评价脱离沈从文的创作实际，把他摆到了不适当的位置上"，提出了批评："如朱光潜先生说：'目前在全世界得到公认的中国新文学家，也只有从文和老舍，我相信公是公非，因此有把握地预言，从文的文学成就，历史将会重新评价。'（《关于沈从文同志的文学成就历史将会重新评价》，见《湘江文艺》1983年一期）这是我们不敢苟同的。"这也是所有我们编写中国现代文学史的人"不敢苟同的"。朱光潜先生不过拉老舍作陪伴，沈从文的小说无论在思想性和艺术性上如何能跟老舍相提并论呢？更不论鲁迅、茅盾、郭沫若、巴金、曹禺了。他连本书上所评介的其他小说作者也不如。

3. 对于徐志摩的评介，也是汲取了近几年研究的成果，针对近几年"徐志摩热"而作的全面评价。

本文编者引了《南开大学学报》1981年一期上《徐志摩诗中的人道主义思想》中的话："他的思想比较复杂，既有和半殖民地中国封建制度的黑暗统治相矛盾的一面，又有和日益显示革命威力的马克思主义及其逐步发展的人民革命相冲突的一面。"编者又说"徐志摩是我国著名的资产阶级诗人"，全面地分析介绍了徐志摩诗以后，我看给徐志摩戴上这个"资产阶级诗人"的帽子戴得好！帽子如果戴得恰如其人，为什么不可以戴呢？我觉得他"和半殖民地中国封建制度的黑暗统治相矛盾的一面"是次要的；"和日益显示革命威力的马克思主义及其逐步发展的人民革命相冲突的一面"是主要的。尤其是1926年以后的五年，他的作品（诗、散文、论文）的主导倾向是反苏反共反左翼文艺的；至于色情肉感兼肉麻，则是前后期都有的。我们论文要从他的"全人"出发。

我觉得我们评价任何现代作家，都要看他的主导倾向：是对无产阶级或马克思主义领导的反帝反封建的新民主主义革命有利呢，还是有害？是或多或少、或隐或显、或直接或间接、或近或远、或有利或有害。我们既不能向文艺要求狭隘的功利主义，也不能不问文艺的社会效果如何。号称"民主"的资本主义国家的资产阶级，不是用种种有成文的法律和无成文的种种手段，使不利于他们的著作和作品难以出版吗？何尝有真正的"创作自由"和"出版自由"？"评论自由"也是没有的。

1985年4月于北京

《中国现代文学专题史》序

　　天津师范大学中文系王锦泉同志为他主编的《中国现代文学专题史》嘱我写序，我在"视力不佳，精力有限"的情况下，谈点浅见吧。自然要实事求是，对读者负责，不能随便吹捧；也不能脱离全书实际发挥一阵。

　　本书是一本教材，是为已有大专毕业程度继续进修提高的同志们编写的教材。

　　从十一届三中全会以来，出版有关中国现代文学史的教材不下十来种。这本教材的问世，不只是量上多了一本，还有它自己的特色。近年来，教育事业发展很快，在职干部（包括一部分中学教师）和社会青年纷纷要求进修学习的热情是极高的。通过师范院校、教育学院的努力和自学考试、业余大学、夜大学以及电视大学等等途径的培养，已有相当数量的青年达到大专程度，并取得了相应的文凭。现在，其中许多人迫切要求继续深造，以便达到四年制院校中文系本科毕业水平。青年人的这种愿望应该得到满足。可是，眼下又缺乏这方面进修的教材。按理说，大学本科教材基本齐全，为什么不采用呢？这是有原因的：拿"中国现代文学史"这门课来说，这些年来，作为基础课，大专和本科的教学内容和教学时间都大同小异。如果再用本科的中国现代文学史教材讲授，势必有很多重复，学生是不会欢迎的。如何在大专学习基础上提高一步，适应当前这类进修班、培训班之类的教学需要和大专程度以上学生的要求，就是这本教材所试图解决的问题。教材贵在实用，这就是这本教材的实用价值。

顾名思义，这本"专题史"，是不同于"中国现代文学史"的，它有按体裁分类的史的线索，全书除"导论"外，分为诗歌、小说、散文、戏剧四个部分，每种体裁的第一篇，都属于"概论"性质，对该种体裁三十年的发展概况作了论述；对各个部分的作家、作品、某些社团流派，大体上是根据在文学史上的地位、时间顺序安排的。同时它又带有"专题"的性质，跟"现代文学史"相比，不仅不再有文学运动和文学思想斗争的专门章节（大专阶段已学过），而且所涉及的面也不那么广。不过，对本书入选的作家作品和社团流派，一般都不作面面俱到的评价，不像"现代文学史"那样论述得那么全面。但是，过去由于"左"的思潮的影响，一些被"遗漏"或被简单否定的作家和流派，这里倒给予了一定的重视和探讨。所以，从全体看，面窄了，而从局部上看，又比过去宽了。同时还根据某些作家作品和社团流派的特点，侧重从某一方面进行论述。这一点在各个题目上都已经体现了出来。这样，对各个问题的论述就深一些，或者说，充分一些；其中既有吸收前辈和时贤的成果，又有执笔者自己的见解。把"史"和"专题"结合起来，命名为《中国现代文学专题史》，是有一定道理的，也是创新。从"专题"意义上说，这本教材还有一定的学术价值。

解放以来，公开出版的中国现代文学史著作已经不少；但现代文学专题史一类书，似乎还没有；这本《专题史》，可以说是一种创新的探索。既然是新探索，则缺点和问题大约是难免的。如体例的构思，范围的大小，专题的确定，重点的选择，这些都有可以研究的地方，不可能一下子达到完美的程度；只有在今后的教学实践中不断提高修改，逐步解决发现的问题。

这本教材是集体编写的，优点是集思广益，分工合作，能在较短的时间内完成，以应当前教学的急需；又因为是"专题史"，在分配"专题"时，可根据各人特长分配，以便发挥各自的优势，容易把自己的研究成果写进去。然而集体编写也必然存在缺陷：文章风格的差异，内容的详略，重点的选择，都是很难完全一致的；尤其是有些同志在"史"上用笔多一些，有些同志在"专题"上多下一点工夫，是大概难以避免的。至于质量水平上有差别，也是客观存在，即使一个人写的，各章节的水平也不可能完全一样，何况是集体编写。

鲁迅在《我怎么做起小说来》中说："批评必须坏处说坏，好处说好。"我不知道以上的话是否符合这意思，请读者读过这本教材后再说吧。

1986 年 10 月于北京，八十三岁

《中国现代文学名作选讲》序

　　研读中国现代文学作品是学习中国现代文学最基本最主要的内容。学习中国现代文学史是要了解文学运动的发展，文学社团流派的演进，然而最重要的还是研读现代文学的作品。如果离开了中国现代文学作品，也就没有什么中国现代文学史可言了。因为，研读中国现代文学作品，才能使我们受到新文学作品的熏陶，提高我们的文学鉴赏水平和文学写作能力；才能使我们对新文学有具体的感受，从而为学习中国现代文学史创造了条件。我在南开大学讲授中国现代文学时，就是一边讲解现代文学作品，一边勾勒文学史轮廓（重点在于讲作品），两者互相促进，效果是比较理想的。不然的话，架空地讲述文学史，学生有了一些文学史知识，也用处不会多大。近几年，函大、电大等少数学生是有这方面的经验教训的。

　　臧恩钰等同志编写这套《中国现代文学名作选讲》，由辽宁教育出版社出版，供大专学生学习和社会上爱好文学的读者阅读，这对社会，对他们自己都有好处。我八十三岁了，眼疾未减，又患了坐骨神经痛，右腿疼痛，右脚发麻，不能久坐。他们来信请我作序，我还是愿意表示支持的。

　　他们这套书约六十万字，上中下三册，入选九十四篇作品。其中绝大多数是常见篇目。像《阿Q正传》等一些作品，经过了时代的筛选和历史的沉淀，它们仍然程度不同地闪耀着光辉，启示着后人，展示着那个时代的文学面貌，荟萃了那个历史阶段的文学菁华，因而是必须研读，细心理解消化的。此外，还选入胡适、周作人、徐志摩、戴望舒等人的部分作品，这是前些年很少选用的，可供读者更全面地了解中国现代文学的面貌，扩大知识领域。

对于初学中国现代文学的人，要研读中国现代有代表性的作品，那就要把握作品的思想性和艺术性等基本内涵。为此，这套书在选文后的讲解中，不做抽象的点评，也不做泛泛的评论，而注意从结构入手进行分析，切切实实帮助读者提纲挈领地掌握内容，明确主题意义；对入选的中短篇小说和独幕话剧中的主要人物，进行了扼要的评介；对每篇入选的作品，都条分缕析地指明其主要的艺术特点，并稍加论证说明，以使初学者易于捕捉，领会。在编写中，对于主题的把握，人物的评介，主要艺术特点的概括，他们都注意了吸收学术界近年来的研究成果，对其中争议较大的问题则采用通说，从而使讲解力求新颖、简明而便于学习。

中长篇小说和多幕剧的选编历来是个难题。教学中不可忽视，而选本又无法容纳。有鉴于此，他们把这些长文保留篇目，写成"情节概述"，意在使读者从言简意赅的缩写中了解作品的大概。这是个没有办法的办法。在学习中绝不能就此止步，一定要进而阅读其原作。尽管这些"情节概述"努力想写得准确，有文采，但其容量和风貌等毕竟不是原作的样子了。

这套书并非出自一个人之手，有些篇的讲解扎实、准确、有力；有的则稍差一些。关于选文的艺术分析，本来是见仁见智的问题，宏观与微观也自有不同。至于书中的概括，只能作为阅读时的参考。各篇的艺术特点的主次轻重，也都难以把握得多么科学、公允。加之编写者的功力的不同，自然会有水平上的差异。

近年来，越来越多的中青年同志参加了中国现代文学的学习与研究，使这一学科出现了前所未有的生机和活力，实在令人欣慰！但愿这套书的出版对这可喜的局面产生其历史的作用！

1986 年 12 月于北京

《五四新诗史》序

 五四运动是中国民主革命史上一个划时代的革命运动，也是中国历史上前所未有的伟大思想解放运动。在这个伟大的革命风暴中，几乎所有上层建筑都随着新经济、新形势的急剧变化而发生了变化。在"五四"前酝酿已久的文学革命（包括诗歌革命），这时也伴随着伟大的思想解放运动而爆发而兴起。五四运动犹如猛烈的狂飙，向着死气沉沉的旧中国的各种反动落后势力、反动落后文化，展开了洗涤和扫荡，新民主主义在马克思主义思想照耀下，挟着旺盛的生命力和战斗力，揭开了中国历史崭新的一页。诗歌革命运动在"五四"狂飙中，成为新民主主义革命重要的一翼，随着整个革命运动的发展，生动有力地反映了"五四"这个伟大运动的革命精神，发挥了它的战斗作用，并以全新的精神、风格、形式与语言，开创了一代新的诗风，成为中国现代诗歌的伟大开端。

 在"五四"时代的诗歌革命运动中，白话诗的诞生，虽然不能说它就代表着整个"五四"新文学运动，但新诗却是这个运动中最早取得战绩的领域。因为新诗在五四运动中据有了一个又一个战斗阵地，形成了一个又一个社团和诗歌新流派，培养了一批又一批新诗人，产生了一批又一批新诗创作。在"五四"时代及以后的各个时期的诗歌界，新的流派、新的诗作，争奇斗艳，千姿百态，呈现出多种多样的繁荣局面。同时，新诗以战斗的姿态，出现在"五四"时代诗坛，在以后的革命风暴中，它昂扬前进，一直为反帝反封建的新民主主义革命擂鼓呐喊。总之，"五四"新诗运动取得了不小的成绩，有成功的诗人，有成功的诗作，革命现实主义和积极浪漫主义在诗歌领域一步步得到了发展，并成为诗坛的主流，为新诗运动作出了贡献，形成了一个光辉的战斗传统。但，这并不等于说，"五四"以来的中国现代诗歌，是十全十美的。相反，在常用的几种文体样式中，人们认为新诗在它的发展中，其成就没有赶上或超过小说、戏剧和散文。诗歌和其他样式的文学成就相比，显得确有逊色，这也是事实。这除了诗歌在诸种文学样式中属于高度集中、高度凝炼的浓缩的语言艺术这原因之外，还说明新诗本身在发展中存在着缺点和问题，特别是艺术形式和语言等方面存在着问题。例如，什么样的形式，才是人民大众所喜闻乐见的民族形式？中国作风中国气派的社会主义内容的民族形式的新诗怎样建立？在继承和借鉴中，怎样处理好新诗和中国古典诗歌与外国诗歌以及中外民歌的关系等等？问题是存在的，但不能否认，"五四"以来的新诗运动，已经走过了六十多年的光辉历程，是有重大历史贡献和成绩的。毛泽东同志曾经指出："在'五四'以来的文化战线上，文学和艺术是一个重要的有成绩的部门。"当然这也包括新诗在内。根据毛泽东同志指示的精神，早应全面就现代、当代，小说、诗歌等，总结并写出反映这六十多年文学发展的规律和经验的史学著作。建国以来，中国现代文学史已出版了好多部，可是文体发展专史还是缺门，现在虽然有了"中国现代小说史"、"散文史"，而"杂文史"、"戏剧史"和"诗歌史"，尚付阙如。对于"五四"以来新诗发展的历程和这一历程每个阶段的丰富经验和它的缺陷与教训，认真地深入地全面、科学地研究与总结，写出完整的"中国现代诗歌史"，已经是迫不及待的事情。因为探讨"五四"前后新诗运动是怎样产生的，它在当时的种种表现怎样？哪些是成绩和经验，哪些是存在的问题？通过历史的总结加以说明，对于借鉴历史经验，繁荣我国的社会主义诗歌创作，有着重大的意义。

据说，北京、南京、武汉、南宁、济南、兰州等地，都有人着手这方面的研究和编写，有的已发表或出版了有关这方面的论文或研究结集，但以史的体系出现的诗史专著，我看到的只有青海祝宽同志的《中国现代诗歌史》第一分册。这一分册由于某种原因，决定改名为《五四新诗史》，正式出版。祝宽同志着手写这部书，开始于 1980 年秋，第一分册写成于 1981 年夏，他将这本书的内部交流铅印本寄给我，已是 1982 年秋天了。

我和祝宽同志相识于 1950 年，我们在北京师范大学中文系是同事，又是民盟的同志，当时他协助我筹建了北京师大的中国民主同盟组织。以后我听说，从 40 年代开始，他因对草川未雨《中国新诗坛的昨日今日和明日》一书的过于草率和难以令人满意，就准备写一部新诗史，曾一方面搜集资料，另一方面试写了若干这一范围的论文，当时限于种种条件，未能成书。由于解放前他曾参与《泥土》杂志编辑工作，由于阶级斗争扩大化被牵连进胡风一案，他的遭遇比较曲折坎坷，编写新诗史的愿望一直无法实现。这次把内部交流本诗歌史寄给我，要我提些意见，我只简复一信，说："此书填补了现代文学史一个方面的空白，全书完成后，将是一部规模颇大的著作。"正由于计划规模太大，出版便发生了问题，几家出版社因全书难以一时完成，对这一分册出书产生了"神龙见首不见尾"的顾虑。我以为对这样一本具有不少优点和意义的"创始之作"，如果不能出版，确是一件憾事。这本书完整地论述了"五四"时代新诗的种种史实，是一部可以独立成书的断代专史。作者拟以《五四新诗史》独立出版，将来写出一本，再各自命名出版一本。这样做，既无损于原计划六册成书的原意，而且对作者、读者、出版家都方便。在不久前，根据各方意见和建议，作者对内部交流稿，进行了加工修改。如对原章节安排作了一些调整，对于论述某些诗人的专章，动了大的手术，这样经过加工修改，比原稿有了显著的改进与提高。

这部书确有它的特色，并写出了新意，有不少突破。举例来说，如对原始资料不仅搜集得相当丰富，而且能够探幽采佚，从当时的报刊上钩沉补漏。对史实的鉴定，也做到了求实存真。在理清"五四"时代新诗发生发展的脉络，探索新诗发生发展的规律方面，颇有独到之处，能够以进步的领导思想作一条红线，贯穿全书，纲举目张，有条不紊地进行论述。对诗人诗作的探讨评论，不仅分析精当，观点史识也都有新突破，而且在论定时常有新颖、中肯之论。如历来诸多争议的胡适、周作人、康白情等，对其功过是非、前后变化，均以历史眼光出之，竭力试作客观评价，不为从来的、有形无形的大大小小的框框所限制，一扫过去形而上学和庸俗社会学的歪风，还历史以本来面目。同时加强了诗作的艺术分析，坚持了在分析中贯彻思想艺术统一的原则，重视了艺术特色、艺术成就的评价。总之，作者在不少方面，作出了可贵的努力，为总结"五四"以来新诗发生发展的经验与教训，作出了有益的探索，为现代文学史中的专题史研究，提供了初步的成果，踏出了一条路子，是有开拓性意义的专著。

我想对于本书中某些见解、观点、看法、材料的取舍安排，主次的确定以及采用的体例等，肯定会有不少不同的意见，但这并不影响本书在学术争鸣中自成一家的地位，唯其是开创性的工作，自然不能一下子臻于完善。以上也只是我个人对本书的一些看法，不一定都说得准确，用意在于对此项工作引起学术界的重视。

1985 年 10 月中旬于北京

（《五四新诗史》，祝宽著，陕西师范大学出版社 1987 年出版）

《茅盾谈话录》序

1935 年 11 月，鲁迅在孔另境编《〈当代文人尺牍钞〉序》（《且介亭杂文二集》）里说：

> 不过现在的读文人的非文学作品，大约目的已经有些和古之人不同，是比较的欧化了的：远之，在钩稽文坛的故实，近之，在探索作者的生平。而后者似乎要居多数。因为一个人的言行，总有一部分愿意别人知道，或者不妨给别人知道，但有一部分却不然。然而一个人的脾气，又偏爱知道别人不肯给人知道的一部分，于是尺牍就有了出路。这并非等于窥探门缝，意在发人的阴私，实在是因为要知道这人的全般，就是从不经意处，看出这人——社会的一分子的真实。
>
> ……所以从作家的日记或尺牍上，往往能得到比看他的作品更其明晰的意见，也就是他自己的简洁的注释。……
>
> 另境先生的编这部书，我想是为了显示文人的全貌的……

五十年前，孔另境同志编选了一部《当代文人尺牍钞》（1936 年生活书店出版时，改名《现代作家书简》）；五十年后的现在，他的遗孀金韵琴同志又编写了一本《茅盾谈话录》，这是偶合，但都是为着"钩稽文坛的故实"和"探索作者的生平"，以达到"知道这人的全般，就是从不经意处，看出这人——社会的一分子的真实"，使读者"得到比看他的作品更其明晰的意见，也就是他自己的简洁的注释"，"显示文人的全貌"。鲁迅是就作家的日记和尺牍（书信）对读者和研究者的作用讲的。《茅盾谈话录》不只有中国现代著名作家茅盾的二十九封书信，而且有比一般书信和日记更详细的、向至亲谈的，因而也是比较少顾虑的六十五篇"谈话录"，以及根据茅盾的多次谈话综合写成的七篇"札记"。单是"谈话录"，则谈茅盾日常生活的有二十六篇，谈文学艺术生活和问题的有二十三篇，谈文艺界著名人物的有十六篇，都是在茅盾公开发表的著作中没有的。"札记"和"书信"也是如此。都是研究茅盾在某一特定时期的少见的资料；因为惟有在跟自己至亲的无拘无束的谈话中，才能流露出平时不易流露的思想感情。

本书编写的经过，金韵琴同志在《前言》里已经说得很清楚了；她在给我看本书稿本的来信中有几小段话也录出供读者参考；这也可以看出她编写本书的思想态度和精神。

一、1981 年冬，我曾将整理出来的《茅盾和他的女儿》、《茅盾与司徒宗》等单篇"札记"寄给沈霜（韦韬，茅盾之子），请提意见，但他没有复信，不置可否；以后我也不再打扰他了。现在看到他的《声明》，认为我在《新民晚报》上发表的谈话录，"有很多地方是失实、虚假、拼凑的"，我表示欢迎，并希望他能作出具体的指教，使我有一个订正的机会。

二、这些雁姐夫的谈话笔录，是我在每次谈话后回到自己的卧室里凭记忆追记的；当时记得比较简约，那些具体的细节描写，则是在我后来整理时回忆补记的。当然，凭记忆追记，不等于录音；将近十年以后的回忆补记（1975~1984），更不可避免地会产生这样那样的出入；但是，我可以肯定的是：（一）主要事实情节不会有错，我绝不造谣虚构。（二）对一位伟大作家的言行举止的记叙，我是抱着极端严肃郑重的态度来处理的。比如雁姐夫谈话中涉及一些当代作家的事，我都发信验证，曾得到胡绳、臧克家、骆宾基等同志的复信；一些主要事实有条件可以核实的，都曾发信给有关机构或省市文联等单位落实。为了进一步求得广大读者的帮助，我把整理的部分谈话笔录在一些报刊上陆续发表。不少热心的读者撰文发表或写信给我，有的鼓励，有的则真诚地说明事实真相，指出我记忆的失误，使我在出书时有订正的机会。所有这些做法，都是出于我对雁姐夫言行的认真负责的态度。

三、作为一位伟大作家的亲属，总是希望研究他的有关资料能够日益丰富，而不能因噎废食，规定所有研究资料必须百分之百的正确，或者必须由作家本人过目以后才能发表；要是这样，那么，我国古代的《论语》不会流传至今了，《歌德谈话录》也不可能出版了，有关记叙鲁迅活着时的一些言行的回忆录，也不可能发表了。但是，歌德的亲属或鲁迅的亲属却并未因为看见这些谈话录或回忆录，出来说"凡引用《谈话录》作为研究依据而产生的错误，概与茅公无关"，这种类似的话。因为道理非常浅显：凡是"失实、虚假、拼凑的东西"在广大读者的面前，总是经不住时间的检验，因而也无损于伟大作家的形象于万一。

我觉得金韵琴同志以上这些思想、精神和态度都是很好的，从全书写作的内容看，她也是这样做的。除茅盾已发表的著作外，这是了解茅盾、研究茅盾的某些方面的可供参考的资料。又兼作者文字流利生动，用娓娓动听、笔锋常带情感的语言，使叙述人的神形俱现，因而也是一本带文艺性的书，不是茅盾研究者也可以看看的书。

1984 年 7 月于北京

努力做好中国现代文学作品的选析

从五四时代（1917~1921）到1949年全国解放，大约三十年时间，是无产阶级领导的人民大众的反帝反封建的新民主主义革命的时代。反映这个时代的是马克思主义和毛泽东思想领导的反帝反封建的新民主主义文学；它有社会主义因素，这因素并且在逐渐增加，但还不是完全的社会主义文学；只有鲁迅的后期作品和其他少数人的少数作品，可以称为无产阶级的革命文学。

这个短短的三十年的中国现代文学史，也产生了不少优秀的甚至伟大的作家和经得起时间考验的作品。但这些作品所反映的是解放前的生活和斗争，对于现在有些中青年读者是有些陌生和部分有些陌生的了；这就需要注解出它的写作背景和主题思想，注解出它的难词难句，在一般字典词书上所查不到的。再加以通篇的分析或讲解，那就更有助于读者。

对中国现代文学作品加以"选析"，这是很需要和很重要的普及工作：它既加以精选，选出三十年间的代表作品，又加以注释和分析；既可供一般读者阅读欣赏，又可供研究者研究参考。《中国现代文学作品选析》的编者是努力这样做的。

1984年5月于北京

编者附言

附，《辽宁教育学院学报》所载这篇文章，是李何林教授应邀为该院

中文系现代文学教师与其他院校同志合编的《中国现代文学作品选析》
（上下册）一书写下的序言。题目是《学报》编者加的。此书的编写参考
了教育学院系统现代文学教学大纲。全书七十万字，共选文九十九篇。作
为专科教材略有余地，也可作为本科教材。为了使全书篇幅不至过多而选
文范围较广，对入选的长篇小说和多幕剧采取写"故事梗概"的办法，既
要抓住故事主线，又力求体现一些原作风貌；对其他选文的思想内容和艺
术特点，都做了概略的"简析"。臧恩钰、王野、张宝华、常雪松做了此
书的编辑工作，后经臧恩钰定稿。在编写中就曾得到年逾八十的李何林先
生的关怀和原则指导。此书由辽宁省朝阳地区教育学院负责印发，七月中
旬即将印出。

中国现代作家作品论的基本原则

（1984 年 9 月在中国现代文学学会年会开幕式上的发言）

从十月革命以后的五四时代（1918～1921），到 1949 年全国解放，中国现代文学的主流是"无产阶级思想领导的、人民大众的、反帝反封建的、反买办官僚资产阶级的、新民主主义的文学"。它的创作方法的主流是现实主义和革命现实主义，浪漫主义和革命浪漫主义。

主流以外，自然还有支流和逆流，有买办资产阶级思想和封建思想领导的、直接间接反人民大众的、维护帝国主义、封建势力和买办官僚资产阶级利益的文学。它们的创作方法，大多是反现实主义和反积极浪漫主义的世纪末的逃避现实的种种流派，如唯美主义、颓废主义、消极浪漫主义、象征主义（和采用某些象征手法的作品不同）等等，鸳鸯蝴蝶派也是反现实主义的。

中国现代文学史或现代作家作品论，自然主要是讲主流，但也不能不讲某些有代表性的有影响的支流和逆流。因为文学是社会生活通过作家头脑的反映，在阶级社会中，社会生活和作家头脑都带有阶级性，文学是或隐或显、或直接或间接反映这种阶级性，在文学界的阶级斗争中变化发展的。如只讲主流，不讲支流和逆流，就看不见这种在斗争中的文学变化发展，好像文学是在"无冲突"中前进的。这不符合文学在阶级社会中的存在和发展的实际。

在作为主流的作家作品中，接受无产阶级思想的影响，也有或早或晚、或多或少、或明或暗的不同。为人民大众的思想、反帝反封建反买办官僚资产阶级的思想，表现的也有或明或暗、或多或少、或直接或间接的差异。甚至在一个作家或一篇作品中，他的主导倾向是有利于人民大众和反帝反封建等等的，但在某些方面也可能夹杂些不利于人民大众的思想感情。因为作家的生活思想来自阶级社会的各个方面的复杂的社会影响，它不可能是纯而又纯的。作家作品论者的任务，就在于把作家作品放在他们所处的时代社会背景上和当时阶级斗争的实际中，给以实事求是的具体的多方面的分析。主要是看他的全人或全作品对当时和以后社会的影响如何，这里面自然也包括审美的效果。

从作家作品和革命的直接间接关系这个角度来评论作家作品，是马克思列宁主义对文艺批评史的杰出贡献；列宁论列夫·托尔斯泰和瞿秋白、毛泽东、周恩来论鲁迅，是众所周知的范例。革命是历史发展的动力，"如果我们看到的是一位真正的伟大艺术家，那么他就一定会在自己的作品中反映革命的某些本质的方面"。"托尔斯泰的思想是我们农民起义的弱点和缺陷的一面镜子。""大部分农民则是哭泣、祈祷、空谈和梦想，写请愿书和派'请愿代表'——这一切完全符合列夫·托尔斯泰的精神。""作为俄国千百万农民在俄国资产阶级革命快到来的时候的思想和情绪的表现者，托尔斯泰是伟大的。"但是，列宁又具体分析了托尔斯泰作品中的四个方面的思想的显著矛盾：

> 一方面，是一个天才的艺术家，不仅创作了无与伦比的俄国生活的图画，而且创作了世界文学中第一流的作品；另一方面，是一个发狂地笃信基督的地主。一方面，他对社会上的撒谎和虚伪作了非常有力的、直率的、真诚的抗议；另一方面，是一个"托尔斯泰主义者"，即是一个颓唐的、歇斯底里的可怜虫，所谓俄国的知识分子，这种人当众捶着自己的胸膛说："我卑鄙，我下流，可是我在进行道德上的自我修养；我再也不吃肉了，我现在只吃米粉团子。"一方面，无情地批判了资本主义的剥削，揭露了政府的暴虐以及法庭和国家管理机关的滑稽剧，暴露了财富的增加和文明的成就同工人群众的穷困、野蛮和痛苦的加剧之间极其深刻的矛盾；另一方面，狂信地鼓吹"不用暴力抵抗邪恶"。一方面，是最清醒的现实主义，撕下了一切假面具；

另一方面，鼓吹世界上最卑鄙龌龊的东西之一，即宗教。

——列宁：《列夫·托尔斯泰是俄国革命的镜子》

在中国现代文学中，具体到一个作家或一篇作品中，可能不会具有像托尔斯泰这样多的突出的思想矛盾，尤其是作为主流的作家作品。因为他们基本上是直接间接、或多或少在无产阶级思想领导下，有意无意地配合新民主主义革命的实践要求，在进行反帝反封建等等的创作的。这个主导倾向使他们或多或少有利于新民主主义革命，有利于人民大众。但其中也可能夹杂些不利的因素，表现作家的思想矛盾，自然是应该指出的。不过首先应该肯定他们的作为主导的进步倾向。在 20 年代末和 30 年代初中期（1928～1935），中国左翼文艺界曾经有人教条主义地用"无产阶级文学"的要求否定了鲁迅和茅盾的作品，贬低或批评了中间偏左的有利于新民主主义革命的几位著名作家。他们教条主义地不了解中国的社会性质是半殖民地半封建社会，中国革命的性质是反帝反封建反买办官僚资产阶级的新民主主义革命，还不是社会主义革命。这个革命所要求的文化（包括文学）也只能是有社会主义因素的（因为它是马克思主义思想领导的）新民主主义的文化，还不完全是社会主义文化。怎么能用无产阶级文学或社会主义文学的标准要求二三十年代的作家作品呢？至于三四十年代的少数作家的少数作品（如鲁迅等）突破了新民主主义思想的范围，表现了更多的社会主义和共产主义思想，用辩证唯物主义来观察表现现实，那是他们个人在学习和斗争实践中更多地接受了日益广泛传播的马克思列宁主义的影响的缘故；像高尔基的社会主义现实主义作品突出在"十月革命"以前的俄国那样。

对于委婉曲折地维护帝国主义和封建势力等等的利益，不利于人民大众的、属于现代文学的支流或逆流的作家作品，不要因为他们偶有一鳞半爪的进步内容或艺术形式，掩饰了他们的反动后的主导倾向，因而忽略了对他们的揭露和批判，像 80 年代有些人替一些人翻案那样。这都是由于没有从现代文学和革命的利害关系，和人民大众的利害关系来评价的结果。1932 年自称"自由人"的和自称"第三种人"的某些人，对在反动派压迫下的左翼文艺的攻击，在客观效果上明明对于反动派有利，他二人也因此取得了不久以后投靠反动派的资本；但到 80 年代还有人替他们翻案：说"左联"不应该批判他们，"左联"不团结他们是关门主义和宗派主义；他们应该是团结的对象，不是批判的对象；不应因为他们以后变坏了，就认为 1932 年批对了，等等。这是被当时他们的"自由人""第三种人"的虚伪的"中立"假面具蒙蔽了，他们伪装中间派，实际是偏右的；他们不久就成了彰明较著的反动派。因此，"左联"的关门主义和宗派主义并不表现在对"自由人"和"第三种人"的批判这个问题上，而表现在其他方面。

总之，中国现代作家作品论，我以为应该按照：中国现代文学是"无产阶级思想领导的、人民大众的反帝反封建、反买办官僚资产阶级的新民主主义文学"这种性质和标准来分析评价；用高于这种文学的性质和标准或低于这种文学的性质和标准去评价，将会不是失之于过"左"，就会失之于过右；在解放前和解放后都产生过这两种偏差。因此，辩证唯物主义和历史唯物主义以及二者和中国革命实际相结合的《新民主主义论》，应该是我们的指导思想，是现代作家作品论的基本原则。这个新民主主义的基本原则，也适用于对这三十年间历次文学运动和文学思想斗争的评价；更适用于五四时代文学运动的领导思想问题的解决：新民主主义革命一开始就是无产阶级思想领导的，五四时代的文学运动也不能例外；而且这早已为当时彻底反帝反封建的文学主流所证明了的。

1984 年 8 月于北京

读曹靖华译《城与年》

这是以"知识分子对于革命的感受"为主题，以第一次世界大战与苏联军事为背景而展开了广大场面的一部四十万字的巨著。

所谓"城"，是由德国的纽伦堡、爱兰艮……写到俄国的彼得堡、莫斯科……所谓"年"，是由1914年第一次世界大战的前夜起，一直写到1922年即苏联新经济政策开始止。作者斐定，把战争与革命的这些年，描绘在这一部作品里。

这一部作品，以结构奇特见称。"小说收场的那一年"是第一章的题目，即1922年，写主人翁安得列的死。这以后，在我们面前出现了1919年，从一个闭塞的小城来到彼得堡的活的安得列，他鬼鬼祟祟，做了些令读者莫名其妙的事情；他带着读者所不知道的一封介绍信，寄居在一个他完全不认识的人的家里。一位神秘的石泰茵的出现，不但使安得列惊惧失色，也使读者忧疑不安。后来安得列在街上碰到一个奇怪的女人，这女人竟是他的太太。

这小说一开始就令读者坠入五里雾中，莫明所以。接着就由1922年经1919年，跳到1914年，从俄国的彼得堡，跳到德国的爱兰艮。1914年才是这小说故事的开端，经过"离开本题"，接着是1916、1917、1918、1919和1920年，共计九章。

译者说："这种章目的倒置（亦即年的倒置），使小说增添无限秘密，动力，使小说的情节紧张，使事件急转直下地展开来，使读者的注意力一直集中到底，不终卷是不会释手的。"这话，在我读过这部小说后很有同感：与这部小说相比，我觉得其他许多小说的结构或表现方法，都是平铺直叙，是"平面的"，这部小说则与人以"立体的"感觉。它处处有伏线，有秘密，不但不能略去一章一段，即人物面上一个伤疤也不能放过，否则就失掉线索。这是作品的谨严处，也是大匠手腕之高超处。这儿你看了上一章，不知下一章如何；看了前半部，不知后半部怎样，不知结局；如此紧紧抓住读者的注意力，使他不终卷不能释手，这也就是它的吸引力。一般平铺直叙的，流水账似的作品，中间剪去几段，若无所失，一样可读；每每读前章，即知下章，读起首即可猜到结局。这部小说的艺术成就或艺术价值在此，这部小说的难读处也就在此：它没有一般平铺直叙、头绪单纯的小说容易读，非静静地，紧张地集中自己的注意力是不容易了解的。这不但是中国新文学作品所没有的一种结构，也是苏联文学中仅有的作品。它使作者施展艺术巨匠的才华，引起批评界的注意，译成了好多种文字，在世界文坛上获得光辉的荣誉。

和鲁迅先生一样，本书译者曹靖华先生每译一书，除本文外，都尽量搜集编译一些与了解本文有关的材料，如作者小传，别人对于作者和作品的论评，或作者创作和译者翻译本书的经过，等等，附印在本文的前后，以供读者参考。《城与年》亦不例外：在本文的前面附有郭列斯尼柯瓦作的《普及本原序》和作者特为这部中文译本写的《自传》，后面附有译者的《译后记》。这三篇文章共三万余字，它告诉我们作者的生平、著作、作风；本书的概略；各个人物的典型的意义、社会批判的价值；作者现实认识的优点和缺点，人物表现的长处和短处；这部小说的艺术价值或成就，作者创作本书的过程，译者翻译本书的经过，给我们了解本书以非常丰富的指导。这是我们的翻译界应该效法的，不要除了本文以外什么都没有。

除上述所附三篇文字，书前还印有作者最近相片一张，书内有苏联著名木刻家亚历克舍夫为本书刻的插图二十七幅（据作者说这种插图本的《城与年》，由于战争的破坏，现时在苏联也找不到了）。而尤其难得的是这每一幅插图都有鲁迅先生亲笔题的说明。

三十七年（1948 年）4 月于台湾大学

（载于《文艺春秋》六卷五期）

《中国新文学史》教学大纲（初稿）

　　中央教育部组织的文法学院各系课程改革小组中的"中国语文系小组"决定依照部定在 1951 年 6 月以前，把中文系每一课程草拟一个教学大纲，以便印发全国各校中国语文系。其中"中国新文学史"一课的教学大纲草拟工作，由老舍、蔡仪、王瑶和我（原定有陈涌同志，他因忙未能参加）担任。因为大家都忙，我们只在一块商讨了两次：第一次根据蔡仪、王瑶和东北师大中文系张毕来三同志所草拟的三份大纲，交换了一些意见；会后再由我参照这三份大纲草拟一个大纲，第二次即讨论这个大纲，略加修改通过。而大家认为第三、四、五编内有关作品各章的那样分类和所例举的那些作家，是否妥当，是否挂一漏万，实成问题。但又觉得有这些小标题，比仅有笼统的诗歌、小说、散文、戏剧的每章大标题，对于有些人也许更有些帮助。所以决定把这些小标题抽出来，作为"附注"放在后面，仅供参考（我们呈交教育部的一份，是这样办的）。这里我没有把它们抽出来，而在每一章标题下面加注一句"本章各节小标题仅供参考"；这当然由我一人负责。

　　由于这个大纲是四个人在极短的时间内，匆忙草成，粗滥是在所难免的；所以不但希望全国"中国语文系"的有关教师同学们提示意见，而且还盼望文学界的同志们也能注意、研究和批评，以便将来修改。

　　所以我把它发表在这里。

李何林

1951 年 5 月 30 日

绪 论

第一章 学习新文学史的目的和方法

第一节 目的

一 了解新文学运动与新民主主义革命的关系

二 总结经验教训，接受新文学的优良遗产

第二节 方法

一 辩证唯物论和历史唯物论

二 马列主义的文艺理论和毛泽东的文艺思想

第二章 新文学的特性

第一节 新文学不是"白话文学""国语文学""人的文学"
"平民的文学"等等

第二节 新文学是新民主主义的文学

第三章 新文学发展的特点

第一节 无产阶级思想领导的发展

第二节 新文学运动的统一战线的发展

第三节 大众化（为工农兵）方向的发展

第四节 新现实主义精神的发展

第四章 新文学发展阶段的划分

一 "五四"前后——新文学的倡导时期（1917～1921）

二 新文学的扩展时期（1921～1927）

三 "左联"成立前后十年（1927～1937）

四 由"七七"到延安文艺座谈会讲话（1937～1942）

五 由"座谈会讲话"到"全国文代大会"（1942～1949）

第一编 "五四"前后——新文学的倡导时期
（1917～1921）

第一章 "五四"前夕的文学革命运动

第一节 文学革命运动发生的原因

一 鸦片战争以来的新的社会基础

二 在这新基础之上的旧民主主义的文学改良运动

第二节　与"甲寅"派的斗争

第三节　与"现代评论"派的斗争

第五章　"革命文学"的萌芽和生长

第一节　1923年《中国青年》几位作者的主张

　　一　指出工农兵是革命的主力，主张知识青年应走向工农兵

　　二　批判"为艺术而艺术"与"为人生而艺术"的思想，主张文学应该为革命服务

　　三　反对写空想的革命文学而不从事革命斗争；主张深入工农兵，写工农兵生活

　　四　主张革命文学的统一战线

第二节　郭沫若、蒋光慈、郁达夫、成仿吾等的主张

第三节　鲁迅前期的文学主张

第三编　"左联"成立前后十年（1927～1937）

第一章　本时期的社会政治和文学的情况

第一节　蒋介石反动政权与人民的斗争

第二节　"九一八"以后的新的情势

第三节　文学方面的大略情况

第二章　革命文学或"无产阶级文学"运动

第一节　创造社和太阳社的主张

第二节　与鲁迅、茅盾等的论争

第三节　"左联"的成立和其主张

第三章　与反对派的斗争

第一节　与资产阶级"新月派"斗争

第二节　与法西斯的"民族主义文学"斗争

第三节　与虚伪的"自由人""第三种人"斗争

第四节　与封建余孽的"复兴文言"斗争

第四章　理论在论争中发展

第一节　强调"进步的世界观"的正确及其偏向

第二节　机械唯物论的错误和纠正

第十章　不灭的光辉

第一节　鲁迅的伟大成就

第二节　鲁迅所领导的方向

第四编　由"七七"到延安文艺座谈会讲话
（1937～1942）

第一章　抗战与文学的抗战

第一节　新的情势与新的组织（叙述抗战开始的情势，"全国文协"成立及其活动）

第二节　"文章下乡，文章入伍"（叙述文艺工作者特别是戏剧界为抗战服务的事实）

第二章　通俗文艺和大众化问题

第一节　"五四"以来的新文学服务于抗战的局限性

第二节　通俗文艺的大量制作

第三节　大众化问题的讨论

第三章　"民族形式"问题的论争

第一节　民族形式问题发生的原因（国内的、国外的）

第二节　几种不同的主张

第三节　这几种主张的偏向

第四章　理论斗争与不良倾向的纠正

第一节　与"战国策派"和"抗战无关论"的斗争

第二节　与"反对暴露黑暗"和"为艺术而艺术"的斗争

第三节　与"王实味的文艺观"的斗争

第四节　公式主义和客观主义的纠正

第五章　本时期的诗歌——为祖国而歌（本章五节小标题仅供参考）

第一节　"战声"的传播（郭沫若、冯乃超、高兰等）

第二节　"人的花朵"（艾青、田间、柯仲平等）

第三节　"七月诗丛"及其他（胡风、绿原等）

第四节　抒情与叙事（力扬、沙鸥、袁水拍等）

第五节　"诗的艺术"（老舍、方敬、冯至、卞之琳等）

第六章　本时期的小说（本章四节小标题仅供参考）

第一节　后方城市生活种种（茅盾、巴金、靳以等）

第二节　变动中的乡镇和农村（沙汀、艾芜、丁玲等）

第三节　战争与人民（丘东平、孔厥、路翎、郁如等）

第四节　新人与新事（碧野、田涛、骆宾基等）

第七章　本时期的戏剧（本章三节小标题仅供参考）

第一节　抗战与进步（田汉、洪深、老舍、曹禺等）

第二节　敌区与后方（夏衍、陈白尘、于伶等）

第三节　历史故事（郭沫若、吴祖光、阳翰笙、欧阳予倩等）

第八章　本时期的报告、杂文和散文（本章三节小标题仅供参考）

第一节　抗战初期报告文学的成绩

第二节　杂文（"野草"丛书等）

第三节　散文

第五编　从"座谈会讲话"到"全国文代大会"

（1942～1949）

第一章　苏区文艺活动的优良传统（补叙）

第一节　古田会议在文艺工作方面的决定

第二节　农村和部队里面的文艺活动

第三节　苏区作品的特点

第二章　"延安文艺座谈会讲话"的伟大意义

第一节　确定了"为工农兵"的方向

第二节　解决了普及与提高的关系

第三节　确定了小资产阶级作家彻底改造的重要性

第四节　其他问题的解决

第三章　与反动倾向斗争和"主观"论战

第一节　与色情倾向、市侩主义和美帝文艺影响斗争

第二节　对萧军的斗争

第三节　"主观"问题论战

第四章　人民文艺的成长和"全国文代大会"

第一节　解放区新的人民文艺的成长

第二节　蒋管区民主运动和文艺运动的情况

第三节　"中华全国文学艺术工作者代表大会"的意义

第四节　毛主席文艺方向的伟大胜利

第五章　本时期的诗歌（本章三节小标题仅供参考）

第一节　工农兵群众诗

第二节　叙事长诗（李季、田间、阮章竞等）

第三节　政治讽刺诗（马凡陀、绿原、臧克家等）

第六章　本时期的小说（本章六节小标题仅供参考）

第一节　新的农村面貌（赵树理、康濯等）

第二节　土改的反映（丁玲、立波等）

第三节　部队与战争（刘白羽、孔厥等）

第四节　工厂与生产（草明、李纳等）

第五节　腐烂与新生（谷柳、老舍等）

第六节　烦闷与愤怒（沙汀、艾芜等）

第七章　本时期的歌剧和话剧（本章三节小标题仅供参考）

第一节　新歌剧（柯仲平、贺敬之等）

第二节　新话剧（胡丹沸、陈其通等）

第三节　国统区话剧（陈白尘、茅盾等）

第八章　本时期的报告、杂文、散文（本章三节小标题仅供参考）

第一节　报告文学（华山、刘白羽等）

第二节　杂文（雪峰、聂绀弩、朱自清等）

第三节　散文（解放区与国统区）

（以上各章标题下所注"本章×标题仅供参考"一句，乃因我们觉得这样分类和所例举的作家，是否妥当，颇成问题。）

教员参考书举要（初稿，请大家补充、修改）

一　总集

1. 中国新文学大系（其中十篇"导论"，另有"中国新文学大系导论集"印行）

2. 人民文艺丛书

3. 五四文艺丛书（中央文化部编，即将陆续出版；其中编选完成的各册的"序言"，多已发表，可参考）

4. 抗战前出版的著名作家的"自选集""选集"

二 论文

1. 毛主席在延安文艺座谈会上的讲话

2. 整风文献

3. 鲁迅三十年集

4. 乱弹及其他（瞿秋白）

5. 表现新的群众时代（周扬）

6. "剑、文艺、人民"（胡风）及胡风其他论文

7. 中华全国文学艺术工作者代表大会纪念文集

8. 民族形式讨论集（胡风编）

9. 大众文艺丛刊"批评论文选集"

三 历史

1. 论民主革命的文艺运动（雪峰）

2. 论文学的工农兵方向（雪苇）

3. 近二十年中国文艺思潮论（李何林编著）

4. 中国抗战文艺史（蓝海编著）

5. 中国新民主主义革命史（胡华编）

注：这个书目，是王瑶同志起草，交大家讨论通过后，又由我增改了一些。其中第三部分"历史"内五种是王瑶同志原数，第一部分"总集"我加了2、4两种，并把"批评论文选集""民族形式讨论集""文代大会纪念文集"三书移在第二部分"论文"内。这应由我一个人负责。

李何林

简单的意见

一

我在发表《〈中国新文学史〉教学大纲（初稿）》时，写在大纲前面的一段话里曾经略述过这个大纲的草拟经过："因为大家都忙，我们只在一块商讨了两次"，"而大家认为第三、四、五编内有关作品各章的那样分类和所例举的那些作家，是否妥当，是否挂一漏万，实成问题。"最后我说："由于这个大纲是四个人在极短的时间内，匆忙的草成，粗滥是在所难免的；所以不但希望全国中国语文系的有关教师同志们提示意见，而且还盼望文学界的同志们也能注意、研究和批评，以便将来修改。所以我把它发表在这里。"这个大纲可商量的地方实在太多，尤其是第三、四、五编各章内的那些小标题：分类的标准是不一致的，主要的是就题材来分，但也杂以主题（如"暴露与歌颂""热情的憧憬""烦闷与愤怒"等），文学种类（如"历史小说""游记""散文小品""杂文""叙事长诗""政治讽刺诗""新歌剧""新话剧""报告文学"等），作家集团（如"中国诗歌会""东北作家群""七月诗丛及其他"）等的标题方法，显得不统一；但主要的缺点还在于：无论是就题材、主题、文学种类或作家集团来标题分类，思想性都不够明确；但要说这些分类的标题是完全的客观主义，是也不尽然的。这只是一个"中国新文学史"的分编、章、节的《大纲》，它的思想性的比较细致的具体表现，是在讲授者的实际讲授：同是应用这个大纲讲授的教师，讲授的思想性是会很不相同的。当然大纲的思想性能表现得愈明确愈细致愈好，但我们限于学力和时间，没有能够做到这一点，所以把它发表出来，希望集思广益，用全国文学界关心这一问题的同志们的力量，把这一工作做好，这是我发表它的原因。至于每个小标题下面括弧内所"例举"的二三作家，确是当作"例"子而略"举"的，不是"列举"，同时下面还放上一个"等"字；因为我们觉得在匆忙间写出来的这些作家，势必"挂一漏万"，以至不妥。譬如在小说方面我们就遗漏了吴组缃先生；倘与我们所已举的同时代的其他作家比，吴先生是应该举出来的。其他作家被我们遗漏的一定还多。同时，我又想：是不是不必例举这许多作家，在三十年的范围内，只重点的选十几个有代表性的，影响比较大的，来讲一讲呢？倘若可以，又是那十几位作家？请大家发表意见。

二

俞元桂先生所提供的意见是很好的，是值得我们参考的。我的简单的意见是这样。

第一，第二编各章的体制为什么和其他各编不同，为什么不先论述文艺思想后论述创作呢？这由于：一、第四章的"与封建的和买办的思想斗争"，不是新文学本身的理论建设，与新文学创作的关系比较少一些；与《甲寅》《现代评论》派的斗争，时间也比较晚一些，都在一九二五年以后，对于创作也很少影响。第五章的"革命文学的萌芽和生长"，这种理论虽然在当时也多少影响了创作，但这一章的目的是为下面第三编的"革命文学或无产阶级文学运动"找它的思想的"萌芽"和"生长"的过程，所以放在第二编的末了，以便和第三编可以衔接得好一些。二、第二章的"文学研究会和创造社等的殊途同归"，也不单纯只讲创作，就那几节标题看，也是先讲理论，后讲创作的。第三章的"鲁迅和其有关的作家"，我们没有把第五章第三节的"鲁迅前期的文学主张"放在这里来讲，因为想把鲁迅当时的文学主张去和当时"革命文学"的理论比较一下；和鲁迅有关的作家的创作态度，又是和文学研究会基本上相同的，他们也很少理论，所以这里没讲。

但俞先生的意见，仍然值得我们讨论。

第二，"第二编第二、三两章没有明显地指出本时期诗歌、散文、小说、戏剧等创作的面貌，在文艺创作各部门和个别作家创作生活的发展上，就不能给读者以明确的承先启后的线索。"这假使是缺点的话，则其他各编的论创作的各章也同样如此；但这个工作是不是《大纲》的标题所能做到的？是不是当教师讲授的时候或写作成书的时候才可以做到？"第二编二、三两章所提到的文学研究会和创造社的作家，鲁迅和其有关的作家那是偏重于小说方面，这是不够的。"单从标题看，是看不出仅偏重于小说方面的："文学研究会和创造社等"里面也有很多诗歌、散文和戏剧作者；鲁迅也不单纯是小说家，与其有关的作家中，也有写诗歌和散文的。所以这也还是决定于教师的如何讲授；标题的未能分类细举各方面的作家，像第三、四、五各编一样，可以算是第二编的缺点；所以我同意俞先生"第三"那一部分"尝试给'新文学的扩展时期'的文艺创作部分"拟的小标题，虽然分类的标准也和其他各编同样的不统一；思想性也同样的不够明确；所例举的作家或者也不够全面，挂一漏万，甚至不妥。在这些方面我想俞先生也同样的欢迎大家提意见。

第三，第二编假使照着俞先生的意见，在体制上修改成为和第三、四、五编一样，即先讲思想或理论，后讲创作的话，则第一章不动，第二章的大标题改成："文学研究会和创造社的文艺思想"，其第一节为"文学研究会文艺思想的本质"，第二节为"创造社文艺思想的本质"。原第四章改为第三章，第五章改为第四章，大小标题都不动。第五章是"本时期的诗歌"，第六章是"本时期的小说"，第七章是"本时期的戏剧"，第八章是"本时期的杂文及散文小品"，每节分类小标题都照俞先生所拟的：这一切也都希望大家发表意见。

（载于 1951 年 12 月 16 日《新中华》半月刊第 14 卷第 24 期）

敬复王、韩、任、俞四位先生

自从我在七月号的《新建设》上发表《〈中国新文学史〉教学大纲（初稿）》，希望引起全国各大学"中国语文系"有关教师和文艺界同志们的讨论以后，首先接到福州大学俞元桂先生对于该《大纲》第二编的意见，连同我的简复发表在《新建设》九月号上。以后《新建设》杂志社陆续又接到王西彦、韩镇琪、任访秋、俞元桂四位先生的意见，都先后转送给我，并说"本刊因性质及篇幅关系，不拟发表"。我觉得四位先生的意见都很可以供我们参考或商讨，如不发表，很是可惜。当时立刻想到《新中华》，记得一年以来它发表过一些有关新文学研究的文章，请它出个《新文学史教学大纲》讨论特辑，想是可以的。遂一面函征王、韩、任三先生（俞先生第二次文我十月初方收到）的意见，一面函商《新中华》主编卢文迪先生：两方面回信都同意了，只剩下我写一篇答复，即可发表。而我月余以来总抽不出时间把四位先生的文章重看一遍，并坐下来写这篇文章，真是对于四位先生、读者和《新中华》非常抱歉的，也是我月余以来几乎每天都感到的精神上的负担！

《〈中国新文学史〉教学大纲（初稿）》虽是我和老舍、蔡仪、王瑶三位先生共同起草的，但发表出去征求意见，引起讨论，是我的主张，所以一切来文应该由我一人答复；如有错误和不妥，也应由我一个人负责。

因为限于时间和学力，只能简单、粗陋、草率的敬复四位先生。

一　敬复王西彦先生

（1）关于"新文学发展诸阶段中若干章节的商榷"

甲、关于第一编：第一节"文学革命运动发生的原因"所包括的三个项目，题目虽然大，但可以简单的讲。第三节"文学革命的实绩"，是想把一九一九"五四"发生前鲁迅先生的作品特别提出来讲一讲，显示他在"五四"前的作品就达到了那样思想性的深度和艺术性的高度。到讲第二章第二节时，鲁迅先生其他作品也还有很多可以讲，《阿 Q 正传》就至少可以讲二小时。但第一编如照王西彦先生那样分为三章，当然也可以；内容大致还是那些，重点也还在鲁迅先生。

至于我在《五四时代新文学所受无产阶级思想的影响》一文内"仅举出冰心的诗来和郭沫若的诗作对照，是很不够的；最好的例子应该是胡适的《人力车夫》和康白情的《女工之歌》"，当时因为限于篇幅，不能举很多例子：我当时就很想把胡适在一九一七年作的歌颂十月革命的《新俄万岁》（《沁园春》词，见《尝试集》）去和同是歌颂十月革命的鲁迅先生在一九一八年发表的《随感录五十九〈圣武〉》比较一下：胡适是把十月革命仅仅当作推翻专制沙皇的资产阶级革命来歌颂的；他之"拍手高歌：新俄万岁！""冰天十万囚徒，一万里飞来大赦书（指十月革命后流放西伯利亚的革命者被释归——何林）。本为自由来，今同他去；与民贼战，毕竟谁输！""去独夫'沙'，张自由帜，此意于今果不虚"，都只是一般资产阶级学者反封建专制的思想感情。而鲁迅先生则说十月革命是人类"新世纪的曙光"。

我在同是那篇文章里面，在未举郭沫若、冰心的诗作比较以前说："大家试把当时周作人的大部分散文，胡适的《尝试集》，刘半农、傅斯年、梁实秋、罗家伦的论文，徐志摩的《志摩的诗》，冰心的《繁星》、《春水》、《超人》，康白情的《草儿》等等，去和鲁迅的《呐喊》和《热风》及《坟》中一部分杂文，郭沫若的《女神》，沈雁冰的论文等等比较一下罢！我们可以看出他们的消极的或积极的精神，他们对人生社会的不同的态度，他们思想的不同深度！"——因为限于篇幅，我只举了郭先生和冰心的诗作例子，"是很不够的"。

乙、关于第二编：请看《新建设》九月号我和俞元桂先生的讨论，这里不再重述。

丙、关于第三编：鲁迅和茅盾始终是中国革命文学的作家、理论家；但当一九二七~二八年创造社、太阳社提倡"革命文学"时，他们确没参加，而且与之论争；这论争是对于革命文学的发展有利的，也当然并不表示他们反对"革命文学"，或者在革命文学运动以外。所以我觉得第二章第一、第二节那样的标题，是合乎当时的实际的；问题在讲的人怎样讲法。王先生说第五章第二节"国防文学"论者的主张，第三节"民族革命战争的大众文学"论者的意见，这两个标题太"客观"了，"应该对这两个口号之争有所批评和总结"；这个《教学大纲》仅仅是"新文学史"的章节纲目标题，对于每一个问题的批评或总结，需要较多的篇幅，或较详细的说明，那就在于讲授者的讲授。

第十章"不灭的光辉"是总述"鲁迅的伟大成就"和"鲁迅所领导的方向"的；本编其他各章虽然也讲过了些鲁迅先生的文艺思想、小说、杂文；但关于鲁迅先生实在可讲的太多，过去各章虽然配合着具体问题和各种作品，个别的讲了一些，但是关于鲁迅先生文艺思想的发展，他的现实主义的创作方向的发展，他所领导的方向的系统的叙述，都可以再作一次总结性的讲授。

丁、关于第四编和第五编：王先生对于第四编的建议，可以结合着某些确是"从初期的廉价热情到后来的意志的消沉"的作家来讲，不必泛论式的标出题目，因为不是所有作家都是这样；而且要指出他们这种变化的生活思想根源。对于第五编第二章王先生的建议是很好的，凡是讲《在延安文艺座谈会上的讲话》的伟大意义的时候，一定要先讲一下当时解放区文艺界的情况、整风的情形等等。

（2）关于"作品分类和作家举例的草率不妥当"

关于这一方面的王先生的意见大致都是很对的，我们也早认为"实成问题"，所以注明"仅供参考"；意在提出一些作家的名字，供偏僻地区一向接触新文学不多的教师以搜集资料的参考。当然遗漏的作家是很多的，而这些已举的作家王先生已说太多了。其余意见，请参看我答俞元桂先生一文，《新建设》九月号。王瑶先生的《中国新文学史稿》已出版了，《大纲》里面的作品分类是根据《史稿》的，《史稿》的有关部分，可以解答西彦先生的一部分问题：单看《大纲》的标题是不易了然的。

至于《中国新文学史研究》搜集我的一篇文章和两篇在"中央文学研究所"的报告，都是极草率粗陋的东西；我仅只想做一做新文学史常识的"普及"工作，也没有做好；"提高"工作，需要有比我理论水平高、文艺修养好、读书多而且有"严肃负责的态度"的人去做。倘说"抛砖引玉"，那我这三篇草率的东西，就连"砖"也不是，只能算是未烧成"砖"的很坏的"土坯"；王瑶先生的《史稿》倘仍不是"玉"的话，我希望不久会有"玉"出现。然也不要因为不是"玉"，就连"砖"头也不拿出来；"砖"头在现在也还是有用的；成"玉"也实在不容易。"普及"工作在学术界也很需要，不仅文艺方面如此。但我那几篇是很坏的土坯，盖了房子是会塌的。

（3）关于最后三项建议：《大纲》虽然举了许多作家，是"仅供参考"，并非一律都讲，已一再声明。至于"中国新文学史"是否可以照"苏联文学史"那样只讲五位作家，我觉得似乎不大合适，至少也须讲三十人左右：这问题请大家讨论。以鲁迅先生为重点，是没有不同意的了。"中国新文学史"所论述的作家数目，是不能和《中国现代文学名著选》一样多的。前天北京的几位同志又把今年五月大家草定的这个《名著选》的作家和作品有所增减；但是仍然没有王统照、落华生、冰心、徐志摩、郁达夫、田汉、洪深、沙汀、艾芜、蒋光慈、臧克家、萧军、萧红、舒群、于伶、章泯、朱自清、靳以、路翎、陈白尘、马凡陀……等等等等。"新文学史"对于这些作家似乎不能不讲一讲，因为他们或者过去有过影响，或者现在仍然有着影响的。

二 敬复韩镇琪先生

韩先生对于新文学史划分阶段提出了两个主张：一、他不主张从《在延安文艺座谈会上的讲话》一直到"文代大会"为一个段落；他主张由《讲话》到一九四五年"八一五"抗战胜利为一个段落；由"胜利"到

"文代大会"为一个段落。二、他不主张新文学史由一九一七开始，主张由一九一九"五四"开始。

以下就这两个问题说一说我的意见：

（1）关于由《讲话》到"文代大会"为一段落问题

关于"七七"以后的划分阶段问题，在北京原有两种主张：一、由"七七"到"八一五"，再把这期间的一九四二《讲话》作为这抗战八年的前后期的界标，即：由"七七"到《讲话》为抗战文学前期，由《讲话》到"八一五"为抗战文学后期。由"八一五"到"文代大会"再作为一个大段落。二、由"七七"到《讲话》为一大段落，由《讲话》到"文代大会"为一大段落；不以"八一五"为划分的界线。结果，大家同意了第二种分法，放弃了第一种。

韩先生说"八一五的胜利，使中国社会的政治、经济、文化都起了重大变化，就是文学本身也发生了明显的变化"。其实"八一五"前后蒋管区的新文学并没有什么"明显的变化"，它是仍然继续着配合着自一九四三年起开始一天天高涨的蒋管区的民主运动的潮流，在作反国民党反动派的斗争。由抗战前期（一九三七～一九四二）的一线"光明"，"廉价的热情"，一团和气的团结，以至遭受压迫，到一九四三年后的战斗：这是抗战八年期间蒋管区文学运动前后期不同的情形。后期的情形到一九四五以后并没有什么明显的"变化"。至于解放区的新文学运动，不能用"八一五"来划分界线，而是自一九四二《讲话》以来就本着毛主席的文艺方向向前发展，"八一五"前后并没有什么"明显的变化"，是更不成问题的了。《讲话》在蒋管区发表以后，由于反动统治的种种限制，毛主席的文艺方向虽然没有起很大的作用，但他的文艺思想实在有不少的影响，它领导着蒋管区的文学运动在发展进步，以迎接解放。所以无论就蒋管区或解放区的文艺发展的情况来看，一九四二年的《讲话》，都是以后的新文学划时代的界碑！就整个的三十多年的新文学发展史来说，也真可以拿一九四二年的《讲话》为界，划分为两大段落：《讲话》解决了它以前的二十多年新文学运动中所未能解决的重大问题，端正了新文学发展的方向；它的重要性不用我多说了。

　　（2）关于新文学史由一九一七还是由一九一九"五四"开始的问题

　　《大纲》为什么把一九一七～一九二一划分为"新文学的倡导时期"？一、因为一九二一是中国共产党成立的一年，自此以后中国人民反帝反封建的斗争有了党的领导；文化思想斗争（包括文学）除了过去的无产阶级的思想领导以外，又直接间接的有了无产阶级的组织领导了。这是划时代的大事件。二、一九二一以后，五四高潮（一九一七～一九二〇）业已过去，思想界开始了分化，资产阶级右翼投降了封建势力，胡适等整理国故去了。三、一九一七～一九二〇之间，新文学运动的火力主要是进攻封建文学，除鲁迅、郭沫若、胡适等少数人的少数作品外，社团、刊物、作家、作品，都是一九二一以后才大量出现。所以一九二一以前叫"倡导时期"，一九二一以后才是"扩展时期"。四、一九一九的"五四"虽然把新文学运动向前大大地推进了一步，但新文学运动并不开始于"五四"那一月那一天，是明明白白的，这一层韩先生也承认。"五四"前二年是不是渐变、量变，"五四"时是突变、质变呢？我看也不是："五四"前的鲁迅先生的《狂人日记》《孔乙己》《药》和一九一八年那十几篇"随感录"（见《热风》）的思想，和"五四"后的《明天》《一件小事》《头发的故事》《故乡》等等及《热风》里面其他的"随感录"的思想，并没有什么"质"的变化。所谓"五四运动""五四时代""五四精神"，一般是包括五四前后二三年的范围，不是单限一九一九的五月四日那一天。十月革命和无产阶级思想的影响，也不开始于"五四"那一天。

　　新文学史从一九一七年一月胡适发表《文学改良刍议》讲起，是否"要负抬高这资产阶级所领导的'文学革命'的历史地位，相对降低我们新文学历史地位的责任"呢？除非我们否认毛主席所说的"五四运动，在其开始，是共产主义的知识分子、革命的小资产阶级知识分子和资产阶级知识分子（他们是当时运动中的右翼）三部分人的统一战线的革命运动"；并且否认"五四"时代的新文学运动不是统一战线的文学运动，没有资产阶级知识分子参加，胡适的论文和新诗都与新文学无关；否则，从胡适的一篇文章讲起，就不是抬高他的历史地位，《大纲》也未说"文学革命"是胡适"领导"的！他的《文学改良刍议》实在是极浅薄的形式主义的主张。像毛主席所说的资产阶级在这个时候已"绝无领导作用"，"至多在革命时期在一定程度上充当一个盟员"。他是"盟员",参加统一战线的反封建的文学斗争;由他的"改良"主张,引起了"文学革命"(没有他引起,也一定有别人来引起,文学革命也终于要发生的),这并不等于是他"领导"的。而他在一九一七以后的文学论文,新诗,《终身大事》等等,究竟不同于黄遵宪的"新风格"的诗和梁启超的散文;它们是应该属于新民主主义的"新文学"的范围的,不过是"右翼"。韩先生说:"我们认为五四以前的文学革命和五四以后的文学革命在性质上有区别的。"除非我们把一九一九年五月四日以前的鲁迅先生的《狂人日记》等小说和"随感录",都排斥于中国"新民主主义的文学"之外,我是看不出这"区别"的。中国新文学史假使从一九一九年五月四日讲起,对于这以前的鲁迅先生等人的作品怎么办呢?说它们都不是"新文学"么?

但我并不坚持从一九一七年一月讲起,从一九一九"五四"起也可以;但这"五四"是否可以扩大为"五四时代"呢?因为实际上还是要从一九一七讲起,王瑶先生的《史稿》就是例子。而"由一九二一到一九二七",也可以改为"由一九二一到大革命时代":硬性的以哪一年哪一月为划分段落的界限,实在"限"不了。这道理韩先生也说过了。或者新文学史的第一段落就叫"五四时代"——新文学的倡导时期,包括"五四"前后各二年;第二段落叫"由一九二一到大革命时代——新文学的扩展时期"。

三　敬复任访秋先生

我基本上同意任先生提的所有意见,这些意见对于修改《大纲》是很有帮助的,但也有一些和任先生不同的看法。

一、关于分期的:"文学革命的前夜",照任先生的意思是指"五四前后"的即一九一七以前的文学改良运动,这似不应占"新文学"的"第一期",这不属于"新民主主义的新文学"的范围;新文学史应该从任先生的"第二期"讲起。

任先生的"第二期"又分为四段,以"五册""九一八""七七"为界标,这是中国现代社会政治史上的几次大事件,《近二十年中国文艺思潮论》也是这样划分的。但一九二七资产阶级叛变革命以后到"七七"抗战的十年国内革命战争时期，实在应该作为一个大段落，"九一八"可以作为这一段落的前后期的分界。因为"九一八"以后，外患虽然日紧，而地主买办阶级的反人民的战争并没有停止，国内阶级关系的变化是到一九三五年以后才显著起来的。在这以前，自一九二七以来的左翼文坛运动也没有什么变化。关于分期的其他意见，请看"敬复韩镇琪先生"。

"五四前夕的文学革命运动"，意思并不是把"文学革命运动拘限于五四以前"；五四以后文学革命运动还在进行，是谁都知道的。我们的章节没有安排好，以致好像把文学革命运动局限在五四以前了。倘把第一编第一章的标题改为"五四前后的文学革命运动"，其第三节的标题与第二章第一节标题调换一下，成为下面这样，是否好一些呢：

第一章　五四前后的文学革命运动
　　第一节　文学革命运动发生的原因
　　第二节　文学革命运动初期的理论及其斗争
　　第三节　五四运动对文学革命运动的影响
第二章　倡导时期的创作
　　第一节　文学革命的实绩——鲁迅的创作
　　第二节　这一时期的其他创作

关于第三、四、五各编内各章有关作品分类的小标题，任先生的批评是很对的；《新建设》九月号上有我和俞元桂先生的讨论，请参看。至于"散文"、"杂文"、"小品文"的涵意，我觉得散文的范围比较广；杂文是散文的一种，是战斗的文艺性的政治社会论文；小品文则思想性没有杂文强，也是散文的一种。所以杂文、小品文都可以包括在散文内，而狭义的散文就是小品文。杂文是一种新兴的文体，富于战斗性或思想性，似可"和散文对立起来"。鲁迅先生说"小品文的危机"和"小品文的生机"，而不说"杂文的危机"和"生机"，因为杂文并没有"危机"：可见杂文与小品文是有区别的。

四　敬复俞元桂先生

俞先生第一次对第二编提的意见（见《新建设》九月号），这次对第三编提的意见，都很有助于我们修改《大纲》。俞先生说他提的意见，"由于政治与业务水平的限制，幼稚在所难免，不过总是诚意的参加讨论，希望大家指导"。这种诚恳谦虚的与人商讨的态度，就很值得我们学习！俞先生并不因为他的意见"幼稚"而不提出来，待到成了"玉"以后才发表。

四位先生在百忙中，花费了许多时间来研究这个十分草率粗滥的《大纲》，提了很多宝贵的意见，供我们四人及广大读者参考（尤其是正在教学"新文学史"的老师和同学们）。今后这个《大纲》如能修改得好一些，是和四位先生的宝贵意见分不开的：我谢谢四位先生！

一九五一年十一月十二日匆草于北京师范大学

（载于 1951 年 12 月 16 日《新中华》半月刊第 14 卷第 24 期）

在《中国新文学史稿（上册）》座谈会上的发言*

我很感谢这个会，使我这个也是搞新文学史的人可以得到很多东西。

一、如叶先生所讲，这本书作为"文学史"来看，是不大够的。缺点是没有把文学和阶级斗争联系起来，因而它所论述的新文学的发展，和当时的阶级斗争看不出显著的关系。由于这样一个缺点，王瑶同志著作的思想性也就不强。

二、对于作家和作品，常从形式上或用社会学的观点笼统地去评述，它对百分之九十五以上的作家都说了好话，极少尖锐的、深刻的批评。作者所运用的文学史方法，多半还是社会学的方法，从笼统的社会生活去解释文艺现象，而不是从阶级斗争的意义上来评价作品。

三、对文艺思想的阶级根源，发掘的很少。同时作者把各时期的中国新文学思想的发生，几乎只说成是受外国影响，很少指出中国的社会根源。中国新文学所受的民间文学的影响也很少提到。

四、作品作家的分类标题不妥当：过去我和王瑶同志等所拟的《中国新文学史教学大纲草案》，关于作家作品的分类标题，和王瑶同志的《史稿》差不多；发表出去后，引起了几位同志的反对。我同意那些反对意见，请参看《新中华》杂志去年十二月号"中国新文学史教学大纲"讨论

---

* 题目为编者所拟。

特辑，这里不详说了。

　　最后，我想谈谈这本书是否可以出版的问题。王瑶同志在解放后很短的时期内用相当进步的观点写成了这本书，提供了很多材料（这些材料我个人还有好些没有看过），我觉得这是很难得的。这本书的出版，对于全国高等学校新文学的教学参考，是有必要、有帮助的。这本书虽然有很多甚至很大的缺点，但两三年内任何人要想编一本没有缺点的新文学史，恐怕不很容易。因有缺点而引起研究、讨论和批评，使别人避免重复这样的缺点，也是很必要的，一门学问是在继续不断地改正缺点中前进的。

（载于《文艺报》1952 年 20 期）

附　录

李何林教授是怎样培养博士研究生的

1982 年，根据国务院学位委员会的有关规定，李何林教授在全国第一次招收了两名中国现代文学博士研究生。经过两年多的培养，王富仁已于 1984 年 10 月 31 日通过论文答辩，取得文学博士学位。金宏达也于 1985 年 4 月 11 日通过论文答辩，获得文学博士学位。他们是我国最早的两位现代文学博士。他们的博士论文在鲁迅研究领域取得了开创性的成就，受到校内外专家们的好评。

李何林先生是怎样招收和培养这两名博士研究生的呢？

一　根据考生的科研成果，慎重挑选培养对象

博士生的选择对象主要是硕士研究生，而且是其中的优秀者。他们已具备了独立进行科研的能力，且有一定数量的科研成果公之于世。他们的水平高低、能力强弱、潜力大小，从这些成果中大体上可以看得出来。因此，李先生认为，博士生的专业考核，主要应看其已有的科研论著（包括硕士论文），考试成绩只做参考。1982 年和我们联系报考博士生者将近十人，经过面谈和通信，最后参加考试的只有王富仁、金宏达两人，其余的自知跟王富仁、金宏达相比，尚有一定差距，便放弃报考了。对王富仁、金宏达两人的政治思想情况，李先生和我们一起做了认真的调查了解。对

他们的科研成果、业务水平，我们虽然早有所知，但李先生还是和我们一起选看他们的论文，做了进一步的分析研究，认为他们符合博士生的要求，才结合考试成绩正式录取。现在他们两人经过两年多的努力，在完成博士论文的同时，每人都发表了有关现代文学、当代文学、文学理论的学术论文十余万字。实践证明，他们俩人的科研能力比较强，潜力比较大，很有发展前途，无论从政治、业务哪方面来看，都符合高级专门人才的需求。这个事实说明，李先生选择博士生的办法是可供参考的。当然，各门学科都有自己的特点，不但文科与理工科不同，就是文科专业中也千差万别，同是中文专业，文学专业和语言专业就不一样。另外，每个导师都有自己挑选培养对象的办法，绝不会全然相同的。按照李先生的这种选择办法，就需要主动、广泛地了解全国硕士研究生的科研情况、业务水平和他们的去向，在同他们的联系中挑选合适的对象，而不能采取姜太公钓鱼的办法，听其自然，坐等人家来报考。

二　发扬学术民主，尊重博士生的意见，
定好论文选题

王富仁、金宏达已有相当的社会阅历，政治思想上、业务上均已比较成熟，独立处理问题的能力较强，他们提出的想法，一般都经过深思熟虑。根据他们的情况，李先生采用学术民主的讨论方式，鼓励他们充分发表自己的意见，对他们的想法都很尊重。经过两个多月的反复讨论才把博士论文题目确定下来。在论文选题上，李先生强调要有新的角度，要有宽厚的开拓领域，要能够在学术上有新的突破。金宏达的题目为《论鲁迅文化思想》，是过去缺乏研究的一个新课题，难度较大，但可开拓性也广，在鲁迅研究领域填补了一项空白。王富仁原定的题目是《鲁迅与世界文艺思潮》，也是一个角度新、开拓性广、难度大的新课题。他经过将近一年的准备，写出一组论文后，遇到了我国学术界思想上的动荡、混乱，原来的论题不便继续进行下去，于是想换一个保险系数比较大的题目。在同他充分交换意见，了解他对鲁迅小说有独到见解之后，李先生认为王富仁的想法有道理，便尊重他的意见，改换了论题。他的博士论文《〈呐喊〉〈彷

徨〉综论》，提出了一个新的体系，取得了独创性的成果，受到学术界的重视。现在看来，他中途改换论题还是比较合适的。当然，他原来的论题，今后如有机会，仍可继续搞下去。

三 明确指导思想，让博士生充分发挥自己的独立钻研能力

根据王富仁、金宏达两人的实际情况，李先生采取定期听汇报、民主讨论的方式对他们进行指导。在指导过程中，李先生着重强调：要进一步提高自己的马列主义的哲学思想和文艺理论水平；要围绕论题，深入钻研第一手资料，进一步提高专业水平；论文要在理论深度广度上多下功夫，力争有新的开拓；论文要在精神实质上贯彻理论联系实际的原则；论文主要靠自己独立去完成，不要依赖导师。鼓励他们向校外专家求教，广泛听取意见。在整个学习过程中都贯彻了这一指导思想。

李先生从青年时代起就信从马列主义，对他的研究生也这样严格要求。他不仅指定他们结合专业，阅读马恩列斯毛论历史主义、论文艺，而且几乎每次汇报时他都要询问或者提醒。在李先生的言传身教影响下，王富仁、金宏达两人都比较注意学习和运用马列主义原则，他们的博士论文和其他文章，都基本上贯彻了马列主义精神。根据李先生的意见，他们进一步深入地阅读了鲁迅原著及其他有关资料，金宏达几乎又通读了两遍《鲁迅全集》。他们的论文是在熟练地掌握鲁迅原著的基础上完成的，不仅有理论的广度和深度，而且在材料的取舍运用上也显得比较从容自如、得心应手。

李先生特别注意叮咛他的研究生不要脱离实际、为研究而研究，而要站在历史高度和现实高度来思考问题。王富仁、金宏达两人对导师的意见也能心领神会，在论文写作中较好地贯彻了这一原则，他们的文章既有历史感，又有现实性。金宏达针对文艺界关于现代主义的讨论，写了《论民族审美心理的对象化》，联系四化建设的实际，写了《论两个文明建设的关系》，在他的博士论文中，在论述鲁迅文化思想的伟大成就时也时时闪耀着现实的火花。王富仁在论述鲁迅小说中的人道主义问题时，以其科学

的历史评价给人以深刻启发，在论述鲁迅反封建思想革命的独特贡献时，为如何正确对待毛泽东思想这个严肃而尖锐的问题，提供了有益的经验。李先生对他们的这种努力，都及时地给以肯定，有时甚至亲自把发表他们文章的剪报寄给他们，以资鼓励。

李先生对他们在写作和生活上遇到的困难也十分关心，给他们以充分的自主权，让他们机动灵活地去处理。金宏达正在撰写博士论文时，他爱人患病、父亲病危，需要他照顾，李先生便让他把论文带回家里去写，解除了他的精神负担，使他能够比较顺利地写完论文，进行论文答辩。

李何林先生已年近八十二岁高龄，但还在呕心沥血为祖国培养高级专门人才，去年又有三名博士生入学，明后年还准备再招几名博士研究生。

附记：本文是1985年北师大培养研究生经验交流会上的发言稿，原稿曾请李先生审阅过。李先生于1982年、1984年、1986年三次共招博士生八名，这里所谈的只限于第一届博士生的培养情况。

时光老人偷不走的精神力量

李霁野

1930 年秋，我到天津河北女师学院后不久，学生纷纷传说，李何林是我的亲弟弟。我想，我们都是霍丘人，同姓，面貌举止似乎都有点相似，就在有人偶然问到时，也只微笑一下，并不否认。中国一向爱说，两个朋友情谊深厚，"亲如兄弟"，何林同我结交，那时已经有十年历史，在阜阳第三师范时，友谊的基础已经建立。1928 年他被安徽通缉时，直奔未名社找我，可见彼此是很能信任的，说是"情逾骨肉"，似乎也不算过分了。

何林在来名社工作的时间不过一年，使我对他的理解加深不少。他对工作十分负责，对社的事业十分关心，一丝不苟。经过他的细心布置，未名社门市部变成了宣传进步思想的小小阅览室。因为代售的别家书籍经过他细心选择，增加了买书人的信心，也节约了选书的时间。这两项小小措施，常使未名社售书处门庭若市。何林告诉过我，朱自清教授曾经到过那里，为清华大学选购大批书籍。北京大学教授也有人常到那里，一次我遇到周作人教授，他正为所买的未名社出版的几本书付款，我说这些都赠送过他了，他微笑说，买了送别的朋友。显然这是对未名社的有意支持。未名社出版部的招牌是沈尹默教授所写，可惜没有保存下来。这是何林建议，由静农去托请他写的。"未名社售书处"几字是何林所写，假如字真能表示性格，从字可以看出他端庄严肃的风度。

同时在未名社工作的有王青士，也是被安徽通缉逃到北京的，他这时负责地下党的联络站工作，我同意。但何林想到未名社启封不过几个月，官方不会不监视，建议立个合同，正式以雇员名义使用青士，以免出事时社遭牵连，他自己的父亲和弟弟在霍丘被捕关押，所以他到北京后还未恢复组织关系，只同青士及其他几位党员有来往，不致泄露以前的身分。

因为对社的前途关心，他也曾考虑到长期由我尽义务，我又有大家庭的经济负担近在目前，不是好办法。素园1926年冬咯血病倒，医疗费只能从未名社借支，这是又一困难。未名社经济基础很差，经办人自己支取工资，也不能维持生活，请人经营也难办到。几次谈论，都以叹息告终。韦丛芜上大学的用度，也都是从未名社借支的，从来没有使他为难过。他要借支的款数越来越大，无法应付，就难免有些争争吵吵。何林真是忧心如焚，而又爱莫能助。最后，他未让我知道，给卧病西山的素园写信，使他略知未名社的情况，也希望他提提能想到的办法。素园将何林措词十分委婉得体的信转给丛芜和我看了，我觉得这信是从关心社和爱护朋友的真实感情出发的，很受感动。丛芜自告奋勇，来"整顿"未名社，结果是"烟消云散"。但何林在未名社尽心尽力的工作，对我的了解和同情，使我终生感念不忘。

我虽然没有学过新式簿记，却从小看过父亲记流水账的老方法，用来记未名社的经济账还不致一塌糊涂。但结束时的清理核算是十分令人头疼的工作，何林主动地承担下来了，并亲笔写了详细的清单和报告鲁迅先生的信，这又被先生保存下来了，使我免受许多哑巴吃黄连的苦恼，我对他们万分感激。

离开未名社后，何林到河北女师学院任教，十分受学生欢迎，因为多选读鲁迅作品，学生思想水平很快得到提高。工作待遇比较好，另找工作也很困难，但他不考虑这些，犯了学校不准师生谈恋爱的清规戒律，毅然辞职离开了。这也可以看出他性格另一侧面。

以后几年，他靠到北大一院看招聘广告谋求工作，曾到焦作、太原、济南等地教书，因为"思想问题"，往往教一个学期即被解聘。他从未丧失原则，采用过妥协办法。这几年我们只在寒暑假中见见面，他总是很乐观的，认为失业是社会制度问题，常以被家庭所累，不能专心从事实际革命斗争为憾事。

抗日战争爆发后，我们分离的时间较久。一次他从昆明给我信，托在北平为他买几本可以试译的书，但再三嘱咐，不要多花钱影响生活用度。我为他买了一本《苏联文学史》（英文本），连同手边的《俄国学童》（《我的家庭》作者回忆录的组成部分）寄给了他。他将《俄国学童》译完了，原已定在我在台湾省编译馆所编的《世界文学名著》中印行。我不得不从台北深夜逃亡时，将这部译稿忘在壁橱里面，丢失了。我很为这一件事难过，认为太对不住何林了。但他一个字也未向我提过，大概料想到我因出走匆匆，丢东西是意料中会发生的事。

我从沦陷的北平逃出后，见到国民党统治区的腐朽情况，深有国破家亡之感，到重庆后只有向何林写信倾吐。他复信给了我很大的鼓舞。这封信不仅表达了深厚的友谊，而且从字里行间也可以看出，至少感到："地火在地下运行，奔突……"

我复信附了一首绝句，可以略见我读他信后的心情：

吾生四十信多创，
壮志犹雄扬子江。
宁共流星同殒灭，
羞将悲苦诉穹苍。

复原后，我们一同先在台湾省编译馆，后在台湾大学工作。一天他告诉我，一个民盟地下小组成员被捕，他要以回乡省母为名，立刻离开台北去解放区。他的行动一向果决迅速，第二天就要上船。我去送行，他先坚持劝阻，以后决定随行而不"话别"，只在船开时彼此挥挥手。"生别常恻恻"，当时我想，此生再见的机会恐怕是很渺茫的了。

解放来得意外迅速，1949年5月，我们就在北京欢聚了，以后我到天津工作，见面的机会也还多。他在教育部工作时，往往爽直地对外国专家也提出意见，觉得搞行政不如教书合适，便转到南开大学担任中文系主任，最大的贡献是培养了一批鲁迅研究的人才。后调到鲁迅博物馆，也还是着力这方面的工作。在多年接触中，我在多方面从他得到教益，尤其在不畏风险，坚持原则，勇于斗争的场合。

在南大"四清"中，一次小组会上，突然有人提出，何林同中文系一个所谓"反党集团"有关，我听了不禁愕然，但听起来所举"事实"，驴唇不对马嘴，非常可笑。何林立即声色俱厉，一一加以驳斥。

何林写过一篇短文，《一个小问题》，并未发表，只向人征求意见，却变成批判的重点了。那时我与何林同住一室，会上批判措辞有时颇为苛刻，有人劝我对他作点思想工作，安抚他的情绪。我只同何林笑谈一下，因为我十分了解他，这阵在别人看来不小的风波，他最多不过觉得只是吹打脸上的几颗沙粒。后来这些批判文章还印成小册子在全国发行。在一阵风吹过后，他一天笑着对我说，有些写文章的人对他表示，所写的是"遵命文学"，不过同鲁迅先生的精神背道而驰罢了。

"文化大革命"一开始，何林和我同被当时的当权派作为主要"牛鬼蛇神"抛出来。我们鄙视"革命家"的"革命纪律：互通消息，要以现行反革命论处"。我们订立了"攻守同盟"，坚持原则，绝不妥协，斗争到底。我们被禁止看或写大字报，到了造谣诽谤忍无可忍的时候，我写了不少大小字报在学校张贴，辟谣驳斥。何林同我没有机会谈话，有时在路上遇到，相视一笑，我从他的眼神中不难看出，我的有些大字报他是看到了并且赞成的。

1977 年 5 月，他因病住进结核病院，传闻为癌症。他同振华虽然一见时也对我这样说，但态度都十分镇静。我们商量后，请医院约请肿瘤医院会诊，结果将癌症否定了。几年中他也很健康，还到各地开会讲学。这次病前，他写信说，有时颈部不适，有时坐骨神经疼，不能久坐，但经治疗，又慢慢好起来了。我最后一封信是 1987 年 1 月 27 日写的，附了梦晤久疏友人的绝句，同一向习惯相反，我一直未得到他的复信。2 月 25 日我就接到陈漱渝同志来信，何林已经确诊为癌症住院了。我听妻说，何林曾几次对她谈，人活到六十岁以后的岁月就是赚的了。也许因为她病休，就这样安慰她。不过他对死亡确也并不畏惧。我们最为担心的，是癌症末期的难忍疼痛，又知道两位亲友曾为此自杀，见到报载重庆有一处出了一种止痛良药，便千方百计托人代买，没有结果，大概报纸上的宣传失实。

他先后住在天坛、肿瘤、解放军总医院，我到几处去看望他。最初行动虽稍缓慢，坐着谈笑还和一向差不甚多。一次中国现代文学馆去录像，我适逢也在那里，录像后，我虽然怀着凄伤的心情，还同照了几张随谈随笑的相片。在肿瘤医院所照的几张相，几乎看不出病容，但给我们的安慰也是十分凄苦的。我第一次在解放军总医院看望他时，他还起床坐着进餐，饭后我们还可座谈一小时左右，他还很关心鲁迅博物馆的工作，谈到一件不能尽如人意的事。这以后，他的病情一天不如一天，先不能再起床，稍后癌转入大脑，不能说话了，常常闭着眼。友人去看望他，他总紧握着手流泪，显然已经知道就要离开人世了。一次他紧紧握着我的手约一小时，流着泪，眼珠只能稍稍转动了。再一次看望他时，他的儿媳紧靠他的耳边说出我的名字，他已经不能睁眼。儿媳握着他的手说，如听清了，可以握握她的手，他还能轻轻一握，还略略睁眼看看我，但眼珠已经很不灵活了。我最后一次去看望他，据护理人说，他只偶然睁一会儿眼，用手在他眼前摆动，他已经没有反应了。我只在病床前默默坐了半小时，我知道这次是和结交七十年的忠诚老友永别了。

何林家属诚恳劝阻我不去参加向遗体告别仪式，我只写了几句简单的悼词：

> 何林，你比我先走一步离开了人世，
> 作为七十年的老友，我感到十分悲痛。
> 我借用一位英国诗人的诗意；
> 在你的灵前奉献悼词：
> 时光老人只做成了半个小偷，
> 你被他偷走了，但是——
> 你鼓舞我们的精神力量，
> 他永远也偷不走！

1989 年 2 月 15 日

我爱我师

王富仁

李何林先生已经卧床一年半之久，得的又是不治之症。一年半以来，失去我师的感觉便时时像铅块一样坠在我的心上，因而听到他逝世的消息时，在我心中引起的不是爆发性的悲痛，而是愈益沉重的感觉。

由于脑瘤的压迫，他的神志早已不清醒了。记得在他神志已失而尚未全失的时候，我和杨占升先生一起去医院看望他。杨先生坐在他的床头边，我站在他的床侧。陡然，他似乎认出了杨先生，似乎回忆起了点什么，似乎感到了离别世间的悲哀，他的眼里渗出了几滴清彻澄明的泪水，这大概是他一生中极少流过的泪水吧！放在我手中的他的手也紧紧地握了起来，握紧了我的手，也握紧了我的心，我的心在他的手的紧握中屏住了呼吸，变得异样的沉重。而后，他的眼光从杨先生的身上渐渐移注在我的脸上，但随及也就收了回去，慢慢合上了双眼，他紧握的手也渐渐松开了……

他是陷入了昏睡呢，还是陷入了沉思呢？

从那以后，每当去看望李何林先生，每当想起静穆、安然仰卧在病榻上的我师，我便感到他的手的紧握，我的心在他的手的紧握中变得异常的沉重和疼痛。

现在我的心更其沉重和疼痛。

　　我是从小便生活在乡村或乡村城镇的人，入京几年来，我只记得三条公共汽车的线路，其中一条便是从师范大学到史家胡同的路。就在这条路上，我和学兄金宏达由杨占升先生和郭志刚先生带领，第一次去见李何林先生；就在这条路上，不知多少次，我和金宏达兄仍在杨先生和郭先生带领下，去向李何林先生汇报我们的学习情况和毕业论文的进展情况，聆听先生的指导；也就在这条路上，杨占升先生和我同艾晓明、陈福康、陈学超三位学妹、学弟去见先生。现在，杨先生和我又同罗成谈、尹鸿、康林三位学弟继续走着这条路。但是，在我们还没有走完这条路的时候，先生却不在了。他再也不会从书房里走出来，向我们笑一笑，摸摸我们的手，问我们冷不冷，然后领我们穿过夹道，走到他的书房里去；他再也不会转过身来，指着书房门口的一个小门槛，让我们小心不要绊在门槛上；他再也不会把糖果放在我们的面前，把茶杯递在我们的手里，说"随便！随便"；他再也不会坐在他书桌边的圈椅上，说出他简洁、明了、清彻的话语……

　　我望望天空，今天的天是那么的晴朗、明彻，蓝的天被阳光敷上了一层薄翳般的白光。我师的清彻澄明的灵魂现在已经消融在这蓝天白云之中了。我被剩在了这个世界上，我已经无法向他诉说，向他哀求，向他陈述，陈述我时时希望但终于未曾陈述过的心曲……

　　我是一个乡下人，我是在彻底的孤独中长大的，我没有学会人与人之间的交际语言，我不会向任何一个超于陌生人关系之上的人说一声"谢谢"，但我同样有一个人所能有的情感。每当我坐在李何林先生的面前，望着他清癯、明净的脸，望着他射出两道利光的眼睛，我便同时感到了他那纯钢一样的灵魂。这是我早在做他的学生之前便已暗暗崇敬着的灵魂，是从他的文字中，从他的经历中，从有关他的传闻中早已聚合起来的一颗灵魂。我早就凝视过这颗灵魂的闪光，倾听过这颗灵魂在外力的敲击下发出的刚直而又澄彻的响声。这是一颗没有奴颜婢膝、没有小巧的聪明、没有阴暗的算计、没有狭隘和琐碎、没有威权者的横暴的光明正大、磊然透明的灵魂。每当这时，我多么想像别的人一样，走向前去，拉住他的手，对他说："我爱你，我的老师！我为有你这样的老师而骄傲，而自豪，而感到光荣。"但是，我不能够。我木然地坐着，比平时更其木然；我呆呆地仰着脸，比在别人面前更其痴呆。我甚至连平日能说、可说的话也说不出来了。就这样，我在我师的面前坐上两个小时、三个小时、四个小时，然后离开他的家。

对于一个个体的人十分巨大的东西，对于社会，对于别的人极可能是极细微、极琐末、细微琐末得不可见或不屑见或见而不顾的东西。由于种种不可明言的原因，我似乎觉得，近一两年来，在我和我师之间有了一种难以明言的隔膜。我感到我很可能伤害了我师的心，我感到我很可能使我师感到了失望。在一刹那间，我会伫立以思，当我师最后一次握紧我的手的时候，当他的眼光从杨占升先生的身上移注到我的脸上的时候，他的手为什么渐渐松了开来呢？这里面是不是有某种神秘的象征意味呢？是不是反映着我师内心对我的失望情绪呢？这或许只是我的猜测和想象，或许只是我内心的愧恨的幻象和象征。但不论怎样，我的心都是无法平静的。一个伤害老人的心的人是有罪的，更何况是无辜地伤害，更何况是无辜地伤害像我师这样磊磊光明、正直澄明的心的人。我默默地祈祷着时间，祈祷着时间能冲淡一切的传言、一切的投书告状、一切的窃窃私议，说明它的虚伪和不实，说明我师的一生的奋斗、一生的艰辛、一生的宁折不弯的磊落人格，不会被他的后学所忘记。

但是，时间已经不存在在我和我师之间了。在我的感觉中，他几乎是永久地躺在了病床上。并在那里一步一步离开了这个世俗的世界，这个他为之战斗了一生的凡人的世界，走向了彼岸，走向了天国。我已经不能用我的世俗的情感去打扰他宁静的心曲，已经不能用个人的小烦恼去破坏他升华了的心灵的和谐。我只有把我的悔恨和痛苦深深埋在自己的心底，用疑惑冲淡它，用自欺蒙蔽它。我有时想，这或许是我自寻烦恼，或许只是自己的神经质。不是我师从来没有责备过我吗？不是他一直是那么慈祥和亲切吗？我不一样可以对人自豪地宣称我是李何林先生的学生并以此为自己披上一些他的光泽吗？但是，我不能够。我望着他逝去的背影，望着这个铁骨铮铮的老人的身影，不能不感到悔恨和内疚。我只觉得他曾经给了我很多很多，但我给他的却只是失望和痛苦，而这失望和痛苦又是我极不愿意带给他的。

现在我师已经离我而去了，我还有什么可以慰藉他的亡灵呢？我现在仍然没有自信能这样对他说，我决不会辜负他对我的教导和期望。我知道我是软弱的、狭小的，我没有我师在铁与火的斗争中炼就的那一身铮铮铁骨，我没有我师那无畏无惧的纯钢般的魂灵。我还只能在人生的道路上东倒西歪地蹒跚前行，我不知道我将被生活的浪潮漂流到哪里去？因而我也不知道会不会由我更严重地玷污我师的令名。但在现在，我却不能不问我自己，不能不逼问我自己：当我站在我师的灵前的时候，我将用什么慰藉我师的亡灵呢？我将用什么减轻我对我师的愧疚和悔恨呢？我想，我现在所能做的，所能做到的，还只能是，面对我师，我要公开地说出，我，他晚年的一个学生，对他的真诚的崇敬：我爱我师！

李何林先生，我知道我没有能力实现你的一切的遗愿，但我，将永远想着你，记着你的一生的业绩，一生的努力和奋斗，记着你为之奋斗的一切，让你那颗永远发光的心灵在茫茫的人生道路上为我照出一条依稀可辨的途路，我就沿着这条道路走下去，走到我能够走到的地方去。

蓝天还是这样的蓝，阳光还是这样的灿烂。我仰望天空，我似乎看到，鲁迅的灵魂就在那里浮游、在那里飘动，冯雪峰的灵魂也在那消融、在那里扩散。我师李何林先生的魂灵也就要消散于其中了。当先生逝世的前两天，我和杨占升先生、王宪达同志去医院里看望他，他已不能睁开他疲劳的眼睛。望着他艰难而又微弱的呼吸，望着他从来没有过的瘦削、苍老的脸，我便感到他就要和我们永别了。但是，或许他的灵魂走得离我们还不是很远。我愿我师最后能听到我的由衷的呼喊：我爱你，我的导师！

愿你的灵魂能够安息！

他擎着民族精神的火把

——纪念李何林先生一百周年诞辰

王富仁

　　自李何林先生逝世之日起，作为他晚年的学生的我就想写一篇系统论述他一生学术成就的文章。我认为，这是我的心愿也是我的责任，一个学生对自己的导师应尽的责任。但我没有写，不是不想写，不能写，而是我始终没有找到一种语言，一种形式，一个陈述李何林先生一生学术成就的角度。我无法用文字把我感觉、感受中的李何林先生表现出来，至少用现在通行的学术语言不行。

　　每一个人都是在他自己那个时代站立起来的，是在他和他的前后两三代人中活动着的，我们是在他那个时代和他那个时代的人群中看到他的身影，看到他的作用和意义的。在李何林先生的那两三代人中间，也就是在我们的那些学术前辈之中，王瑶先生是一个更典型的文学史家，在他一生的著述中，表现着他宏富的文学史知识，表现着他对中国现代文学整体发展的宏观把握和精细感受。相对于王瑶先生，李何林先生没有表现出那么宽广的研究幅度，也没有那么多的学术研究著述。唐弢先生则不但是一个现代文学研究的专家，而且还是中国现代文学史上的一个著名的杂文家，中国当代文学史上的著名散文家，他的学术著作也带有他作为一个散文家的特点，流转明丽的语言，优雅畅亮的抒情。即使他的史料类的文章，写得也是那么亲切耐读。李何林先生则几乎没有写过专门的文学散文作品，他的学术文章也极少有直抒胸臆的抒情文字。在我们的学术前辈中，陈涌先生是马克思主义文艺理论修养最深厚的学者，他的鲁迅小说的研究，不论是在艺术感受力的深度上，还是在理论把握的高度上，都开创了一个新的时代。而李何林先生则几乎不对鲁迅作品进行新的理论开拓，他只是阐释鲁迅作品本免用注释，用提示，用史实，用鲁迅自己的论说。他几乎像一个冬烘先生那样为我们讲解着鲁迅作品的一字一句，一章一篇……

但是，这并没有影响李何林先生在我们心中的重量，在我们眼前的形象。对王瑶先生、唐弢先生、陈涌先生等所有这些学术前辈，我都是尊敬的，尊重的，但李何林先生在我心中的重量却更沉更重，在我眼前的形象却更高更大，这是师生亲情吗？不是！李何林先生向来是一个不太重视亲情的人，他对我们这些学生的爱护并不比对其他任何一个爱好文学的青年更大更多；这是师生学统吗？不是！在所谓学统上，虽然陈涌先生会对我嗤之以鼻，但我向来是把自己归到陈涌先生的学统之下的。我爱李何林先生，尊重李何林先生，不是因为他是我的导师，我不是把他作为我的导师来爱，来尊重的，而是把他当作一个人，一个中国人一个中国知识分子来爱，来尊重的。

毫无疑义李何林先生是一个学者，一个教授，但我渐渐感到李何林先生却不是以一个教授、一个学者的形象来塑造自己的。甚至他的学术著作，也不带有展示自己学术风采的味道。我想，假若李何林先生从来都不是作为一个普通意义上的学者或教授意识自己和塑造自己的，假若我们从他的著述中感到的不是一个通常意义上的学者或教授的风采，我们怎能通过所谓学术成就的论述表达出我们对李何林先生的真实感受和真实感情呢？

在这时，我想到了高尔基笔下的丹柯的形象。丹柯把自己的手，伸到自己的胸膛里，掏出了他那颗燃烧的心，当作火把举起来，他是举着他的心灵走路的人。李何林先生举着鲁迅，举着鲁迅的作品，实际上就是举着自己的思想，自己的心灵。他是把鲁迅、把自己的心灵，当作思想的火把举着的一个人，一个中国的知识分子，我们看到了他的心灵，就看到了鲁迅；我们看到了鲁迅，也就看到了他的心灵。我们是跟着他的心灵的火把走出了思想的黑暗的。——但他的身影也就隐在了他所举着的火把的光芒里，因为他不愿用自己的身影遮住他的心灵的光芒——鲁迅的光芒。

李何林先生是在一个风雨飘摇的时代诞生在中国社会的，他出身在一个贫苦的家庭里，靠着一个偶然的机缘才获得了受教育的机会。我也出身在一个农民的家庭里，我也是这样一些家庭中能够获得受教育机会的极少数人之一。我知道，像这样一个从底层走出来的知识分子，首先怀抱的不是一个当学者的愿望，实际上，我们在获得受教育的机会的时候，还不知道学者和教授为何物——而是一个能为社会做更多的事的愿望。文化首先使我们看到的是社会的不公正，是下层社会群众的苦难，是改变社会这种不公正现象的愿望和要求，但也正因为如此，在我们的想像里，中国的知识分子，特别是那些我们十分敬仰的大学者、名教授、著名诗人和作家都是一些充满社会正义感的知识分子，都是代表着中华民族光辉未来的社会精英。我认为大概正是这样的心理原因，使李何林先生首先成了一个革命者，一个社会黑暗的反抗者。因此他是这样理解知识分子的，也是这样塑造自己的，但他作为一个革命者，并不是要领导一场革命，并不是要自己成为革命的领袖，也不是为了革命胜利后的飞黄腾达。他的革命，实际就是反抗黑暗的意思，就是要担当社会正义的意思。这就使他有了与鲁迅更接近的思想和灵魂。共同的反抗黑暗的愿望和共同的社会责任感，把李何林先生与鲁迅的作品连接在了一起。

李何林先生参加了八一南昌起义和自己家乡的"文字暴动"，受到当地政府的镇压后逃离家乡，来到北京，避居于未名社，在这时，他开始搜集整理新文学论争的史料。我认为，正是在这种更切近地了解中国新文学和中国现代知识分子的过程中，李何林先生发现了鲁迅，发现了鲁迅的独立价值，同时也发现了自己，发现了自己真正所希冀的，真正所愿望的。因为正是鲁迅作品，更充分、更鲜明地表达了李何林先生自己内心的真正愿望。鲁迅——就是他的心灵，就是他的心灵所渴望的思想和人格的表现。

在旁观者看来，李何林先生对鲁迅的态度带有一种个人崇拜的性质，有的学者甚至不无讽刺意味地戏称李何林先生为"鲁迅党"，但这在李何林先生却也是自然得再自然不过的事情。李何林向这个世界要求的并不是"学问"，并不是"学术成就"，他要求的是思想是精神，是人格，是一种能够在黑暗中反抗黑暗的精神，一种能够在愚昧中注入健全的理性的思想，一种能够撑起中华民族的苦难而又在苦难中执著追求的人格。他能在哪里找到这些东西呢？在鲁迅作品中，并且只能在鲁迅的作品中。在当时的中国，新文化已经退潮，论学问，胡适是一个杰出的学者，但胡适已经越来越高地登上了"学问"的庙堂，而李何林先生所寻找的则是在地上挣扎奋斗的人们，是在学问的庙堂之外艰难跋涉的行者；周作人也是一个有学问的人，一个"读书破万卷，下笔如有神"的小品散文大家，但周作人的小品散文渐渐少了人间烟火气，渐渐加浓了冲淡和平的茶香味，而李何林先生所希冀的则是"敢说，敢笑，敢怒，敢骂，敢打"的"精神界战士"，是在"象牙塔"之外披荆斩棘的思想先行者。他自己并不想当学者，当名人，所以他也不是按照学者和名人的标准寻找自己所敬所爱的作品，所敬所爱的知识分子的。正像当时的青年知识分子有的独重胡适，有的独重周作人，李何林先生则独重鲁迅。假若说这也算"个人崇拜"，我们哪一个人不是个人崇拜者呢？

在当时的中国，一个革命的知识分子，几乎理所当然的是一个马克思列宁主义的信仰者，但我认为马克思列宁主义在李何林先生这里，似乎永远没有脱离开他对鲁迅、对鲁迅思想的感受和理解。与其说他是通过马克思列宁主义感受和理解鲁迅的，不如说他是通过鲁迅感受和理解马克思列宁主义的，他极少脱离开鲁迅单独阐释马克思列宁主义，倒是更经常地通过鲁迅作品来阐释革命的理论，也就是说，构成他思想的主体的是鲁迅和鲁迅的作品，而不是马克思列宁主义理论本身，这使他的思想从一开始就有了与创造社、太阳社那些"革命文学"的倡导者不同的特征：后者是以马克思列宁主义理论的标准衡量鲁迅及其作品的，而他则是通过鲁迅及其作品接受和理解马克思列宁主义的理论的。中国时世如转轮，中国的知识分子有时用马克思列宁主义理论反对鲁迅，有时又用鲁迅及其作品反对马克思列宁主义理论，而李何林先生则不论外面刮的是东风还是西风，都未曾把马克思列宁主义理论截然地分成两截，因为他从来也没有脱离开鲁迅及其作品接受和理解过与之毫无关联的另一种理论学说，也没有脱离开革命和革命理论接受和理解过与之毫无关联的另一个鲁迅，在他的感受中，这二者实际是同样一种思想，同样一种追求。只要我们站在李何林先生的立场上，我们就会感到，有什么必要把这二者分开呢？有什么必要非要把二者对立起来呢？

　　李何林先生是通过鲁迅及其作品接受和理解马克思列宁主义理论的，也是通过鲁迅及其作品接受和理解中国的知识分子的。他亲近和理解冯雪峰，还不是因为冯雪峰较之创造社、太阳社那些知识分子更同情、更理解鲁迅的价值吗？他尊敬和赞扬瞿秋白，把瞿秋白列为仅次于鲁迅的第二大文艺理论家，还不是因为瞿秋白是革命阵营中最理解和尊敬鲁迅的吗？还不是因为瞿秋白写了那篇著名的《〈鲁迅杂感选集〉序言》吗？在所有这些表现里，我们能感受出点什么来呢？我认为，我们至少能够感到，他不是因为那些革命者、那些革命领袖高度评价了鲁迅及其作品，自己才去肯定鲁迅及其作品的，而是因为那些革命者和革命领袖接受和理解了鲁迅他才接受和理解了那些革命者和革命领袖的。实际上，鲁迅才是他的灵魂，他的思想和他的追求。我认为，只要理解了这一点，我们也就理解了李何林先生一生的思想选择和人生选择。很多人是因为毛泽东肯定了鲁迅才去肯定鲁迅的。李何林先生不是！

　　从学术研究的眼光看来，李何林先生的《鲁迅论》、《中国的文艺论战》，特别是他的《近二十年文艺思潮论》，都是为后来的中国现代文学研究奠定了最初的基础的重要史料集和理论著述，但在我看来，李何林先生似乎并没有想到怎样编写中国现代文学史的问题，他所关注的，他所解决的，似乎始终是一个我们应当怎样感受鲁迅、怎样理解鲁迅和怎样评价鲁迅的问题。他举起的是鲁迅的火把而不是整个中国现代文学的火把。他把鲁迅的火把越来越高地举起来，举起来，一直举过了自己的头顶。在所有这些论著中，他让人看到的不是自己而是鲁迅，而是鲁迅的思想和人格。我过去曾经想，李何林先生占有了这样一些史料，有了他的《近二十年文艺思潮论》，1949年之后为什么不独立撰写一部《中国现代文学史》或《中国现代文艺思想史》呢？在这样一种想法中，带有一点为李何林先生惋惜的意思，但在现在，我不再为李何林先生感到惋惜，因为我知道，李何林何尝想过要当一个现代文学研究的学者和教授呢？何尝想过要在中国学术史上占一个自己的位置呢？他爱鲁迅，他尊敬鲁迅，他要在众声喧哗的中国现代文学的圣坛上，把鲁迅的价值突出出来，这就是他的全部愿望和要求，这就是他要做的一切。对于他，这里没有什么不完满的地方，也没有什么值得惋惜的缺憾。

李何林先生热爱鲁迅及其作品，尊敬鲁迅的为人，但李何林先生似乎又疏远着现实中的鲁迅。他没有像很多爱好文学的青年那样给鲁迅写信，向他表示对他的尊敬和爱戴。他也没有拿着他编的《鲁迅论》去拜访鲁迅，并且向鲁迅解释他编辑《鲁迅论》的真正原因。他一生没有见过鲁迅，没有接受过鲁迅的馈赠，也没有馈赠过鲁迅什么礼品和鲜花。他与鲁迅活在同一个世界上，而又各自走着自己的路。他对鲁迅的冷淡也正像鲁迅对他的冷淡。当鲁迅看到李何林先生编的《鲁迅论》的时候，分明是把李何林先生等同于那些依靠名人而出名的青年知识分子的，分明是怀疑李何林先生是带着欣赏的眼光收编那些攻击鲁迅的文字的。但李何林先生从未主动向鲁迅表白自己的心迹，即使在多年之后看到鲁迅的有关文字时，也没有愤慨于鲁迅的"多疑"和"猜忌"。在这里，表现着李何林先生与鲁迅的关系，并不是中国人通常很在意的人情关系，李何林先生心目中的鲁迅并不是现实生活中那个作为文化名人的鲁迅，不是一个他需要讨好和崇拜的鲁迅，而是一种思想，一种精神，一种追求，一种风格，它们活在鲁迅的作品中，而不仅仅活在鲁迅这个人的肉体中。李先生对鲁迅的崇拜不是我们通常意义上的个人崇拜，权力崇拜，而是一种思想信仰。这信仰属于鲁迅，也属于李何林先生自己。

1949 年，多数的左翼知识分子迎来了自己的"胜利"，多数的非左翼知识分子则迎来了自己的"失败"。"失败者"小心翼翼，准备接受新社会的"改造"，大概也有很多人悔恨自己为什么没有早早地预见到革命的胜利。"胜利者"则有些气盛心壮，似乎这个革命的胜利已经充分证明了自己的远见卓识，似乎中国历史的发展已经尽在自己的把握之中。李何林先生的感受如何呢？他似乎没有明确地表述过自己的心情，但至少从他的行为表现看来他以更加平静的心态迎来了这场革命的胜利。就其革命的经历，他并不比别人的更加逊色，他参加过八一南昌起义，他领导过家乡的文字暴动，他曾经与李公朴、闻一多这些著名的民主人士一起反抗过国民党的政治统治，他曾经冒着重重危险宣传鲁迅的思想，宣传左翼的文艺观念，他曾经屡次受到国民党政治统治的压迫，被列入国民党特务的暗杀名单……但所有这一切，在李何林先生那里，似乎都已经成了过去，成了并不重要的东西，用现在的一个时髦词语来说他自己将自己"边缘化"了，

"政治"胜利了,他返回到教育;北京成了政治的中心,他应邀去了"天津"。

在现在,在中国的知识分子中,似乎有着一种固化了的成见,那就是李何林先生太"左",他一向"左",极端"左","左"得可怕。我不知道这种成见是怎样形成的,但人们似乎忘记了刚刚过去的历史事实:从1949年到1976年这个漫长的历史时期里,李何林先生不是以"左"的面目出现在中国社会、中国文坛的,而是以"右"的面目现身于世的。"右"成了那个历史时期李何林先生的基本政治标识。在批判胡风"反革命集团"的斗争中,李何林先生是被政治审查的对象;在"反右派"的斗争中,他是冯雪峰等"右派分子"的同情者,接下来,这个在中国现代文化史上的老无产阶级的阶级论者,在中国当代文化史上却成了全国著名的"资产阶级人性论"的宣扬者,并受到了全国性的大张旗鼓的批判。只是当"文化大革命"结束后,我们都"右"了下来之后,李何林先生才又一次成了"左"派。

实际上,综观李何林先生的一生,我们可以这样概括他的一生的"行状",即:

当绝大多数中国知识分子喜爱"右"、亲近"右"、唯恐自己不"右"的时候,李何林先生是"左"派,并且从来没有"右"过,而在绝大多数中国知识分子喜爱"左"、亲近"左",唯恐自己不"左"的时候,他却"右"了起来,并且人们也不吝把"右"的帽子扣在他的头上。但李何林先生没有抱怨过自己的命运,他毅然地走着自己的路。

我认为,在这里,我们看到的,是鲁迅,是鲁迅的思想,鲁迅的精神,鲁迅做人的一贯的风格。为什么他始终没有把胡风当作自己的"敌人"?为什么他始终坚持着冯雪峰、瞿秋白的文艺思想?为什么他始终与某些政治官僚保持着特定的思想距离?为什么他在任何的政治压力面前都敢于坚持自己的思想立场?这不正是鲁迅在中国现代文化史上已经用作品和言行公开告诉给我们的吗!关键仅仅在于我们放弃了鲁迅而李何林先生始终没有放弃鲁迅，没有放弃鲁迅的思想旗帜和人格精神。

他高举着鲁迅的火把，在当代中国。

他不是作为一种学术，一种技术高擎着鲁迅的，而是作为中华民族现代精神的标识高擎着鲁迅的；他不是作为一个他者高擎着鲁迅的，而是作为自己的心灵、自己的思想和自己的精神的生动体现者高擎着鲁迅的。鲁迅就是他的心灵，他的思想的追求和人格的追求。他用自己的生命高擎着鲁迅，就是用自己的生命高擎起了中华民族的精神。

这才是李何林先生，是我们感受和理解中的李何林先生。

李何林先生走了，我们这些弟子们还活在世界上。我们将有我们自己的人生，我们将有我们自己独立的人生道路，但我们不能忘记李何林先生，不能忘记他在他的时代所走过的，所完成的。让他继续活在我们之中，活在我们的心里。

2004 年 6 月 2 日于北京

图书在版编目（CIP）数据

李何林选集 / 李何林著；宫立编. -- 北京：社会
科学文献出版社，2021.12
　（燕赵学脉文库）
　ISBN 978-7-5201-9426-6

　Ⅰ.①李…　Ⅱ.①李…②宫…　Ⅲ.①中国文学-现
代文学-文学研究-文集②中国文学-当代文学-文学研
究-文集　Ⅳ.①I206.6-53

中国版本图书馆 CIP 数据核字（2021）第 240929 号

· 燕赵学脉文库 ·

李何林选集

著　　者 / 李何林
编　　者 / 宫　立

出 版 人 / 王利民
责任编辑 / 李建廷
责任印制 / 王京美

出　　版 / 社会科学文献出版社
　　　　　　地址：北京市北三环中路甲 29 号院华龙大厦　邮编：100029
　　　　　　网址：www. ssap. com. cn
发　　行 / 市场营销中心（010）59367081　59367083
印　　装 / 三河市尚艺印装有限公司

规　　格 / 开　本：787mm × 1092mm　1/16
　　　　　　印　张：18.5　字　数：285 千字
版　　次 / 2021 年 12 月第 1 版　2021 年 12 月第 1 次印刷
书　　号 / ISBN 978-7-5201-9426-6
定　　价 / 138.00 元